古典文獻研究輯刊

七 編

潘美月・杜潔祥 主編

第 **12** 冊

明清公案小說研究

王琰玲 著

國家圖書館出版品預行編目資料

明清公案小說研究／王琰玲 著 — 初版 — 台北縣永和市：花木
蘭文化出版社，2008〔民 97〕

目 4+162 面：19×26 公分
（古典文獻研究輯刊 七編：第 12 冊）

ISBN：978-986-6657-62-7（精裝）
1. 明清小說　2. 公案小說　3. 文學評論

820.9706　　　　　　　　　　　　　　　　　　97012743

ISBN - 978-986-6657-62-7

9 789866 657627

古典文獻研究輯刊
七　編　第十二冊　　　　　　　ISBN：978-986-6657-62-7

明清公案小說研究

作　　　者　王琰玲
主　　　編　潘美月　杜潔祥
總 編 輯　杜潔祥
企 劃 出 版　北京大學文化資源研究中心
出　　　版　花木蘭文化出版社
發 行 所　花木蘭文化出版社
發 行 人　高小娟
聯 絡 地 址　台北縣永和市中正路五九五號七樓之三
　　　　　　　電話：02-2923-1455／傳真：02-2923-1452
電 子 信 箱　sut81518@ms59.hinet.net
初　　　版　2008 年 9 月
定　　　價　七編 20 冊（精裝）新台幣 31,000 元

明清公案小說研究

王琰玲　著

作者簡介

王琰玲，福建東山人，民國五十八年出生於台灣台南。民國九十二年於中國文化大學取得中文博士學位，現為建國科技大學通識教育中心副教授。

提　　要

　　本文以明清公案小說為探討對象。全文包含以下幾章：

　　第一章緒論，說明研究的動機及目的，並以公案小說專集在質與量上已具有一定的代表性，所以本論文以明清公案小說專集為研究底本，說明本文的研究範圍及研究方法。

　　第二章公案小說的定義及形成，下分三節，第一節說明公案及公案小說的定義，第二節探討公案小說的源起，並說明其發展過程，先秦至唐、五代都屬於此一時期，第三節探討公案小說的形成，由宋朝的時代背景與文學發展討論其對公案小說形成的相關性。

　　第三章公案小說的案件性質，將明清公案小說專集所收案件，以犯案事實分為人命官司、財務官司、人事官司、斬妖除魔並去除地方禍害、其他等五大類，並在類別下探討其犯案原因。將案件性質區分後，可以看見在專集中收錄最多的人命官司，約佔有五成，以此可以得知受編寫者青睞的案件類別，又以公案小說成書以謀利為主，可以知道這也是讀者偏愛的案件類別。

　　第四章公案小說的故事書寫技巧，本章以故事中所呈現出的故事趣味點為主要探討方向，故事如以官員才智走向發展的便歸在第一節人情事理中討論，如加入超自然現象者，則歸在第二節的神鬼靈怪討論。可以看見公案小說作者著墨最多的還是在斷案部份，而且多數的案件還是展現出官員個人機智的一面。

　　第五章從公案小說看明清的司法及官場風氣，第一節以探討明清司法為主要方向，包括律法及執法人員，從案件判決探討明清時期的律法精神，同時由判決中也能看出官員超越律法的裁量權。第二節從案件內容看官場風氣，討論官員微服出訪的成效及衙役趁火打劫的惡習。

　　第六章從公案小說看明清社會背景，將犯案原因最高的兩類—女色及錢財提出討論，第一節討論明清時期的貞節觀 討論對貞節要求與否的理由。第二節討論明清的經濟發展與犯案關係，就趨商風潮的原因及背景加以說明，並討論趨商而形成的犯罪情形。

　　第七章結論。綜述前幾章要點並個人看法為本論文總結。

　　另有附錄，標明案件分類及出處，附錄二則以圓形比例圖，標示案件分類比例

第一章 緒 論

第一節 研究緣起及目的

電視連續劇《包青天》每次重播都能創下高收視率，觀其內容只是由包公辦完一個接著一個的案子，同一模式不斷的反覆，內容也相去不遠，但是觀眾們卻能樂此不疲，這不禁令人聯想到明清時期的公案小說，小說專集中一個接著一個的短篇故事，讀者欲罷不能的使小說一續再續，內容與讀者的反應都跟今日電視連續劇播出情形雷同。由於電視的興起使得人們娛樂習慣改變，因此即使公案小說不流行於今日，公案連續劇卻能擄獲大眾的心。報章雜誌中探討著《包青天》、《施公奇案》這些連續劇能受歡迎的理由，結論不外乎投射心理，對清官的企盼，那麼，明清時期的公案小說受歡迎的原因又是什麼？

中國公案小說是通俗小說中最直接揭露社會黑暗面的一種，它寫人們為達目的不擇手段的貪婪表情，寫市井小民面對不平待遇的無助及對正義的企盼，它描寫出人性的醜陋面，同時也寫出人們對光明的嚮往，它寫贓官、寫清官、寫施暴者也寫無辜的受難者，在案情審明的同時，它洗清無辜受害者的冤屈，也滿足了閱讀者對正義的渴求。中國古典小說慣用善惡到頭終有報的結局，即使今世不報，也要告訴讀者，不是不報，是時候未到，一方面宣揚世道公理，一方面也要勸人為善，公案小說正是這種宣揚善惡報應的小說之最，在揚善棄惡的同時，公案小說呈現出何種社會面貌？公案小說作者利用了怎樣的案件吸引讀者，這些問題都令人想一窺究竟。

前人對公案小說的研究並不算少〔註 1〕，學位論文部份針對一代探討的有：鄭

〔註 1〕此處僅提及作者及作品，以下介紹前人研究者均是，出處請見參考書目。

春子的《明代公案小說研究》，她以明代公案小說專集爲研究對象，介紹明代公案小說的發展背景，並將這些小說專集中的案件內容、人物形象及小說結構做一番探討。而針對某一本公案專集探討的有：張慧貞《施公案研究》、楊淑媚《施公案研究》及廖鴻裕《海公案研究》，就公案的某種特點探究的則有：陳智聰《從公案到偵探──晚清公案小說敘事模式的轉變》、鄭安宜《龍圖公案之公道文化研究》及陳華偏重於司法過程討論的《施公案與清代法制》等。

專書部份，黃岩柏有《中國公案小說史》將中國公案小說的源起、萌芽至成熟、興盛、蛻變一連串發展過程及各期作品詳細介紹，是目前專爲公案小說寫史的唯一一本；曹亦冰《俠義公案小說史》則是同時兼談俠義小說與公案小說的發展。而相較於公案小說史偏重於史的發展、作品的介紹統計，孟犁野的《中國公案小說藝術發展史》則較側重於作品的內容特色及藝術成就，張國風《公案小說漫話》則是針對公案小說的幾點問題諸如公案與偵探、法制文學、仵作、訟師、衙役及清官等提出看法。

至於單篇論文部份數量更多，可分有幾個方向：一、針對公案小說的定義、發展、風格或價值等爲探討方向。〔註2〕二、針對公案小說中的特定內容探討，如針對某書、某位官員或書中的某樣內容等加以探究。其中專集的部份以《龍圖公案》較受青睞，〔註3〕另外也有幾篇論及狄公、施公、彭公等公案的作品。〔註4〕而被討論最多的官員自然是包拯，從小說中的包公談到歷史上的包公，也談到戲曲中的包公〔註5〕，其中王學春則有〈近百年包公研究述評〉將近百年對包公的研究狀況回顧綜述。而談包公也談清官，於是以清官的定義、清官的形象等爲主題

〔註2〕 如：卜安淳的〈什麼是公案小說〉、林美君〈從太平廣記精察類看公案小說的雛形〉、武潤婷〈試論俠義公案小說的形成和演變〉、皋于厚〈明代公案小說的發展演進〉、王俊年〈俠義公案小說的演化及其在晚清繁盛的原因〉、劉重一〈論晚明白話公案小說〉、齊裕焜〈公案俠義小說簡論〉、苗懷明〈中國古代公案小說的源流與藝術特色〉又〈跨越話語類型的新建構──清代公案俠義小說的傳承與創新〉、卜安淳〈公案小說的創作藝術〉、王爾敏〈清代公案小說之撰著風格〉、羅嘉慧〈俠義的蛻變及歷史定位──談清代公案俠義小說〉、常寧文〈略論中國公案小說及其價值〉等等。

〔註3〕 如：王師三慶〈天理圖書館藏本龍圖公案跋〉、陳錦釗〈談石玉崑與龍圖公案以及三俠五義的來源〉、朱萬曙《百家公案》《龍圖公案》合論〉、何慧俐〈龍圖公案試析──以金鯉魚、玉面貓、桑林鎮爲討論範圍〉等等。

〔註4〕 如：魏泉〈中外狄公案比較〉、劉世德、鄧紹基〈清代公案小說的思想傾向──以施公案、彭公案和三俠五義爲例兼論清官和俠義的實質〉、司馬從〈爲什麼說施公案是一部壞書〉、寒操〈施公案的刊行年代〉、古今〈施公案的思想傾向〉等。

〔註5〕 如：林岷〈歷史上的包拯〉、夏邦〈略論包公的人治司法模式〉、王小俠〈包公形象的戲劇演化〉、涂秀虹〈包公戲與包公小說的關係〉等。

的作品也多了起來〔註6〕。除此，還有針對單篇公案小說或公案小說的部份特質探究的作品〔註7〕。三、結合公案小說與其他文學或社會現象的論述。討論的方向很廣，大致而言，以探討公案小說與司法的作品多些。〔註8〕

　　以上前人研究，專書部份不是側重於小說史的發展，便是只針對某點漫談的作品，學術論文則偏重於某一部公案的研究，網羅某一朝代的只有鄭春子的《明代公案小說研究》，單篇論述雖多能針對某些問題提出精闢的看法，但是，材料的部份則多半未能較全面的運用，因此，本文擬就明清公案小說做一探討，並期從中得到平實的社會史料，並據此看見當時的社會風貌。

第二節　研究範圍及方法

　　公案小說的形成自宋朝話本為始，宋朝前只能算是醞釀期，或是未與名分的時期，即便在宋已清楚給與公案小說一個類別，事實上，能流傳至今的作品量還是少數。明代起有了公案小說專集的出刊，此後，公案小說專集便在書坊中被大量的印刷販售，流行了明朝一代後，清朝起公案小說加入俠義的部份，書商也還大發利市，但在清末民初，公案小說便盛極而衰，失去市場，除了時代背景、受西方文學衝擊等外在因素外，公案小說本身的發展，內容無法推陳出新也是它凋零的主因。

　　從宋至清，公案小說從散篇至散篇、專集同時並存，然本文的研究範圍將只收專集部份。因為，商人們永遠是最知道市場流行趨勢的人，市場需求什麼，喜歡什麼，他們便依此牟利。公案小說自明代起出了專集，這些專集的出書表示老百姓對公案小說的喜好，而為了編寫出書，書商多少也經過篩選，同時，專集的出現也表現出作品量的豐富程度，因此，這些成書的專集在質與量上已能表現出時代背景，

〔註6〕 如：趙文靜〈漫談包青天與清官〉、王坤、郭文〈也談清官——對我國歷史上包拯海瑞兩位清官的執法思想的認識〉、朱全福〈從神判走向人判——淺議三言公案小說中的判案官形象〉、黃立新〈簡論古典小說中的清官形象〉、王永洪〈清官原型批判〉等等。

〔註7〕 如：呂明修〈試析兩篇唐人公案小說——崔碣與蘇無名〉、張勇〈制謎與揭謎——宋元話本中公案小說的敘事特徵兼論其善惡觀〉、李延年〈題材創新與題材融合的和諧統一——論歧路燈中的公案片斷與案情故事〉等。

〔註8〕 如：卜安淳〈公案小說與古代司法〉、荊學義〈晚清武俠公案小說與農耕文化〉、竺洪波〈公案小說與法制意識——對公案小說的文化思考〉、程毅中〈《包龍圖判百家公案》與明代公案小說〉、苗懷明〈明代短篇公案小說集的商業特性與文學品格〉、柳依〈對公案文學研究的幾點看法〉、苗懷明〈清代公案俠義小說的繁榮與清代北京曲藝業的發展〉、苗懷明〈論中國古代公案小說與古代判詞的文體融合及其美學品格〉等等。

雖然散見在他書中的短篇作品也不乏優秀作品，但絕大多數的案件在專集中都已被蒐羅，因此，本文的研究範圍便不擴及散篇公案，而以公案小說專集爲探討對象。

明、清公案小說專集亦即本文探究的文本，大約可概述如下：

一、明代公案小說專集

明代公案小說專集據《中國通俗小說總目提要》及《中國公案小說史》所載有：《包龍圖判百家公案》、《龍圖公案》、《皇明諸司廉明公案》、《皇明諸司公案》、《郭青螺六省聽訟錄新民公案》、《海剛峰先生居官公案傳》、《古今律條公案》、《國朝憲台折獄蘇冤神明公案》、《國朝名公神斷詳情公案》、《國朝名公神斷詳刑公案》、《名公案斷法林灼見》、《明鏡公案》等共十二部〔註9〕，其中《法林灼見》一書，目前未見，就《中國通俗小說總目提要》所載書中所收案件近八成與《龍圖公案》相同相似，黃岩柏則說此書共四十則，錄自《廉明公案》、《詳刑公案》各二十則，是一部摘取他書案件故事以集結販賣的小說，因此，對於探討公案小說應不致於有太大影響，此處便略過此書。

台灣地區較少將明代公案小說整理出書，大陸北京中華書局、北京群眾出版社、大眾文藝出版社、西安三秦出版社、黑龍江人民出版社等都出版了古代公案小說叢書，其中由劉世德、竺青主編，北京群眾出版社出版的古代公案小說叢書，各部小說均經點校，書後並附有校點後記，除說明點校所據版本，也大略說明書中內容，是目前公案小說中較好的本子。其餘各出版社都只是將公案專集匯整出版，並沒有太多用力處，而各出版社所選入的公案專集也有所出入，因此，選本並未以單家出版社所出版公案叢書爲文本，但大致以點校本優先。選用明代公案小說專集概述如下：

《百家公案》：共一百回，明·安遇時編集，朴在淵校注，韓國江原大學校出版部出版。本書由朴在淵隨頁校注，是公案小說中校注最完善的一本集子。而《百家公案》也是今日所知最早的公案小說專集，約刊刻於明萬曆二十二年。〔註10〕本書雖有一百回，但實際只有九十四則故事，其中有五個故事共用十一回敘述完

〔註9〕 以上十二部公案，後文如有提及不再標明全稱，依序簡稱爲：《百家公案》、《龍圖公案》、《廉明公案》、《諸司公案》、《新民公案》、《海公案》、《律條公案》、《神明公案》、《詳情公案》、《詳刑公案》、《法林灼見》、《明鏡公案》。

〔註10〕 《中國公案小說史》作「因其今見最早刊本書末刻『萬曆甲午歲朱氏與耕堂梓行』，爲萬曆二十二年、公元1594年刊本。」又北京群眾出版社出版的《百家公案》校點後記作：「此書現存的最早版本爲明萬曆二十二年朱氏與耕堂刊本，而實際成書要早一些，很可能在嘉靖年間就已刊行問世，與耕堂本並非本書的初刻本。」，但不論如何，萬曆二十二年的本子確實是今日能見到最早的公案小說專集。

成〔註11〕，全書以包公爲主要官員，是後世各種包公案的濫觴，《龍圖公案》中有四十八則故事便是抄自此書。

《廉明公案》：明・余象斗輯。依內容分有上下兩卷十六類一百零三則故事，全書不再以某位官員爲主要辦案人員，每回均是各自獨立的故事，其中六十二則只有狀詞、答辯及判詞三段，均未加描寫舖陳，似原案大要，應是未完成的底稿〔註12〕。就書後記及《中國公案小說史》所說，本公案小說是今知第二部公案小說專集，而就書中收錄大量未經潤飾的三段式作品，也可看出是較早期的集子。

《諸司公案》：明・余象斗編述。本書計有五十九則故事，分六卷六類。封面題有《續廉明公案》，則本書應是《廉明公案》的姊妹作，然本書所收故事已脫離底稿式的作品，五十九則故事都是完整的案件故事。

《明鏡公案》：明・葛天民、吳沛泉匯編。本書計存二十五則故事，原有七卷九類，今存四卷，其中第三卷有一則、第四卷有兩則存目無文，第五卷至第七卷則僅存目錄。二十五則故事中有兩則未經潤飾的作品，完整的故事，實際只有二十三則。刊行年代約在泰昌、天啓年間。〔註13〕

《新民公案》：明・編撰者佚名。本書分四卷八類，其中卷三有兩則有目無文，故存有四十一則故事，書前附郭公出身小傳，全書以郭青螺爲主角，專寫郭青螺辦案故事，故四十一件案件都由郭公斷明。書約成於萬曆三十三年前後。〔註14〕

《海公案》：明・李春芳編次。全書四卷七十一回，寫海瑞斷案故事，每回均是獨立的故事。本書編排方式異於他書，一般依故事發展嵌入狀詞、訴狀，最後才是官員的判詞，本書則先敘故事，故事後才排列狀詞、訴狀及官員判詞。同時，故事與故事後的三段式編排有數則前後內容不一的情形，如第三回故事爲「辨婦人失節明節」一案，三段式編排卻作「告侄奸嬸、毆踢墮胎」一事；或有前後文中犯案者

〔註11〕按：包括第七十四、七十五回兩回敘桑林鎮迎回李娘娘、仁宗認母一案，七十六、七十七回兩回敘鐵釘殺夫案，七十九至八十一回，三回敘因斬李吉事，揭出張運轉使受賄案，八十八、八十九回兩回敘審猛虎食人案而識出白犬精案，九十三、九十四回兩回敘潘秀誤花羞一案，共十一回敘五則故事。其中七十六、七十七回及八十八、八十九回兩回雖然兩回爲同一故事，但實際各有兩案。

〔註12〕《中國公案小說史》及《明代公案小說研究》均指出有六十四則故事屬於三段式作品，經核算，實際只有六十二則，《中國公案小說藝術史》亦作六十二則，或有認知差異。此處仍以北京大眾出版社出版的本子爲底，確實算出僅六十二則。就《中國公案小說史》所說，這六十多則未成品皆從法律文書集中抄襲而來。

〔註13〕孫楷第推測刊行於此時（1620～1627），黃岩柏認爲穩妥可信。

〔註14〕原書前署有「時大明萬曆巳巳孟秋……」句，則書應成於萬曆三十三年，然黃岩柏以爲可疑。

姓名相同，但案件內容卻不相同的情形。現存最早刻本爲萬曆三十四年萬卷樓本。

《神明公案》：明・編撰者佚名。據書後校點後記作全書原卷數不詳，今存兩卷十二則故事，十二則故事中又有五則殘缺不全，則完整故事僅有七則，出版時間不明。

《詳情公案》：明・編撰者佚名。本書原刊本應刊刻於天啓、崇禎年間，已佚。今依北京群眾出版社校點本，則分有六卷首一卷三十九則故事，三十九則故事或分門，如雪冤門、強盜門，或分類，如奸情類、妒殺類，計有十三門兩類，三十九則故事均重見於明代短篇公案小說專集。

《詳刑公案》：明・寧靜子輯。全書八卷十七類四十則故事，書約刊刻於萬曆年間。〔註15〕

《律條公案》：明・陳玉秀選校。全書七卷十四類四十六則故事，其中第二卷強奸類四則存目無文，故實存四十二則故事，卷首一卷載法律案文，群眾出版社點校本則附於正文之後，附錄包括有六律總括、五刑定律、執照類、保狀類等項，明代公案小說專集中唯有此書附此，是本書異於他書之處。

《龍圖公案》：明・編撰者佚名。全書十卷一百則故事，本書有百篇及不足百篇分繁本、簡本兩個系統，現存版本均爲清初至道光間刊本。〔註16〕書中故事多數取自《百家公案》和《廉明公案》，然全以包公爲斷案官員。

以上十一部公案小說專集除《百家公案》外，餘均採群眾出版社點校本，諸書故事互見情形嚴重〔註17〕，成書時間則至自明萬曆起至明末，集中在萬曆後的數十年間，除了《百家公案》、《龍圖公案》、《海公案》及《新民公案》四部專寫某位官員斷案，其餘均是各自獨立的故事，也不限定辦案的官員。

二、清代的公案小說

清代的公案小說大多是章回體的中、長篇公案，同時多以某公案爲書名，書中也只陳述某一位官員的辦案故事，不若明代公案小說由短篇集結成書的情況。然而

〔註15〕《中國公案小說史》作：「萬曆間，具體難斷。因全書無刊刻年代跡象。」然群眾出版社校點本後記作：「現存明萬曆明德堂刊本……」，故依此。

〔註16〕此據群眾出版社點校本後記之說，《中國公案小說史》則作：「明末版本極少見。清代版本則有乾隆四十年金閶書業堂以下二十餘種版本。」

〔註17〕按：如爭鵝一案同時見於《廉明公案》、《詳刑公案》、《詳情公案》、《律條公案》、《龍圖公案》、《新民公案》六書，《百家公案》〈證兒童捉謀人賊〉一案則重見於《龍圖公案》、《詳刑公案》、《詳情公案》、《律條公案》等書，《諸司公案》〈曾大巡判雪二冤〉一案也重見於《新民公案》、《詳情公案》、《神明公案》等，諸書故事互見案例甚多。

清代的公案小說在界定上有諸多差異，如《中國公案小說史》一書將《聊齋》、《藍公奇案》〔註18〕、《子不語》等均納入討論，《聊齋》、《子不語》固然不是公案小說專集，《藍公奇案》是藍鼎元任官期間實錄，應該也不能算是小說，而《中國通俗小說書目》一書將《陰陽顯報水鬼升城隍全傳》、《續俠義傳》等也歸入明清小說說公案的部份，分類甚是紊亂，本文則以公案小說專集為原則，非公案小說專集即使書中有公案片斷也不納入討論，而明顯以俠義為名的小說如《三俠五義》，雖然與《施公案》、《彭公案》均是俠義公案小說，但以俠義公案及公案俠義的差異，故亦捨去，則清代公案小說專集大概可概述如下：

　　《施公案》：寫施世倫辦案故事。初集成於嘉慶二年〔註19〕，共九十七回，之後續書至十續，達五百二十八回，前九十七回公案故事尚多，之後案件漸少，改以寫俠義為主要內容，本書「是公案小說章回化、武俠化的始作俑者，是一個典型的代表。」〔註20〕，清代公案小說俠義化便是肇始於此。本書雖名施公案，施公至後期已成配角，武林人士反成書中重要角色。本書創造出不少為人樂道的俠義人士，其中最著名的便是黃天霸，後世搬演黃天霸的戲劇恐怕都比演出施公的戲要來得多，而這些武林人士也都被《彭公案》承接，只是《彭公案》不是接續，而是反寫施案前的部份，可以知道這批武林人士被成功塑造的一面。手中購置的《施公案》均作四百三十四回〔註21〕，然最後結局與五百二十八回本是相同的，案件部份與《施公案研究》比較並無差異，只是回數不同，因此，此處便採用四百三十四回本為底本。

　　《彭公案》：清‧貪夢道人著，光緒十八年刊出，共一百回。本書續書至八續，此處採用北京十月文藝出版社出版三百四十一回本。據《中國通俗小說總目提要》所載回目，可知三百四十一回本收至三續，台灣世一書局出版的《彭公案》也作三百四十一回本，應是三續結束在彭公回京，而眾豪傑見駕封官，有一完整的結局所致。本書後出於《施公案》，然書中內容卻寫在施案之前，書名雖稱彭公案，內容卻多以俠義人士活動為主線，彭公只是居中串場的人物，是故書中雖有三百四十一回，彭公辦案故事卻十分有限。彭公雖是貫穿全書的人物，可是他在書中扮演的份量並不重，常常是諸多武林人士為了保護他上任，或者為助他破案，群雄鬥智鬥勇。正派人物寫李七侯、寫張耀宗、歐陽德、徐勝、黃三太……等，反派人物寫周應龍、

〔註18〕　《藍公奇案》又名《鹿洲公案》。

〔註19〕　據黃岩柏《中國公案小說史》（瀋陽：遼寧人民出版社，1991年5月），頁230。

〔註20〕　同註19。

〔註21〕　按：北京大眾文藝出版社、黑龍江人民出版社所出版的《施公案》均作四百三十四回，杭州浙江人民出版社所出版的《繪圖施公案》雖依前傳至十續依序排列，然排版過密，甚不便閱讀，故不採此書。

寫宋仕奎、九花娘、紫金山餘黨，著墨在這些人物顯然要比寫彭公豐富精彩許多。寫彭公常是虛文，交待升官、讚美清廉正直、百姓感德、聖上恩寵，沒有顯示他機智過人的辦案手法，也無法從書中看見彭公是如何受百姓愛戴，看見的是他一接案子，便求助於身旁的武林人士，再不便是喬妝私訪，然後被識破遇難，最後還是要他那批綠林朋友將他救出。因此，彭公案中的彭公，不但沒有彰顯彭公，反而像在貶抑彭公。是故，本書雖以公案為名，嚴格來講已經不能算是公案小說了，只能算是公案俠義小說，但以其普遍被認知為公案小說，所以也納入探討範圍。

《于公案》：有四部，敘于成龍有三部，一部敘于謙。寫于成龍的《于公案》有八卷共一百四十五回、十回、六回三種。故事主角雖寫鑲黃旗漢軍的于成龍，但清朝有兩位于成龍，兩位生存年代重疊，先後都任過直隸巡撫，且都居官清正廉潔，所以，書中有將兩人事跡混淆的現象，三部內容並無相同重複的案件。〔註22〕另一部寫于謙的《于公案》共四十傳，內容似于謙傳，案件只敘六案，之後全寫于謙輔翼君王，逢土木堡之變，與奸臣王振、石亨等對抗而最終被屈殺的事蹟。

《李公案》：寫李銅錘斷案故事。全書共三十四回，前十八回寫李公未任官時，協助辦案功成不居的過程，十九回起方是李公任官之後的斷案故事。

《林公案》：寫林則徐故事，共六十回。三十回前向有辦案故事，三十五回起開始寫禁鴉片煙的過程，寫法與寫于謙有類似之處，後半段主寫兩位為國盡忠的事蹟，寫法較像傳記，公案故事只是前半段的內容。

《劉公案》：有兩部，均寫劉墉辦案故事。有二十回本及一百零七回本，內容並不相同。二十回本類一般公案寫法，並無特異之處。一百零七回本則接近於鼓詞，時有押韻，不是小說的散文筆法，據孟犁野看到的《繡像繪圖通俗小說》其「版權頁上則又注明為長篇著名鼓詞小說」〔註23〕，可知原作便是以鼓詞寫小說，是清代公案中很別具風格的一部。但內容前後有重複處，同一案件前面表過，後面再表，甚且是一字未改，〔註24〕同時，述敘故事時累贅囉嗦，如查白翠蓮一案，單是描寫白翠蓮的樣貌便重複四次，而且句法幾近相同。因此，不只是鼓詞小說別具風格，連繁瑣的筆法也是本書獨有。

《狄公案》：一名《武則天四大奇案》，共六十四回。正如書名所示，書中共計

〔註22〕《儲仁遜抄本小說十五種》校點前言，頁5。
〔註23〕孟犁野《中國公案小說藝術發展史》（北京：警官教育出版社，1996年9月）頁134。
〔註24〕如第六回〈焦素英悲題絕命詩〉與六十七回〈魯秀才賭場輸美妻〉是完全相同的內容，第十三回〈察案情清官入賊宅〉與六十三回〈私察訪府台遭劫持〉有數段文字是一字未改的。

四案，三案在前三十回，三十回起主寫狄公與武后寵臣對抗，整頓朝綱，將寵臣一一去除，又助盧陵王澄清謀反一事，並促盧陵王與武后母子和好故事。

另外有數本一案到底的小說集，如：《警富新書》、《九命奇冤》、《清風閘》、《荊公案》、《毛公案》等，因為全書只敘一案，對於後續討論影響並不大，因此，只取象徵性的《荊公案》、《毛公案》兩部。

《毛公案》：共六回，全書只寫一案，寫明嘉靖時，毛登科巡按直隸時辦兄謀弟產一案。

《荊公案》：共二十回，只敘一個故事——為奸殺子案。書雖名為荊公案，然荊公並不是本公案小說中的主角，第十五回才正式出場。由於本書僅此一案，所以，荊公在書中也未有太多表現。書中先以兩條主線交錯敘述，敘秀才錢正林及商人王世成二人際遇，以秀才之正直不為色誘故有後福，對應商人淫亂早逝而絕香火。至第十回起，王世成的兒子王有仁受業於錢正林於是兩線合一，十一回起敘為奸殺子案的過程。全書充滿說教勸善意味，書中自言：「看這一部書，句句都是勸人為善，不可為惡。」〔註 25〕又「朱夫子治家可以格言曰：『見色而起淫心，報在妻女』世上惟淫欲之事，最是惡事，切不可為是耳。」〔註 26〕可以明白作書者用心所在。

以上清代公案小說專集共取十三部。

本文擬就公案小說專集中的案件故事為主要內容而加以探討，至於與公案小說相關的公案戲曲等，則不在本文的討論範圍。因此確定文本後，第二章先為公案小說定義，之後交代公案小說的起源至形成，由此可以了解公案小說的發展過程。了解公案小說的發展背景後，第三章試著討論公案小說所收錄的案件性質，首先將專集中的案件一一列出，然後以犯罪事實區分，再分析造成犯罪事實的原因為何？最後再從案件性質比例的多寡，可以得知公案專集中的案件分布情形，同時也可以明白那些案件類型是較具賣點，是商人喜歡收錄的。一般將案件性質區隔說明後，多半便說明破案方式，第四章雖也談破案方法，但擬就案件故事中的趣味點加以探討，公案小說除了以案件特質吸引人外，破案的方式也是讀者關心的重點，而破案斷案的關鍵點常能營造出某種趣味，除了破案，敘述案件過程中是否也加入趣味點？公案小說的作者以那些技巧造成高潮，則是本章的討論重點。

所謂公案小說，案件自然是小說中最重要的內容，從犯案至案件末了的官員斷

〔註 25〕　清·無名氏《荊公案》（北京：大眾文藝出版社，2000 年 5 月），頁 97。按：由於本文引用公案小說文本甚為頻繁，以下註解若引公案小說，則不再標明作者、出版地、出版社、出版日期，僅標書名及頁碼，文本請參見參考文獻。

〔註 26〕　同註 25，頁 98。

案判案，這些內容都與司法相關，因此，第五章接著探究公案小說呈現出的司法概況，從案件中所保留的司法現象與當代的法律比較是否相同？而案件中呈現出明清時期的法律又具有何種特色？及官員在法律規範下又能有多大的權限？這些都是本章討論的方向。討論明、清法律規範時，明代則以《大明會典》為主要依據，《大明會典》於明弘治年間完成，是明代司法制度上的一項成就，清代則以《大清律例》為主要依據。除了律法，執法人員包括官員與衙役也是司法過程中重要的人物，這些執法人員在案件中呈現出何種習性？與百姓的關係如何？也是本章試圖探討的方向。第六章則將公案小說中案件比例最高的兩種犯行犯因提出討論，女色錢財通常都是犯罪的主因，因女色而引發的案件多半都透露出當代對貞節的要求，一般以為貞節觀的強化是從明代起始，然而明代起真是嚴守貞節規範？案件中可以看見社會對貞節的何種要求？或是未必然守貞守節的情況？再則便是錢財犯罪情形，公案小說呈現出何樣的經濟現象？這種經濟狀況突顯了那些犯罪行為？因此，本章將對案件中呈現出的貞節觀及社會經濟做探討。最後則為本論文作結，從前幾章的探討過程，期望能清楚公案小說的案件內容，專集收錄案件的方向，案件吸引人的筆法，及從案件中的史料能看見明清的司法及社會現象。

第二章　公案小說的定義及形成

第一節　公案小說的定義

對中國公案小說做探討，首先便是確定何謂公案小說？

一、公案的定義

「公案」一詞，本義應該只是辦公用的桌子，詞義衍生後，有諸多解釋，可歸納條列如下：

1. 官吏用來處理公事的桌子。如：元・無名氏《陳州糶米》：「快把公案打掃的乾淨，大人敢待來也。」〔註1〕，又《醒世恒言》〈一文錢小隙造奇冤〉：「大尹看了，就叫打轎，帶領仵作一應衙役，往趙家檢驗。趙家已自擺設公案，迎接大尹。」〔註2〕，此處便是將公案當辦公桌解。

2. 官府的案件文卷。如：唐・子蘭〈寄乾陵楊侍郎〉：「步量野色成公案，點檢樵聲入奏聞」〔註3〕，又宋・蘇軾〈辨黃慶基彈劾箚子〉：「公案具在，刑部可以覆驗」〔註4〕，是唐時已將公案解作案件文卷。

〔註1〕明・臧晉叔《元曲選》（台北：正文書局，民國88年9月）〈陳州糶米〉第四折，頁50。

〔註2〕明・馮夢龍《醒世恒言》（台北：文化圖書公司，民國83年1月）卷三十四〈一文錢小隙造奇冤〉頁545。

〔註3〕清・曹寅主編《全唐詩》（台北：文史哲出版社，民國67年12月），卷八百二十四，頁9287。

〔註4〕宋・蘇軾《蘇東坡全集》（台北：世界書局，民國85年2月）奏議集第十三卷〈辨黃慶基彈劾箚子〉頁574。

3. 官府處理的案件。如：《京本通俗小說》〈錯斬崔寧〉：「府尹也巴不得了結這段公案。拷訊一回，可憐崔寧和小娘子受刑不過，只得屈招了」〔註5〕，又《二刻拍案驚奇》：「官府也不來急急要問，丟在半邊，做一件未結公案了。」〔註6〕。公案在這裡則解作驚動官府處理的案件。

4. 有糾紛、難以理清的事件。如：《焚香記》：「念生前兩誓辭，一椿椿是公案兒」〔註7〕，又《二刻拍案驚奇》：「眼見得公案在此了。我枉爲男子，被他瞞過了許多時。」〔註8〕，不一定要驚動官府，也不一定是案件，只要是有糾紛、難以理清的事也可以稱爲公案。

5. 話本小說分類之一。如：《醉翁談錄》：「夫小說者，雖爲末學，尤務多聞。……有靈怪、煙粉、傳奇、公案，兼朴刀、捍棒、妖術、神仙。……言石頭孫立、姜女尋夫、……聖手二郎，此謂之公案。」〔註9〕，此處公案已是小說分類的一種。

6. 佛教中以簡約的文字、語言或不假語言，使人頓悟的事件，一般也稱公案。如：《碧巖集》：「僧云：『如何是深山裡佛法？』古德云：『石頭大底大、小底小。』看這般公案，淆訛在什麼處？」〔註10〕，又《公案‧話頭》：「拈花微笑是禪宗常見的公案」。〔註11〕

綜上所述，可知公案原指官府辦公時所用的桌子，衍生詞義後，在唐已作案牘使用，至宋、元則將有糾紛的事件或驚動官府的案件都稱爲公案，同時，它還是宋話本小說的分類之一，除了佛教中稱禪機妙理一項外，公案的解釋都與案件相關，公案小說與司法案件相關無可置疑，然則，何謂公案小說？

二、公案小說的定義

（一）宋人之說

公案小說就字面看，就是小說分類中屬公案類的小說，亦即專寫公案故事的小

〔註5〕《京本通俗小說》（台北：世界書局，民國69年5月）第十五卷〈錯斬崔寧〉頁86。
〔註6〕明‧凌濛初《二刻拍案驚奇》（台北：三民書局，民國80年4月）卷十七〈同窗友認假作眞　女秀才移花接木〉頁314。
〔註7〕明‧王玉峰《六十種曲》（台北：開明書店，民國25年）〈焚香記〉第二十七齣，明冤，頁82。
〔註8〕同註6，頁321。
〔註9〕宋‧羅燁《醉翁談錄》（台北：世界書局，民國47年5月）甲集卷一‧小說開闢，頁3～4。
〔註10〕任澤鋒釋譯《碧巖錄》（高雄：佛光山宗務委員會，民國86年6月）卷五，頁161。
〔註11〕聖嚴法師《公案‧話頭》（台北：法鼓文化事業公司，1998年11月）頁51。

說。然此種說明對於定義公案小說似乎仍嫌未備，因此，先就公案一詞成為小說分類談起。公案一詞成為小說分類始於宋話本，亦即將公案視為一種主要題材、成為一種類別是從宋代開始。因此，宋朝時的分類依據是公案小說的最初定義，查閱幾位宋朝人對公案小說的說法如下：

1. 羅燁的《醉翁談錄》〈小說開闢〉中說道：

夫小說者，雖為末學，尤務多聞。……有靈怪、煙粉、傳奇、公案，兼朴刀、捍棒、妖術、神仙。……言石頭孫立、姜女尋夫、憂小十、驢垛兒、大燒燈、商氏兒、三現身、火枕籠、八角井、藥巴子、獨行虎、鐵秤槌、河沙院、戴嗣宗、大朝國寺、聖手二郎，此乃謂之公案。〔註12〕

羅燁將小說分為八類，公案正是其中一類，他還提出十六篇謂之公案的篇章，可惜只存篇目，原文並未收錄。

2. 耐得翁《都城紀勝》〈瓦舍眾伎〉：「說話有四家，一者小說謂之銀字兒，如煙粉、靈怪、傳奇、說公案皆是搏刀趕棒及發跡變泰之事」〔註13〕，又在《古杭夢遊錄》也提到：「說話有四家，一者小說，謂之銀字兒，如煙粉、靈怪、傳奇、說公案，皆是搏拳、提刀、趕棒及發跡變態之事」〔註14〕

耐得翁在兩本著作中都將小說分為四類，公案是其中一類，同時，他也說明小說內容「皆是搏刀趕棒及發跡變泰之事」。

3. 吳自牧《夢粱錄》〈小說講經史〉：「說話者，謂之舌辯，雖有四家，各有門庭，且小說名銀字兒，如煙粉、靈怪、傳奇、公案、朴刀、桿棒、發發蹤參之事」〔註15〕

吳自牧所寫與耐得翁主張相似，但「皆是」兩字不見了，因此，他的說法有斷句的問題，即如在公案後斷為逗號，則視同佚去「皆是」二字，下文為上文說明，如斷為頓號，則朴刀、桿棒、發發蹤參之事都是小說分類。

然不論斷句問題的結果為何，以上三人在其著作中，都將公案歸類在小說類，至宋時公案已成為小說分類之一，應可毋庸置疑。三人雖都將公案歸入小說類，但並未清楚寫明何謂公案小說，雖有「皆是搏刀趕棒及發跡變態之事」這種講法，但這只能說是小說的共同性質，並不是公案小說的特質。因此，《醉翁談錄》中提到十

〔註12〕同註9。
〔註13〕宋‧耐得翁《都城紀勝》(《棟亭十二種》民國十年上海古書流通處影印本)，〈瓦舍眾伎〉，頁10。
〔註14〕宋‧耐得翁《古杭夢遊錄》(《說郛》卷三，民國十六年上海商務印書館排印本)，頁44。
〔註15〕宋‧吳自牧《夢粱錄》(百部叢書集成)卷二十〈小說講經史〉頁15。

六篇謂之公案的篇名，及同書中收錄了私情公案及花判公案兩類十六篇的公案故事，便成了宋人將公案視爲小說分類的依據。黃岩柏認爲加上《綠窗新話》中的十三則及《太平廣記》精察類的二十八則故事，共有六十個例證，並說：「確經宋人自己認可的公案小說有六十篇」〔註16〕，但事實上，上述兩書中並未將那數則故事歸於公案類，內容雖有犯案判案過程，但仍是今人之說，不是宋人的分類。

　　《醉翁談錄》中剔去有篇名無內文的十六篇公案故事，尚收有十六篇公案故事〔註17〕，分爲私情公案與花判公案兩類，檢視其中內容，私情公案——〈張氏夜奔呂星哥〉寫的是指腹爲婚的男女因女方另許他人，因而私奔成婚，後被追獲而告入官府事，分入私情一類應是就內容而言。形式上，本篇先敘故事，再列男女二人供狀，最後則是府台判詞（未全，有闕文），這與後世公案小說形式相似。另外花判公案十五則，內容不一，有判姦情者、有判假冒進士者、有判不孝罪者、有判和尚相打者，亦有判妓行賽神願者，然其判詞均語帶詼諧，往往用詩、詞或駢語寫成。宋・洪邁的《容齋隨筆》〈唐書判〉有：「世俗喜道瑣細遺事，參以滑稽，目爲花判」〔註18〕，因此可知將判詞參以滑稽而稱爲花判在唐時已有，這十五則歸入花判公案，應是以官員判詞的性質而分。形式上，先簡敘事件大要，後敘官員判詞，篇幅短小，與私情公案不成比例，然形式上卻有近似處，即兩類公案均先敘事件始末，再列供狀、判詞，這對後世的公案小說形式有一定的影響。

　　這十六則公案故事，內容上駁雜不一，所謂「皆是搏刀趕棒及發跡變態之事」這種說法並不足以包括。其內容雖有不一，然皆是一椿椿的案件，《夷堅志》中有〈何村公案〉、〈艾大中公案〉兩則以公案標篇名的故事，觀其內容，皆敘斷案後，陰間吏卒向陽間官員要案卷審問之事，與《醉翁談錄》所錄公案故事皆是案件故事。然則，案件故事便可成爲宋人對公案小說的定義？《醉翁談錄》在煙粉歡合一類中收有〈靜女私通陳彥臣〉一則故事，敘靜女私通陳彥臣爲家人發覺送入官府，王憲臺審獄後促成姻緣事，內容與私情公案的〈張氏夜奔呂星哥〉雖有差異，但兩篇都是因爲不被容許的私情而送官究辦的故事，且在本篇末王憲臺審判前尚標有「憲臺王剛中花判」等

〔註16〕黃岩柏《中國公案小說史》（瀋陽：遼寧人民出版社，1991年5月），頁3。

〔註17〕《醉翁談錄》甲集卷二收有私情公案〈張氏夜奔呂星哥〉一則，庚集卷二收有花判公案〈大丞相判李淳娘供狀〉、〈張魁以詞判妓狀〉、〈判瞽師奴從良狀〉、〈判娼妓爲妻〉、〈判妓執照狀〉、〈富沙守收妓附籍〉、〈判夫出改嫁狀〉、〈黃判院戴氏論夫〉、〈子瞻判和尚遊娼〉、〈判僧姦情〉、〈判和尚相打〉、〈判楚娘悔嫁村夫〉、〈斷人冒稱進士〉、〈判渡子不孝罪〉、〈判妓告行賽願〉等十五則故事。

〔註18〕宋・洪邁《容齋隨筆》（台北：大立出版社，民國70年7月）卷十〈唐書判〉，頁127。

字，則本篇既屬案件，又有花判，似應歸入公案類，但《醉翁談錄》卻收在煙粉歡合一類；同時《清平山堂話本》〈簡帖和尚〉一篇中，題後標作「公案傳奇」，公案與傳奇在前述文獻中是爲兩類，此時卻又並列說明，可以知道，宋代雖將公案視爲小說的一個分類，但是在分類上並非絕對清楚，只是一個概要，同時也有兩類混淆的情形。因此，從宋朝所留下的故事分類看，事實上是不能得到清楚定義的。

（二）今人之說

對公案的定義，雖然都不離審案辦案之說，但或繁或簡，或廣或狹，各自不同。將諸多說法略作分類，有一言以蔽之的定義法，雖然簡單清楚，但未能周詳。如《辭海》解說公案小說：「中國舊小說的一種。以寫封建社會中的冤獄訟案故事爲主。」劉重一說：「所謂公案，專門說的是官員審理各種案件的故事。」〔註19〕，張國風說：「公案小說寫的是斷獄審案的故事。」〔註20〕，將公案小說以字面意義解釋，未作深入探討。

有詳加說明的定義法，將寫及某些範圍的作品歸入公案小說，或更清楚的劃分包括那些故事細節，如牛寶彤說：「凡是以公案爲主要內容的小說，即以封建社會中官府偵破案件、審理訴訟爲主要內容的小說，都是公案小說。」〔註21〕，曹亦冰則說：「公案小說是以公案事件爲題材的，公案小說理應包括作案、報案、審案（偵破）、判案等幾個環節。」而解釋說明更仔細的有黃岩柏《中國公案小說史》，其說云：

公案小說是中國古代小說的一種題材分類；它是并列描寫或側重描寫作案、斷案的小說。就是說，并列描寫作案與斷案的；側重描寫作案，而斷案只是一個結尾的；側重描寫斷案，作案的案情自然夾帶於其中的；這三種大的類型，全是公案小說。……但是，只寫作案，一點不寫斷案的，不是公案小說。〔註22〕

黃岩柏將公案小說分三大類型，並列描寫作案與斷案，或側重描寫作案，或側重描寫斷案的都是公案小說，只描寫作案不描寫斷案的，不是公案小說。常寧文的主張與黃岩柏十分類似，他說：「根據公案小說的實際創作情況來看，其範圍應該是主要或側重於描寫作案、破案及斷案、審獄方面的內容。」〔註23〕，目前幾本

〔註19〕劉重一〈論晚明白話公案小說〉，（鄭州：《中州學刊》1997年增刊本），頁91。
〔註20〕張國風《公案小說漫話》（上海：江蘇古籍出版社，1995年1月二刷）頁37。
〔註21〕牛寶彤《古代公案小說精選釋文》（青島：青島出版社，1995年8月第1版），序言，頁1。
〔註22〕黃岩柏《中國公案小說史》（瀋陽：遼寧人民出版社，1991年5月），頁1。
〔註23〕常寧文〈略論中國公案小說及其價值〉（南京：《江蘇公安專科學校學報》，1999年第5期），頁109。

寫及公案小說的論文，多採用黃岩柏的說法〔註 24〕，這種定義儼然成爲定論。同書中又提出：「凡不訴諸法律的，都不作公案看待；凡訴諸法律，那怕是戀人私通，家長強拆，男女投狀，長官判合，我們也理應看作公案。」〔註 25〕，呂明修說：「凡是在描寫一件人事糾紛，最後驚動官府爲之裁斷審判的故事，都可以稱之爲公案小說。」〔註 26〕，這種以寫驚動官府的案件稱之爲公案小說，論點與黃岩柏是相同的。此外，孟犁野又從文體上補充解釋說：

> 凡是以廣義性的散文形式，形象地敘寫政治、刑民事案件和官吏折獄
> 斷案的故事，其中有人物、有情節，結構較爲完整的作品，均應劃入"公
> 案小說"之列。不管它的文體是文言還是白話，是"話本"體還是筆記體
> 或書判體，也不管它是煌煌巨著，還是兩 300 字的筆記小品。〔註 27〕

依照幾位前賢廣義的說法，可以歸納爲：只要是廣義的散文形式，不論以何種文體呈現，寫一件人事糾紛，而驚動官府審判，它是並列或側重描寫作案、斷案的，這便可以稱爲公案小說。

以上可爲公案小說下一廣義定義，然而重新檢視公案成爲小說的一個類別來看，所謂公案小說，公案便應該是這類小說的主要內容，正如同愛情小說中，愛情的描寫是小說中的主要內容一般，張國風說：

> 公案小說作爲宋元話本小說的一個門類，正是指那種取材於各種案件
> 的小說。所謂各種案件指的是各種民事糾紛和刑事案件。公案作爲話本小
> 說的分類名稱，是從它所取素材的特點而來的。〔註 28〕

就取材而言，小說的創作過程中，題材經常是涉及諸多類別的，很少是單純的只寫某一種題材而不跨其他分類，如愛情是小說創作中最常寫及的題材，幾乎每種分類小說中都可以見到愛情的影子，公案小說中也有不少寫及相愛不能結合的故事，難道這也要算是愛情小說嗎？因此，個人以爲，作者的創作意圖、作品的主要內容才是分類的主要依據，也就是說，不論犯案斷案，所謂公案小說，案件都應該是主要內容，也就是圍繞此案的人物或情節都是爲了完成案件而寫成，如《包

〔註 24〕 如：游秀雲《宋代傳奇小說研究》、張慧貞《施公案研究》、楊淑媚《施公案研究》、廖鴻裕《海公案研究》、陳智聰《從公案到偵探——晚清公案小說敘事模式的轉變》等均是。

〔註 25〕 同註 22，頁 248。

〔註 26〕 呂明修〈試析兩篇唐人公案小說——崔碣與蘇無名〉（台北：《輔仁學誌》23 期，民國 83 年 6 月），頁 2。

〔註 27〕 孟犁野《中國公案小說藝術發展史》（北京：警官教育出版社，1996 年 9 月第 1 版），頁 4。

〔註 28〕 同註 20，頁 7。

公案》雖然極力描寫包公廉明公斷，然而包公不離案件，這才能稱為公案小說。其他小說雖然也寫作案斷案，然而案件只是為了引出下文，引出主要情節，則案件只是引子，不能稱為公案小說，如《水滸傳》雖寫林沖、宋江、武松等人殺人犯案，最後也驚動官府而有審判裁斷過程，但目的是將這群犯案者集於梁山，以寫其主要意圖，所以，只能說《水滸傳》中帶有公案的片斷，而不能稱《水滸傳》為公案小說，正如武俠小說中也不乏江湖兒女談情說愛，但這就不歸類為愛情小說是同一道理。因此，界定公案小說，除了上述的廣義說法，案件還必須是小說中的主要內容。

第二節　公案小說的源起

　　《中國古典文學辭典》說公案小說是「中國舊體小說之一種，主要描寫封建社會中的冤獄訟案，多頌揚清官為民請命伸冤破案的政績，起源於宋元話本，如羅燁《醉翁談錄‧小說開闢》中列有公案類話本」〔註29〕，最早將公案作為小說分類的是宋元話本，而文體發展的自然法則，總有某段較不成熟的醞釀期，這段時間裡的作品，正是形成前的過渡，也是促成它發展成熟的必要過程，在宋元話本之前，公案小說的前驅是怎樣的一些作品？

一、先秦時期

　　廣義來說，當人們有了衝突爭執，出現第三者仲裁紛爭、主持正義，這時，就具備犯案與斷案的事實了。黃岩柏《中國公案小說史》也提出，他認為群體中有一個管理權威，「個體之間的是非曲直，由這個權威來裁決。這便是後來國家司法職能的前身與萌芽。」〔註30〕，如此看來，幾可視同有了人類便有了犯案斷案。神話是初民的智慧結晶，這種案件問題自然也反應在神話故事中，炎、黃二帝為爭帝位而戰，糾紛產生了，當無人可主持正義時，戰勝者便是正義的一方，因此，落敗的炎帝只能是罪惡的代表；鯀竊息壤，犯罪事實產生了，黃帝將偷竊者處死，這是主持正義者；神話中的獬豸因牠性知有罪，所以，古者決訟，令其觸不直者，牠也成了司法之神，這些都是與犯案斷案相關的神話。

　　而在信史記載中，關於獄訟案件與官吏執法、問案，最早可見於《尚書》〈太甲〉，

〔註29〕廖仲安、劉國盈主編《中國古典文學辭典》（北京：北京出版社，1990年第一版），頁962。
〔註30〕黃岩柏《中國公案小說史》（瀋陽：遼寧人民出版社，1991年5月），頁18。

但那只是短短十一字的記錄，說：「太甲既立，不明，伊尹放諸桐」〔註31〕，伊尹是執法者，將不明的太甲流放至桐，之後在《左傳·昭公十四年》也以兩百字左右記錄了邢侯與雍子爭鄐田而引起的賄賂案〔註32〕，這些只是執法辦案的事件記錄。先秦諸子書中，也有不少類似的記錄，如《荀子》〈宥坐〉便載有孔子為魯司寇時，處理父子興訟的事件〔註33〕，《韓非子》〈內儲說〉亦載有子產區離興訟者，而偵得實情的記載〔註34〕，這裡便進一步有了執事者處理案件的技巧。然而，神話與先秦古籍的記載，並不是公案小說，它只是具備了處理糾紛、裁斷是非的觀念；只是維持社會秩序的人、事記錄，但可視為公案小說的源頭，因為有糾紛、有主持正義的人，也有了可依循的是非觀念。雖然他們連公案小說的雛型都稱不上，大概只能稱說具有某些公案小說的元素，但在公案小說的發展上，它卻是公案小說中最重要的元素——案件形成的開始！

二、兩漢六朝時期

兩漢六朝時期，文學作品寫及案件或執法者的故事明顯增多。首先，便是司馬遷在《史記》一書中設了循吏列傳及酷吏列傳，樹立了執法循理的官員形象，如循吏列傳中的李離，因誤判而錯殺無辜，所以李離以瀆職而自判死刑，僅管晉文公為其開脫，他仍伏劍而死；酷吏列傳中的郅都，因剛正不阿，執法不避皇親權貴，而有「蒼鷹」的封號，這些守法執法的官員，不避權貴，以身殉法，為清官的描述建立了良好的典範。

除了官員形象，史傳中也或多或少的記錄了一些官員斷案的事件，如《魏書·高謙之傳》便有高謙之智擒盜賊的一段記錄：

> 先是，有人囊盛瓦礫，指作錢物，詐市人馬，因逃去。詔令追捕，必得以聞。謙之乃偽枷一囚立於馬市，宣言是前詐市馬賊，今欲刑之。密遣腹心察市中私議者。有二人相見忻然曰：「無復憂矣。」執送按問，具伏盜馬，徒黨悉獲。〔註35〕

〔註31〕錢宗武、江灝譯注《尚書》（台北：台灣古籍出版社，1996年11月初版），商書〈太甲〉上，頁145。

〔註32〕《左傳·昭公十四年》（台北：藝文印書館），頁820。

〔註33〕《荀子集解》（台北：世界書局，民國46年11月）卷二十，〈宥坐〉：「孔子為魯司寇，有父子訟者，孔子拘之，三月不別，其父請止，孔子舍之。」，頁342。

〔註34〕張覺譯注《韓非子》（台北：台灣古籍出版社，民國85年6月初版）〈內儲說上·七術〉，頁595。

〔註35〕《魏書》（台北：鼎文書局，民國65年10月），卷七十七，高謙之傳，頁1708。

這種詐稱捕得犯人，再令手下觀察私議者的手法，是公案小說中很常出現的辦案手法。再如《北史‧司馬悅傳》也有一段巧妙的辦案記錄：

> 時有汝南上蔡董毛奴者，齎錢五千，死於道路。郡縣人疑張堤爲劫，又於堤家得錢五千，堤懼掠，自誣言殺。至州，悅觀色，疑其不實。引見毛奴兄靈之，謂曰：「殺人取錢，當時狼狽，應有所遺，得何物？」靈之曰：「唯得一刀削。」悅取視之，曰：「此非里巷所爲也。」乃召州內刀匠示之。有郭門前曰：「此刀削，門手所作，去歲賣與郭人董及祖。」悅收及祖詰之，及祖款引。靈之又於及祖身上得毛奴所衣皁襦，及祖伏法。〔註36〕

這種數量相同的巧合，與〈十五貫戲言成巧禍〉〔註37〕的趣味點是相同的，從現場遺留的物品而追獲兇手，更是公案小說中常見的辦案技巧。除了史書，在筆記雜著中也收錄了不少官吏決獄斷案的故事，如應邵在《風俗通義》中便載有兩婦爭子的事件：

> 潁川有富室，兄弟同居，兩婦皆懷孕。數月，長婦胎傷，因閉匿之，產期至，同到乳舍，弟婦生男，夜因盜取之。爭訟三年，州郡不能決，丞相黃霸出坐殿前，令卒抱兒去兩婦各十餘步，叱婦曰：「自往取之」，長婦抱兒甚急，兒大啼叫，弟婦恐相害之，因乃放與，而心甚自悽愴，長婦甚喜。霸曰：「此弟婦子也」，責問大婦，乃伏。〔註38〕

這則故事中，黃霸令二婦爭子而觀其情狀，生母恐相爭傷子所以放手，親情流露，真假立辨，在沒有科學方法可以鑑定血緣關係的年代，黃霸能利用人情推理，斷出是非，辦案技巧是很值得稱讚的，同時這也表現出黃霸的明智〔註39〕。元雜劇《包待制智勘灰闌記》的故事應淵源於此。這種以官員人智破案的故事尚可見於《搜神記》的〈嚴遵〉：

> 嚴遵爲揚州刺史，行部，聞道傍女子哭聲不哀。問所哭者誰，對云：「夫遭燒死。」遵敕吏昇屍到，與語訖，語吏云：「死人自道不燒死。」乃攝女，令人守屍，云：「當有枉。」吏白：「有蠅聚頭所。」遵令披視，

〔註36〕《北史》（台北：鼎文書局，民國65年10月），卷二十九，司馬悅傳，頁1044。

〔註37〕按：《醒世恆言》〈十五貫戲言成巧禍〉即是因十五貫錢的巧合，使崔寧無辜被冤枉。

〔註38〕漢‧應邵著，清‧嚴可均輯《風俗通義‧佚文》（台北：世界書局，民國52年4月初版），頁6。

〔註39〕按：民間故事類型編號926孩子到底是誰的，便是這一類型，見金師榮華《中國民間故事集成類型索引》（台北：福記文化圖書公司，民國89年1月），頁74，同類型故事亦可見於《聖經‧舊約全書》（台北：中華民國聖經公會，民國86年）列王記上，第三章〈所羅門以智行鞫〉，頁421。

得鐵錐貫頂。考問，以淫殺夫。〔註40〕

這是《百家公案》〈阿吳夫死不分明〉的前身，嚴遵因為婦哭不哀而起疑，繼而詐稱死人自言非火燒死，而終得命案之實，解開真正死因。這裡可以看見黃霸與嚴遵俱是睿智的官員，雖然使用不同的手法破案，但都是洞悉了人性的弱點，同時也因此而查清案情。官員的智慧是公案小說中很重要的部份，它推衍出的是官員的辦案、斷案能力及技巧，沒有了明智的執法者，沒有了巧妙動人的破案過程，公案小說也就難以成為人相爭閱的小說了。因此，這一部份的發展對後世公案小說的影響是很深遠的。

此外，藉象徵物或製謎方式以烘托官員智慧的故事，在本時期也可見其大概，如《風俗通義》書中有智斷家私的兩則故事，一則應是《龍圖公案》中〈扯畫軸〉及《警世通言》中〈滕大尹鬼斷家私〉的源頭，另一則則為《諸司公案》〈邴廷尉辨老翁子〉所本〔註41〕，今引其一：

> 沛郡有富家，公資二千餘萬，小婦子年裁數歲，頃失其母，又無親近。其大婦女甚不賢，公病困思念惡婿爭其財，兒判不全，因呼族人為遺令曰：「悉以財屬女，但遺一劍與兒，年十五以還付之。」其後，兒大姊不肯與劍，男乃詣郡自言求劍，謹案時，太守大司空何武也，得其辭因錄女及婿，省其手書，顧謂掾史曰：「女性強梁，婿復貪鄙，其父畏賊害其兒，又計小兒正得此財不能全護，故且俾與女內，實寄之耳，不當以劍與之乎？夫劍者亦所以決斷也，限年十五者，智力足以自活，度此女、婿必不復還其劍，當聞縣官，縣官或能證察得以見伸展也。凡庸何能思慮強遠如是哉！」悉奪財以與子，曰：「弊女惡婿溫飽十五歲亦以幸矣！」于是論者乃服，謂武原情度事得其理。〔註42〕

故事中老父為保護幼子，將財產全分給年長的女兒，這與〈扯畫軸〉的情節是相同的，不同處也正是關鍵的遺物，這則故事留給幼子的是一柄劍，而〈扯畫軸〉中所留下的是一幅藏有遺書的自畫像，從一柄劍悟出「劍者，亦所以決斷也」，然後將財產歸還

〔註40〕晉‧干寶著，黃滌明譯注《搜神記》（台北：台灣古籍出版社，民國86年9月初版），卷十一〈嚴遵〉，頁13。

〔註41〕漢‧應邵著，清‧嚴可均輯《風俗通義‧佚文》（台北：世界書局，民國52年4月初版），頁4，內文為：「陳留有富室，公年九十無子，取田家女為妾，一交接即氣絕，後生得男，其女誣其淫泆有兒，曰：『我父死時年尊，何一夕便有子？』爭財數年不能決。丞相邴吉出，上殿決獄云：『吾聞老公子不耐寒又無影。』時歲八月，取同歲小兒俱解衣裸之，此兒獨言寒，復令並行日中獨無影，大小歡息，因以財與兒。」

〔註42〕同註41。

幼子，與官員參詳不出答案，結果畫軸在無意間被潑濕，然後才發現裱在畫背的遺書，這兩者間，前者顯然無趣許多，同時也較不能說服大眾。因此，象徵物在日後改寫上便有了明顯改進。有的故事還會加入謎語以考驗官員，如《搜神記》中的〈費孝先〉一文，商人王旻先是求得善卜者費孝先指示：「教住莫住，教洗莫洗，一石穀搗得三斗米。遇明即活，遭暗即死。」，之後，王旻果如指示而免於死難，卻因奸夫誤殺而被誣爲殺妻兇手，所幸在行刑前遇見聰明的官員，解出「一石穀搗得三斗米」爲糠（康）七而拘得眞兇，替他洗刷冤情，果然是遇明即活。《龍圖公案》中〈斗粟三升米〉即是改寫自此，而這種製謎猜謎法在日後公案小說中也是常見手法。

另外，魏晉時期的案件故事還常增添不可知的神秘力量，《搜神記》中的〈蘇娥〉講何敞爲交州刺史時，宿鵠奔亭，夜有女鬼前來訴狀，次日，何敞依女鬼所言，果掘得屍骨，乃捕兇手鵠奔亭亭長，並滅其族〔註43〕，這則故事中蘇娥被亭長殺害並劫去財物，待何敞宿鵠奔亭時，鬼魂親自出來訴狀，這種加入鬼怪靈異的情節，在其他故事中也可見到。如《還冤志》所載：

> 宋元嘉中，李龍等夜行劫掠。于時丹陽陶繼之爲秣陵縣令，微密尋捕，遂擒龍等，取龍，引一人是太樂伎，忘其姓名。劫發之夜，此伎推同伴往就人宿，共奏音聲。陶不詳審，爲作款列，隨例申上，及所宿主人士貴賓客並相明證，陶知枉濫，但以文書已行，不欲自爲通塞，遂并諸劫干人，于郡門斬之。此伎聲伎精能又殊辨慧。將死之日，親鄰知識看者甚眾，伎曰：「我雖賤隸，少懷慕善，未嘗爲非，實不作劫，陶令已當具知，枉見殺害，若死無鬼則已，有鬼必自陳訴。」因彈琵琶歌曲而就死，眾知其枉，莫不殞泣。月餘日，陶遂夜夢伎來，至案前云：「昔枉見殺，實所不怨，訴之得理，今故取君。」便入陶口仍落腹中，陶即驚寤，俄而倒絕，狀若風顚，良久方醒，有時而發，輒天矯頭反著背，四日而亡，亡後家便貧悴，一兒早死，餘有一孫窮寒路次。〔註44〕

太樂伎因誤判而枉死，官員在行刑前已知太樂伎是冤枉的，但是，因爲文書已經

〔註43〕 同註40，卷十六〈蘇娥〉，頁4。事亦見北齊・顏之推《還冤志》（百部叢書集成），頁15，同書另有一則相似者如下：「漢時有王忳，字少林，爲郿縣令，之縣到亭，亭常有鬼殺人，忳宿樓上，夜有女子稱欲訴冤無衣自蓋，忳以衣與之，乃進曰：『妾本涪令妾也，欲往之官，過此亭宿，亭長殺妾大小十餘口，埋在樓下，奪取衣裳財物，亭長爲縣門下游徼。』忳曰：『當爲汝報之，勿復妄殺良耶！』鬼捉衣而去，忳旦收游徼，詰問即服，收同謀十餘人並殺之，掘取諸喪歸其家殯葬，亭永清寧。人謠曰：『信哉少林，世無偶飛被走馬與鬼語』飛被走馬別爲他事，今所不錄。」，頁16。《新民公案》〈斷問驛卒抵命〉應是源於這則故事。

〔註44〕 北齊・顏之推《還冤志》（台北：藝文印文館，影印百部叢書集成），頁5。

上呈，所以，就把樂伎處死，這種昧著良心草菅人命的官員或許是當時的官場寫照，但是，在日後公案小說中，它同時也提供了昏官的樣板。蘇娥與太樂伎的兩則故事雖有不同，一則敘清官因鬼魂訴冤而拘兇，為蘇娥討回公道，一則敘昏官誤判，致樂伎死後向官員索命復仇，但在故事中都呈現出鬼魂的復仇心態，因不平而求助官員緝兇，當官員不明時，則冤魂自行報復，鬼魂在公案故事中已佔有重要份量。

除了太樂伎這則冤獄外，〈東海孝婦〉則因關漢卿改寫成雜劇《感天動地竇娥冤》，而成為人盡皆知的千古奇冤：

> 漢時，東海孝婦，養姑甚謹。姑曰：「婦養我勤苦，我已老，何惜餘年，久累年少，遂自縊死。」其女告官云：「婦殺我母。」官收繫之，拷掠毒治。孝婦不堪苦楚，自誣服之。時于公為獄吏，曰：「此婦養姑十餘年，以孝聞徹，必不殺也。」太守不聽。于公爭不得理，抱其獄詞，哭於府而去。自後郡中枯旱，三年不雨。後太守至，于公曰：「孝婦不當死，前太守枉殺之，咎當在此。」太守即時身祭孝婦冢，因表其墓。天立雨，歲大熟。長老傳云：「孝婦名周青。青將死，車載十丈竹竿，以懸五幡。立誓於眾曰：『青若有罪，願殺，血當順下；青若枉死，血當逆流。』即行刑已，其血青黃，緣幡竹而上標，又緣幡而下云。」〔註45〕

這則故事明顯是一則冤獄，周青沒有以鬼魂訴冤，也沒有向枉判的官員報復，但是，它描寫了周青死時血逆流上幡，死後郡中枯旱、三年不雨的諸多異象，這些異象是天地為孝婦示冤，同時懲罰了坐視孝婦冤死的大眾，直到新太守祭孝婦冢，天才雨而歲大熟，以這種天地同悲的手法極寫其冤。〈東海孝婦〉的故事中加入了天理正義的情愫，冤枉的連天地也會同情他，善良的人即使在人間沒有得到合理的待遇，死後也會由天地異象為其平反，而週遭未能阻止冤案發生的人，即便事不關己，也要同時承擔後果，這種帶有警世意味的寫法是比鬼魂復仇要來得深刻的。

兩漢六朝時期，不論是史書的記載，或是筆記雜著中收載的故事，對於案件的描寫，在質或量上都遠超過先秦時期。本期對於執法者的形象、辦案技巧的敘述，都較前期豐富鮮明，在故事內容中，加入了鬼魂及大自然異象等，為正義或冤案的敘述加入更強烈的警世效果，這些都為後世的公案小說所承襲，另外在案件性質上包含偷盜、淫殺、爭產、爭子、冤案錯判等，案件形成的基本因素豐富且多樣性，當然，在現實環境中也會有如是情節豐富的事例。但是，本期所載的故事，有不少

〔註45〕同註40，卷十一〈東海孝婦〉頁393。

是後世公案小說取材的對象，以此看來，這些故事對後世公案小說是有其影響性的。同時，每則故事都有完整的案件始末敘述，較諸前代只具某種元素的情形來看，兩漢六朝時期的案件故事，已是頗具雛型的公案小說。

三、唐、五代時期

小說在唐代已經成形了，一般都以唐傳奇為中國最早的小說〔註46〕，本期也寫有公案小說，但是，那不是寫作者的主旨，寫作者的重心仍在傳奇，所以，本期雖有不少公案小說的作品，但是，要算是公案小說的形成，恐怕還是不那麼恰當，畢竟那還是屬於名份未明的時期，因此，此處仍將唐、五代置於形成期之前。

唐代的公案小說有不少是延續前朝發展而更加詳盡的，比如在辦案手法上的描寫，唐前已寫有不少聰明的官員及巧妙的辦案技巧，但過程的敘述常常是畫龍點睛式的三言兩語帶過，本期則可以看出鋪述、用力的痕跡。牛肅《紀聞》中載有蘇無名智捕群盜的故事，其中寫蘇無名用計捕盜的過程，約佔了全篇篇幅的一半，先寫蘇無名要求武則天不再強力緝賊，讓盜賊先放鬆防心，再令吏卒於城門窺視服喪至墓地者，果然得到有效情報捕得盜賊，開棺盡得贓物，最後還藉由蘇無名與武則天的對話交待破案的原因，先說明他到京城時就見知某隊喪葬隊伍是盜賊，推論賊人必趁寒食節去尋贓物，再從「見既設墓而哭不哀，明所葬非人也，奠而哭畢，巡塚相視而笑，喜墓無損傷也」〔註47〕，詳細的描寫蘇無名的推理過程，這樣大篇幅的敘述推理過程是前代未見的。

在審案過程中，也有了較精彩的對話，如張鷟《朝野僉載》便有一則偏重描寫斷案的故事：

> 李傑為河南尹，有寡婦告其子不孝，其子不能自理，但云：「得罪於母，死所甘分。」傑察其狀，非不孝子，謂寡婦曰：「汝寡居惟有一子，

〔註46〕按：邱師燮友《中國文學史初稿》說：「觀我國的小說發源雖早，但一直停留在筆記、叢談的階段，真正以寫人事，創造人物小說，始於唐人傳奇。所以唐人的傳奇小說，是我國短篇小說的開始。」（台北：福記文化圖書有限公司，民國74年5月三版）頁573。又葉慶炳《中國文學史》說：「魏、晉、南北朝為我國小說之醞釀時期，大體上仍不脫殘叢小語形式。至唐代，小說始告成熟………唐人傳奇由魏、晉、南北朝之志怪及志人小說進化而來，已由片段記載發展成為完整而優美之小說形態。」（台北：台灣學生書局，）頁457。又劉大杰《中國文學發展史》說：「嚴格地說來，我國六朝時代的小說，還沒有成熟。……中國的文言短篇小說，在藝術上具有價值，在文學史上獲得地位，是起於唐代的傳奇。」（台北：華正書局，民國76年7月）頁388。

〔註47〕唐・牛肅《紀聞》（台北：新興書局，民國74年），卷六，《筆記小說大觀》三十九編，第一冊，頁278。

今告之，罪至死，得無悔乎？」寡婦曰：「子無賴不順母，寧復惜乎！」

傑曰：「審如此，可買棺木來取兒屍。」因使人覘其後，寡婦既出，謂一

道士曰：「事了矣！」俄而棺至，傑尚冀有悔，再三喻之，寡婦執意如初，

道士立於門外，密令擒之，一問承伏：「某與寡婦私，嘗苦兒所制，故欲

除之。」傑放其子，杖殺道士及寡婦，便同棺盛之。〔註48〕

這件案子，只以寡婦告其子不孝一句，就將案子帶入斷案的部份，至終篇，全是審
案的過程，是一篇明顯偏重斷案的故事。而且其中四人各有話說，除了交待前後的
敘述外，整個案子幾乎是由對白組成，孝子甘死，官員好言相勸，寡婦執意杖殺親
生兒，吏卒跟隨偷窺時，她的歡喜，至奸夫被捕坦承奸情，全以口白呈現，與通篇
以敘事手法寫成大異其趣，由交待事件式的敘述方法，轉化成對白式的細部描寫，
人物的嘴臉躍然紙上，這樣的寫法讓故事也跟著精彩生動起來，雖然故事沒在案件
的處理手法上特別強調，但在形式上卻有著前代未有的突破，同時，它也讓我們看
見李傑的細心、技巧，看見一個溫柔敦厚的官員，這樣偏重在斷案過程的描寫，及
通篇以對白組成的方式，是前代所未見的。而這種對白式的寫法顯然是適宜說書人
的，這與話本的形成雖無關聯，卻與說書人的技巧是相通的。

除了辦案、斷案的部份有了加強的描寫，運用口語對白的寫法，讓故事更加生
動趣味化外，寫入公案故事中的辦案技巧也更多樣豐富了，中國民間故事類型中的
926Ｐ型「這些不是我的財富」，在本期的故事也能看到，如《唐闕史》的〈趙江陰
政事〉〔註49〕、《朝野僉載》中的王敬寄牛於李進處的故事〔註50〕，其中的官員都
是運用了這種技巧，讓侵佔者自己吐實，說出那不是他的財產。民間故事中編號926
Ｌ＊型「假證人」也見於本期的故事，如《桂苑叢談》的〈太尉朱崖辯獄〉朱崖便
是讓做偽證的眾人以黃泥捏合證物的形狀，由於是假證人，所以自然捏不出證物的
形狀，案子也就破了。

寫人智破案的部份外，故事中也加入近於幻術的描寫，如《劇談錄》中有一則

〔註48〕唐・張鷟《朝野僉載》（台北：新文豐出版公司，民國74年），卷五，《叢書集成新
　　　 編》第八十六冊，頁87。亦可見於唐・劉肅《大唐新語》（台北：新文豐出版公司，
　　　 民國74年），卷四・政能第八，《叢書集成新編》第八十三冊，頁348。

〔註49〕五代・高彥休《唐闕史》（台北：新文豐出版公司，民國74年），卷上〈趙江陰政事〉，
　　　 《叢書集成新編》第八十六冊，頁222，按〈趙江陰政事〉講的是借債者還債後因
　　　 未取回債券，又無中人，債權人遂起惡心不認帳，借債者告上官府後，聰明的官員
　　　 假稱債權人被強盜扳稱是同夥，為了證明錢不是搶來的，他便自己承認了那筆錢是
　　　 別人的。

〔註50〕唐・張鷟《朝野僉載》（台北：新文豐出版公司，民國74年），卷五，《叢書集成新
　　　 編》第八十六冊，頁87。

誣縣令換金的故事〔註51〕，講農民將掘得的一瓷馬蹄金送到縣署，隔天馬蹄金全成了土塊，縣令因此被誣換金罪，當眾人都將罪責指向縣令時，袁滋獨有異議，因為一瓷馬蹄金的重量，二人之力及竹擔均不足以負擔，可知，當時送到縣署者已非金塊，因此將縣令的冤枉洗清了。作者讚許了袁滋的才智和辦案的能力，但是，送至縣衙的金塊變成土塊的部份並沒有解決，因為那不是農民私換，而是金真的變成土了，金與土的成份絕然不同，可是，當時的人們居然可以相信金幻化成土，因此，故事中只是還給被誣的縣令清白，並沒有追究金子的下落。故事之後，作者還補敘了一段白金變成土的實例，並說與本則故事的情況相同，加強了土變金的可信度，暫不論金是否真的變成土，還是作者的誇飾，在本期的公案故事，已經有幻術加入是可以確定的。

　　上述的發展，諸如辦案的手法、官員的形象、警世的意圖等豐富公案小說的元素，在唐代明顯可以看到的是俠客、武俠的加入，唐代公案小說中為人所稱道的〈謝小娥傳〉〔註52〕，謝小娥本身便有女俠客的意味，小娥的父親、夫婿為盜匪所殺，她尋求報仇的方式不是請官府搜證辦案，而是自己潛入賊窟，自己訪查證據，並在適當的機會親手除去殺父兇手，雖然，最後也報官處理了，但是，最艱辛的過程卻是小娥自己冒險完成的，官府只是做最後結局的手續。當然，這是一篇傳奇，寫的是謝小娥，但是，它有公案小說的樣貌，比如它有完整的案件始末，有犯案、辦案，它也鬧上官府，也延續前代喜用的製謎法，及鬼魂托夢的情節，自然是這件案子讓小娥的人生起了很大的變化，但是，它的主要訴求是小娥不凡的一生，而不是案子的本身，因此，嚴格來講，這並不能算是公案小說的，但是從另一個角度來看，從謝小娥傳中，可以看見案件與武俠有了合作、合寫的部份，同時也有了俠客辦案的情節，這對清代公案小說與武俠的合流有範例的作用。

　　而除了案件內容的描寫較豐富外，寫作者及作品量也多了起來，同時，除了故事的描寫，針對案子判決的判詞出現了專書，如張鷟編撰的《龍筋鳳髓判》，在簡單敘述案件後（多半在五十字內），即是本案判詞，以文言寫成。雖然《龍筋鳳髓判》的成書，是因唐代詮選官吏時，將判詞的寫作列為條件之一而形成，但是它開創了書判體的寫作方式，對後世公案小說的寫作應有某種程度的影響。另外，公案作品也有了專集，如和凝父子編寫的《疑獄集》，它也不是出於文學自覺的作品，而是從

〔註51〕 唐・康駢《劇談錄》（台北：新文豐出版公司，民國74年），卷上〈袁相雪換金縣令〉，
　　　　《叢書集成新編》第八十六冊，頁136。

〔註52〕 另可見唐・李復言《續幽怪錄・拾遺下》（台北：新文豐出版公司，民國74年），〈尼
　　　　妙寂〉，《叢書集成新編》第八十二冊，頁94。

法學的角度，爲了提供官員審案時可供參考的歷史經驗而編纂的，但是它也開創了公案作品專書的先河，這兩部專集雖然都不是以創作公案小說的自覺出發，但是可以看見這個時代對案件、案件記錄、案件作品是較前代關注的。就像唐傳奇公認爲中國最早的小說，除去在文體結構、內容等的成熟度外，它是有意識的創作也佔有很重要的因素，唐人寫及公案並不是一種有意的創作公案，而是以傳奇爲主，以耳聞筆記爲主，將案件當成主要題材還是要等到宋朝。

第三節　公案小說的形成

　　公案小說的形成與當時的社會背景是有很大關連的，由於公案一詞成爲小說分類始於宋話本，因此，話本的形成與公案小說的形成是息息相關的。宋朝時，城市發達，市民的娛樂較諸前代豐富，而在文學的發展上也受了城市興起、市民文學的影響而有了不同的發展，因此，本節將以時代背景與文學狀況兩方面探討公案小說的形成。

一、時代背景

　　自唐末至五代十國，軍人一直掌有實權，政權快速更迭，社會動蕩不安，直至宋太祖陳橋兵變取得帝位後，制定了宋朝一代的走向，整個社會才由頹弊中逐漸恢復元氣，由軍人出身的他深知時代不靖的弊端，所以，他刻意偃武修文，倡導文治，重用文臣，積極的整飭吏治，改善唐末五代以來的腐敗之風，在杯酒釋兵權、強幹弱枝等一系列的政策下，根除了百年來的藩鎮跋扈之禍，繼位的太宗又能貫徹太祖的政治理念，爲政務求寬簡適中，國家社會也就在這種情況下得到最好的生養，宋代的興盛也就在此奠下基石。

　　當國家安定，社會自然也能繁榮起來，宋朝的汴京（開封）或臨安（杭州）因爲鼎盛的商業行爲突破了里坊制的限制，因此，汴京繁華爲人樂道，看孟元老筆下的汴京，講金銀綵帛交易之所，動即千萬的交易「屋子雄壯，門面廣闊，望之森然，每一交易，動即千萬，駭人聞見」〔註53〕，又講酒樓的熱鬧不歇「大抵諸酒肆瓦市，不以風雨寒暑、白晝通夜、駢闐如此」〔註54〕，講瓦子的規模「街南桑家瓦子，近北則中瓦，次裡瓦，其中大小勾欄五十餘座。內中瓦子蓮花棚、牡丹棚，裡瓦子夜叉棚、象

〔註53〕宋・孟元老《東京夢華錄》（台北：新文豐出版公司，民國 74 年）卷二〈東角樓街巷〉，《叢書集成新編》第九十六冊，頁 614。
〔註54〕同註53，卷二〈酒樓〉，頁 615。

棚最大，可容數千人」〔註55〕，瓦子的規模之大，瓦中的活動不斷，令人「終日居此，不覺抵暮」，汴京的繁盛，書中處處可見，而即便是渡江之後，臨安的興盛也不下於汴京，南渡後臨安已是汴京翻版，沈士龍爲《東京夢華錄》跋文就提到：

> 餘嘗過汴，見士庶家門屛及坊肆閭扇，一如武林，心竊怪之。比讀《東京夢華錄》，所載貴家士女小轎不垂簾幕，端陽賣葵蒲艾葉，七夕食油麵糖蜜煎果，重九插糕上以剪綵小旗，季冬二十四日祀灶，及貧人粧鬼神逐祟，悉與今武林同俗，乃悟皆南渡風尚所漸也。至其謂勾欄爲瓦肆，置酒有四司等人，食店諸品名稱，武林今雖不然，及檢《古杭夢遊錄》，往往多與懸合。〔註56〕

武林即指杭州〔註57〕。可以清楚看出北人南渡對臨安的影響，那種對汴京的懷念轉移成將杭城建置成另一個汴京。除了風俗相同外，臨安的熱鬧景象也可以從筆記中看出。吳自牧寫杭城夜市說：「杭城大街，買賣晝夜不絕，夜交三四鼓，遊人始稀，五鼓鐘鳴，賣早市者，又開店矣。」〔註58〕講杭城諸家酒肆「俱用全桌銀器皿沽賣」〔註59〕，講「杭州人煙稠密，城內外不下數十萬戶、百十萬口」、「至飯前，所掛肉骨已盡矣，蓋人煙稠密，食之者眾故也。」〔註60〕稠密的人口，熱絡的交易行爲，在在都顯示出杭城的富庶繁榮。樂蘅軍更以爲杭城之盛更甚於汴京，她說：「渡江以後，都城繁華又過於此。此時，商業資本猛烈發展，農村手工業崩潰，相反的城市工商業則愈形結集，而有了團行的組織，有工業的專營，有工廠的設立；整個社會的物力都投向幾個大都市，人口迅速集中，農村向城市流亡。」〔註61〕不論兩個城市何者興盛，宋代的都市發達、經濟繁榮是無庸置疑的。

在這麼興盛的城市活動中，就如筆記中所說，城中酒樓、瓦肆、勾欄櫛比鱗次，宋代的市民們並沒有忽略他們享樂的人生，在勾欄裡，不分寒暑、晝夜，活動不斷，瓦子中的藝人們，雜扮、百戲、相撲、踢弄、搬演影戲、傀儡、說話等百藝競陳，這些職業性的表演，除了表演者本身的技藝外，也需要豐富的題材充實自己的表演

〔註55〕 同註53，卷二〈東角樓街巷〉，頁615。

〔註56〕 同註53，明・沈士龍，跋，頁610。

〔註57〕 按：武林原係山名，在浙江省杭州市西，杭州以此，別稱武林。見陸景宇《新編中國地名辭典》（台北：維新書局，民國66年6月），〈武林〉條，頁331。

〔註58〕 宋・吳自牧《夢梁錄》（台北：新文豐出版公司，民國74年），卷十三〈夜市〉，《叢書集成新編》第九十六冊，頁720。

〔註59〕 同註58，卷十六〈酒肆〉，頁727。

〔註60〕 同註58，卷十六〈米鋪〉、〈肉鋪〉，頁720。

〔註61〕 樂蘅軍《宋代話本研究》（台北：國立臺灣大學文學院文史叢刊，民國58年12月），第一章〈話本的誕生〉，頁18。

內容。就是這樣的太平盛世，繁榮享樂的人生，這麼一個需要大量題材、內容以供職業表演的時代背景，便是公案小說產生時的大環境，也是培育公案小說的溫床。除了時代背景，文學的概況也是公案小說形成的另一個關鍵點。

二、文學發展

至宋仁宗時，國家承平已久，郎瑛《七修類稿》〈小說〉中載：「小說起宋仁宗，蓋時太平盛久，國家閑暇，日欲進一奇怪之事以娛之，故小說得勝頭迴之後，即云話說趙宋某年。」〔註62〕，連日理萬機的君王都可以因國家閑暇，而需日進奇事以娛之，民間說話的興盛是可以想見的。然就說話而言，事實上，說話應不起於宋，唐代時便有說話。元稹〈酬翰林白學士代書一百韻〉有：「翰墨題名盡，光陰聽話移。」句下自注云：「樂天每與予遊從，無不書名屋壁。又嘗於新昌宅，說一枝花話，自寅至巳，猶未畢詞也。」〔註63〕，段成式《酉陽雜俎續集》也載有：「予太和末，因弟生日，觀雜戲，有市人小說，呼『扁鵲』作『褊鵲』，字上聲，予令座客任道昇是正之，市人言二十年前……」〔註64〕，兩者都記錄了唐時的說話表演，雖然這種說話未必如宋人純娛樂性的說話，但是，唐代已有說話應可確定。

另一種說話的表現，便是寺廟中的變文俗講。向達的〈唐代俗講考〉甚至將舉行俗講的寺廟比類於民間遊樂中心，以這種說法看來，僧人們在寺廟宣講時是很近乎宋代瓦子勾欄的說書的。這些說話的情形雖然與宋代的商業說話不同，但是對宋代說話的興起是有很大影響的。就如《宋代文化史》中所說：「宋代話本是繼承和發展了唐代說話和市人小說。唐代的俗講、變文也給它不少啟發。」〔註65〕。

說話的承繼從另一方面來看，便是白話文學話本小說的興起。唐代的說話仍是韻散夾雜的文體，宋代的話本雖然可以看見變文的影子，諸如押座文之於入話、散文的故事中經常夾入的韻文句子等，但宋話本已是白話寫成的小說，話本小說的興起固然是因為說書人因應職業及傳授徒弟等需求而有，但它在無意中也代表了白話小說的興起。在新興的白話小說中，「宋人小說話本以愛情、公案兩類為最多，成就

〔註62〕明・郎瑛《七修類稿》（台北：新興書局，民國74年）卷二十二辯證類〈小說〉，《筆記小說大觀》第三十三編，第一冊，頁330。

〔註63〕清・曹寅主編《全唐詩》（台北：文史哲出版社，民國67年12月）卷四０五，頁4520。

〔註64〕唐・段成式《酉陽雜俎續集》（台北：新文豐出版公司，民國74年），卷四〈貶誤〉，《叢書集成新編》第十一冊，頁174。

〔註65〕姚瀛艇等著《宋代文化史》（台北：昭明出版社，民國88年9月初版），第十三章第二節〈宋代的話本〉，頁561。

也最大。」〔註66〕，此時，公案成為小說的主要題材，而且還是頗有成就的類別。

在這時期也出現了以公案命名的作品，如洪邁的《夷堅志》便寫有〈何村公案〉、〈艾大中公案〉兩篇以公案命名的故事，〈簡帖和尚〉文前也標有「公案傳奇」四字，「名稱雖然是個標號，但它代表著某種事物的本質，是區別於別種事物的標誌。特別是小說流派的名稱，是某種題材或體裁、樣式發展到一定程度才會產生的」〔註67〕，所以，《醉翁談錄》將公案歸為小說中的一類，還能將收錄的作品分類為〈私情公案〉、〈花判公案〉兩類，這都說明白話公案小說已經成型。

白話公案小說的形成主要來自話本小說的形成，話本小說的形成又歸因於說話的興盛，公案只是說話的一部份內容，從《醉翁談錄》中的一段記錄可以得知一位說話者的養成：

> 夫小說者，雖為末學，尤務多聞。非庸常淺識之流，有博覽該通之理。幼習《太平廣記》，長攻歷代史書。煙粉奇傳，素蘊胸次之間；風月須知，只在唇吻之上。《夷堅志》無有不覽，《琇瑩集》所載皆通。動哨、中哨，莫非東山《笑林》；引倬、底倬，須還《綠窗新話》。論才詞有歐、蘇、黃、陳佳句；說古詩是李、杜、韓、柳篇章。舉斷模按，師表規模，靠敷演令看官清耳。只憑三寸舌，褒貶是非；略團萬餘言，講論古今。〔註68〕

「雖為末學，尤務多聞」，這八字大概可以概括說話者的取材廣博，須遍覽群書，詳察古今。而來自民間故事、真實案例、筆記雜著或史書，包含有相當多的公案素材，這些未經加工的故事或案例，便是說公案者及公案小說創作者的取材來源，同時，宋代的文人也編寫了不少獄案相關的書籍，如鄭克的《折獄龜鑑》、桂萬榮的《棠陰比事》、宋慈的《洗冤集錄》、已經亡佚的《王公異政》〔註69〕，甚至是在分門別類的編纂方式影響後世公案書的《名公書判清明集》，這些書籍的出現一方面提供說話者豐富的素材，一方面也呈現出宋代對獄案方面的重視及關心，這些情況都足以說明公案小說在宋代的成型。正如孟犁野所說：「冠之以公案的文學作品，在宋代已經廣泛流傳了。『說公案』、『公案傳奇』的文學概念，此時已在民間說書藝人與文人長

〔註66〕同註61，頁562。

〔註67〕曹亦冰《俠義公案小說史》（杭州：浙江古籍出版社，1998年12月初版），第四章第二節，頁70。

〔註68〕宋・羅燁《醉翁談錄》（台北：世界書局，民國47年5月），甲集卷之一〈小說開闢〉，頁3。

〔註69〕胡士瑩《話本小說概論》（北京：中華書局，1980年5月），第十六章第一節〈公案小說的演變〉，頁666，云：「北宋時，蜀人為王素鐫刊的《王公異政》，當為後世公案書之祖，惜已不可得見。」

期的創作實踐的基礎上形成了。」〔註70〕

　　總之，宋代的城市發達了，數百萬的人口集中在都市裡，市民的消遣、市民的娛樂、市民的文學也就因應著時勢、順應著市民的需求，跟著發展起來了。同時，人口迅速的集中在都市，人與人的交際變的頻繁與複雜，加上夜禁廢除，「早在北宋熙寧以前，已把街鼓夜禁之制都廢棄了。」〔註71〕，過去嚴謹的生活方式終告中止，可以想見的是，這樣的發展必定也帶來了社會治安的問題。而夜禁廢除，夜生活、瓦舍勾欄的活動也就愈加活躍了，日以繼夜、不分寒暑的百藝競陳，單一、不變的內容是不足以吸引觀眾捧場的，瓦舍勾欄中的藝人們需要更多更豐富的內容以取悅觀眾，於是生活周遭的真實事例、史書筆記所載，一一搬上舞台，公案小說便在這樣的環境中，在說書人的口中孳生形成。至於將公案故事編成專集流傳，則要等到明代了。

〔註70〕 孟犁野《中國公案小說藝術發展史》（北京：警官教育出版社，1996 年 9 月第 1 版），導論，頁 3。

〔註71〕 樂蘅軍《宋代話本研究》（台北：國立台灣大學文學院文史叢刊，民國 58 年 12 月），第一章〈話本的誕生〉，頁 21。

第三章　公案小說的案件性質

　　案件是公案小說的主要題材、主要內容，因此，將公案小說中的案件性質加以
釐清，對於探討公案小說的內容是一項很直接而必要的工作。所謂案件性質指的是
犯案原因與犯案事實，一種犯案事實可能由多樣不同的原因造成，如一樣的人命官
司，卻可能是因爭鬥、搶劫或強奸造成，因此，本章以犯案事實分類，再就造成案
件的原因加以探討。

　　名、利、女色似乎是一切禍亂的根源，但歸根究柢，還是因為不滿足的人心才
造成的，所以說，固然是有了糾紛、不能安心過日，才會鬧上公堂，但是，那些案
件是較為人們關注的？是創作者較有興趣的？或藉這些案件說明了什麼？同時，因
為它不只在民間口耳相傳，它還牽涉到商業利益，要印成書籍販賣，內容必須是民
眾愛看的，必須是能讓民眾願意花錢買書的，才適宜被編寫在小說專集中，所以本
章將對案件的性質分類及案例量做一說明，至於案件出處及案類比例則均附於附錄。

第一節　人命官司

　　命案是所有案件中最嚴重的一類，在任何的犯罪事件中一定有人的參與，當一
方因此喪生，此一犯罪事件也就至此結束，再嚴重的案件，最終就是生命的結束。
因為人命事關重大，而且，一旦有人死亡，被告極有可能也要因此償命，如此一來，
最少有兩個家族會因此案而同時受到傷害，案件被關注的程度通常也會升高。因此，
只要造成命案，不論何種原因均歸於此類。人命官司也是公案小說中案件量最多的
一類，在公案小說專集中所收的案件中，命案幾乎佔了近五成，而造成命案的原因
也千奇百怪，可以分類如下：

一、搶劫、謀財致命

名利女色本是犯罪的溫床，雖然其本身無罪，但因易誘人犯罪，所以，在公案小說的案件中自然不缺乏此類作品。就明清時期而言，女子也常會是男子的附屬財產，但本類的搶劫、謀財則以金銀珠寶貨物等財物為主，與女色相關的案件則置於下一類。劫財害命自然是因人心的貪慾引起，而且被害者常是在不知情或無法自保的情形下失去財物與生命，同時，犯案者少有不置對方於死地的，所以，本類案件所呈現出的是較為險惡的人性。人命官司中有近四成都屬於財物造成的案件，是造成命案極常見的原因。以下就幾種謀財害命的情況加以說明：

（一）異地劫殺

本類既是謀財害命，首要條件便是要有財，在鄉里中一般富戶多有護院等保護，即便沒有，除非是成群的強盜，或是暗夜行竊，否則很難享用謀來的財物，未及享用即被拘拿，那麼謀財便失去意義。離鄉背井者失去地緣保護，而且中國人向來是窮家富路的，所以，離鄉背井者便成了盜匪的目標，而高達六成比例的數字也說明了這種現象，其中又以商人的目標最為顯著。帶著大批貨物或成箱的金銀，怎能不教匪類動心，這種既有錢財又隻身在外，謀死後也無苦主上告，正是盜匪最愛下手的類型。其次便是上任的官員，是另一種反諷！清官是不容易多金的，可是盜匪們卻也愛挑官員下手，顯然多數的官員們還是搜刮了不少的民脂民膏，不過殺害官員風險比較大，官員們有隨從護衛，而且時間到了卻未上任，容易引起注意，不能做得神不知鬼不覺的，因此，雖然官員被害，但在案件比例中只佔極低的比例。以下則以就被害者的身份及遭劫殺的情形作一分類說明：

1. 離鄉背井的商人

離鄉背井的客商是盜匪們的最愛，帶有貨物的商人們，即使刻意掩飾，還是很容易就被看出身價。因此，出外經商幾乎是拿命換銀的，而這些商人們最容易在行程中遇害，其次便是住店之時。

（1）行程途中

經商的凶險最顯著的還是在行程中，行程中帶著貨物，自己以顯著的目標前行，即使是脫售出空，身懷鉅款歸鄉，還是隨時都有遭搶的危機。尤其無法抵抗的是在水路之中，中國商人似乎很少有人識水性，識水大概也無法超越終日在船上生活的船伕吧！所以不必以刀劍加害，只要將對方推落水中，不須太費力氣便可完成謀財害命的工作，又不必擔心屍體處理的問題，因此，有兩成的商人都是在船上斷送性命。

而陸路交通是交通的大宗，窮鄉僻壤、深山小路或是城鎮官道，都有可能是經商者的必經路程，不管在何處，只消遇著一個見財起意的過路惡人，這趟路程也就賠本了，同時，防不勝防的熟人、同行者，由於沒有戒心，也常會是盜殺案的加害人。而即使在陸路，加害者多以刀、棍等殺害商人，但推入水中或井中的情形也屬常見，可見得利用水殺人是不分水陸，而且是匪類們的慣用的方式。陸路交通雖不如水上凶險，但是那畢竟是主要的交通方式，所以，在陸路上被劫殺的案件高達七成，加上水上交通的兩成，行商被搶劫殺害有九成都發生在旅程中，是經商風險最高的地方。

（2）投宿過夜

商人旅客出門在外，投宿的地方未必是客店，無客店的地方常是向居民借宿一宿，住宿過夜一來時間較長，二來行囊全在屋中，不需搬運，同時有屋子掩蔽，所以也是歹人行兇的時機。這些行兇者便以屋主為主，他們行兇的方式多半先將客商灌醉，等對方失去防衛能力再行謀害。此外，睡眠時也是防備能力較差的時候，所以，睡眠時也是行兇的一個時期。《海公案》〈以煙殺人〉一案中，客店老闆趁客商熟睡時以煙燻死，則是犯罪手法較為特別的一種。本項案件比例在出外經商的盜殺案中約占一成。

不論是住宿、行路，犯案者是同行熟識還是店家船伕，犯案的動機都是見財起意，出外經商便是帶著錢財在外招搖，財物最忌露白，更何況是擺明的告訴大家我帶著財貨，因此在劫殺案件中，商人是遇害的大宗，佔有六成多，可以看出行商的危險。

2. 官　員

官員有就任、改任的問題，要依著朝廷的調派到不同地方任職，所以，官員便成了盜匪的另一種選擇。官員遇劫通常發生在上任途中，或遭強盜搶劫，或是船伕謀害，或遇惡僧擄掠，較為特別的是官員遇難後，約有一半的官家女子得以存活，而她們也成了後來破案的契機，這是因為官員上任時是舉家赴任，不同於商人經商只是男子外出。而將官員謀害後，盜匪們拿著上任的文憑，假扮成官員赴任的情形也是有的。事實上，如果官員不能為民謀福，是科舉考上的文人還是搶劫殺人的強盜，由誰來當官又有什麼不同？官員被劫殺的比例在離鄉背井一類中約佔一成多，比例是較低的。

除了商人、官員這種明確身份者外，尚有些身份未明的孤客，或游方僧人等遇劫被害，比例均不及一成，因此不再另立一類說明。其中僧人本無家，但多數仍有常住的寺廟，因此亦將僧人歸於本項。

（二）盜劫傷命

異地遭劫也是被搶，然本類的被害者並未遠遊，在家中便遭搶掠，頗有「人在家中坐，禍從天上來」的感嘆。而在鄉里左近遇見毛賊，或遭竊賊潛入家中因失風被殺等項，因均只在生活周遭環境中活動，卻同遭劫掠，所以將這些情形歸為一類探討。本項在搶劫謀財類中約佔有三成，僅次於異地遭劫。可分以下幾項說明：

1. 冒領後花園贈金

所謂後花園贈金是毀婚案件中最重要的一個情節，小姐約貧困的公子在後花園贈金，以協助公子完成學業或早日迎娶，但總是有不同的理由會造成公子遲到或未到，而竊賊或知情的親朋、店主、鄰居必定早公子一步到達後花園，然後被丫頭認出，為了奪走錢財，又怕驚動大家，所以，丫頭便成了枉死者。這類案件與偷竊失手有部份雷同，但後花園贈金是已經確知有一筆錢財，不是猜測某戶可能藏有錢財才去偷，它是一種冒領的行為，而且故事發展有一成型的類型，因此，獨立一類說明。這類案件出現的比例也不低，在盜劫傷命類中佔有三成。

2. 偷竊失風

偷竊是一種在人不知覺的情況下，將對方財物佔為己有的行為。偷竊者原意只在錢財，但偷竊時如被人發現，便很容易在情急之下殺人滅口，雖然無殺人意圖，也不是預謀殺人，但卻也造成命案。因偷而殺都是因為被人察覺，在人命官司中，冒領贈金及偷竊失風這兩類犯案者，算是較膽小、較無心機的人，偷竊對象也未必是大富人家，睡臥路旁的酒醉者也可以是偷兒順手牽羊的對象。由於意不在人命，所以，只要不被發現，通常也不會危及人命，因此，本類案件在盜劫傷命類中比例還不及三成。

3. 錢財露白

錢財露白是遭劫的主因，經商招搖是一種露白，後花園贈金也是另一種形式的露白，本項直接以錢財露白為標題，指的是那些在鄉里之中，把錢財拿出令對方看見，而招致禍害的案件。這些人之所以招致被搶命運，有因購物時錢財露白、有因穿金戴玉、有因誇口有錢，而謀害者則都是臨時起意，所謀得的財物通常都是極少的錢財，常常只是數兩白銀，甚至只是二個桃子或幾件盤盞。為了區區幾兩銀子而謀死一人，是讓人不可思議的，所以案件中也有官員起疑而詳察的，結果就真的只是為了四兩白銀，這是連作者都感嘆人命不值的作品。

相較於偷竊失風殺人，錢財露白中的犯案者，幾乎都是抱著謀死對方的念頭，惡念較深，在《于公案》（于成龍公案）故事中，有一個較為特別的案例，善心人救下因貧自盡的年輕人，還贈銀救濟，年輕人死裡逃生後居然恩將仇報，殺害恩

人，奪走銀兩，這是典型的中山狼故事，救人免難反而引起對方的歹念，比起其他案件，顯然謀害者是更加可惡可誅的。但這種案例僅此一例，畢竟這種案例對於公案小說作者勸善教化的目的是有所妨礙的，或者也可以說，真的忘恩負義的人還是少數。

4. 打家劫舍

打家劫舍簡單的說就是搶到家裡去了，而搶劫的意圖仍是財物，與竊盜不同的是搶劫是明著做案，被劫掠的人多半會有反抗的行為，因此，搶劫造成命案是可預期的。與異地遭劫不同的是這裡專指針對某家劫殺，對象多是富戶。但是這類案件並不多，一來富戶不多，而且富戶多半有防備，二來打家劫舍不是一人行事，要集數人之力才能犯案，犯案之前便有諸多限制，所以，較難成案，在盜劫傷命的案例中也只佔一成多，是比較少出現的案件。

（三）圖謀家業

家業的繼承經常是紛爭的根源，因為分家產而引發的案件有諸多不同的性質，其中最嚴重的，便是謀殺親人以繼承更多的財物。這一類的犯案者必定是同時擁有繼承權者，因此關係不離叔侄、兄弟。另一種情形便是妻妾間為子謀產，兄弟或者還尚年幼，並未有爭奪財產的舉動，但是母親們早已設想到未來家業的繼承問題了，所以，先下手為強。案件中幾乎都是正妻毒死妾與妾之子，與妻妾相妒殺的情況一樣，也許這種現象可以解釋丈夫為什麼納妾——因為有如此凶悍的妻子，也可以知道妻子為什麼要這樣狠毒——因為丈夫不能給與保障。這類謀殺的案件比例極低，在搶劫謀財類中僅佔一成，可見得泯滅人倫天性的人還是少數。

異地劫殺是搶劫謀財致命一類中比例最高的一項，有六成多的案例都發生在離鄉背井的時期，這可以看出中國人何以視外出為大事，而將生離與死別並列！其次的三成則是盜劫傷命，因偷、搶、冒領等原因，將物主或知情者殺害，剩下一成才是圖謀家產謀害親人，終究是因為身外之物而引來殺機，甚至可以因此殺害親人、朋友。這些案件教人唏噓、感嘆，因為題材吸引人，在現實社會中取例也非難事，所以，人命官司中有近四成的案例都出於此項。

二、女色糾紛致死

本類主要說明涉及女色的人命官司，無論通姦、逼姦或相嫉、愛慕等理由，因與女色相關糾紛造成的命案則歸於此類。本類案件佔人命官司四成多，是公案小說很常採用的題材。以下概分五類說明：

（一）和姦謀殺

和姦謀殺是指男女成姦後，因爲姦情而謀殺第三者，或是第三者殺死和姦的一方，而這第三者通常都是女方的丈夫。也有姦夫反將女子殺死的情況，就比例而言，謀殺親夫的案件還是比較多，約佔有近六成，殺姦夫或婦人的案件合計不到四成，雖然律法保障丈夫的權力，允許丈夫殺姦夫淫婦，但顯然姦夫淫婦在情勢上還是佔上風的。以下就三種情況說明：

1. 通姦謀夫

通姦指的是男或女一方已有婚姻關係，卻仍有不正當的男女關係。這種情形通常指女子已有婚姻關係者，因爲如果女子未婚，不論男方是否已婚，都可以娶爲妻或納爲妾，所以，只有在女方是已受婚姻約束者，才會出現通姦的情形，至於男方是否已婚，則不是什麼要緊事了。

通姦殺夫自然是爲了圖長久之計，那麼什麼情況會是進行殺夫計劃的引爆點？從案件中可以知道，雖然會因爲丈夫起疑或察知而動手，但多數還是因爲正好有恰當的機會，或者根本不顧一切的進行謀策殺夫。總之，已然成姦，兩下稠繆，丈夫成了兩人的阻礙，如果不設法處理，通姦罪是死路一條，除去障礙又能長相廝守，殺夫似乎是唯一的方式。《諸司公案》〈張縣令辨燒故夫〉一案中，霍氏是想過別的法子的，她嫌丈夫老貧，自己又有外遇，所以，她要求丈夫嫁出，可是丈夫捨不得這花容月貌的妻子，於是，無計可施的霍氏只好放把火燒死丈夫。自然，她也逃不過法律制裁，但這也可以看見，並不是所有的通姦者一開始就將殺夫當成唯一可行的方式。

另外，《海公案》〈奸侄婦殺媳抵命〉的案子不只謀殺丈夫，還涉及無辜。叔叔與侄婦通姦，因被侄兒察知，所以，叔叔將侄兒殺了，爲了脫罪，又和兒子們定下計謀，將次媳殺死，再誣侄、媳兩人通姦，就此可依律免罪。因爲通姦，結果殺害兩人，其中包含了至死都莫名其妙的兒媳。雖然案件只此一例，但是，人的私心在此表露無遺，這是因爲通姦謀夫又殺害無辜者的案例。

較爲特異的是與狗通姦案，因爲丈夫連年經商在外，妻子不耐寂寞遂與白狗有姦，不尋常的是，當丈夫回家後，狗竟如姦夫殺夫一般將丈夫咬死，只是手法較爲直接，最後白狗被處凌遲示眾，這也算是一種另類的姦夫。

2. 姦夫殺婦

姦夫殺婦也發生在通姦的狀況下，一般以爲姦夫殺婦是因爲婦人變心，所以姦夫才將婦人殺死。但小說中所載的案件，之所以造成和姦的姦夫殺婦，主要原因是誤殺，誤殺也是本類案件中較常出現的情況。通常是通姦謀夫的情形，結果，因爲

婦人站的位置或洗澡的順序恰好替代了丈夫，所以姦夫便誤殺了婦人，這種誤殺的情況下，通常逃過一劫的丈夫會被冤枉。另外也有因看不慣婦人對丈夫的無情寡義，或是相約私奔，婦人卻臨時變卦，所以，便將婦人殺死的情形。至於婦人變心而遭殺害的案件並沒有出現，倒是有姦夫移情別戀而遭殺害的，而且新歡還正是婦人的女兒，這真應了俗話說的「太陽底下沒有新鮮事」，不唯古代，今日社會中也還發生有母女同事一人的情形，只是結局大有不同。《詳刑公案》〈吳代巡斷娘女爭鋒〉一案中，婦人因姦夫搭上女兒，冷落了自己，所以，乾脆把姦夫毒死，雖然不屬於殺婦一類，但只有一例，所以附在此處說明。

3. 謀殺通姦者

姦情如被察知，丈夫雖然可以告上官府，但是，中國人諱見官、忌訴訟，而且明律給與親夫捉姦殺死無罪的保護〔註 1〕，所以，丈夫可以自行解決，即便是岳父知道女婿將殺女兒了，也只能任由女婿殺人。也有既殺姦夫又不願令人知者，《諸司公案》〈黃令判鑿死佣工〉一案中，女主人因為私運穀米回娘家，佣工便用這個理由逼女主人和姦，結果，主人察知通姦事後，並沒有以捉姦在床的理由殺死佣工，反而自己設計將佣工殺死，還逃過仵作的驗傷報告，雖然，律法允許殺姦夫，但是，這個案子最後還是被蒙蔽，也還是一個冤案，這是公案小說中較為罕見的情形。

4. 其　他

因通姦而引發的殺人命案通常不離當事者三人，因為例外的情形不多，所以便歸於本項說明。非當事者三人的姦殺案，通常是因為誤以為女子有他姦，所以殺了同床者或女子床上的人，事實上，同床的只是穿扮戲服的表妹，或因女子換房間而睡在女子床上的無辜者，都是因為一時氣憤失察而造成的命案。只有一例較為駭人，因為獨子阻礙寡婦通姦，所以，婦人殺了親生的獨子。母子有天生的骨肉親情，其他案件中也出現過類似情節，但是，那是受了姦夫煽動，同時也不致於自己動手，《荊公案》中的殺子案，則是自己磨刀殺子，即便是兒子跪地求饒，曉之以理、動之以情，當母親的為了私情，還是可以將兒子殺害，這真是最駭人聽聞的案子。

就如上述，因通姦而引起的殺人命案，被害還是以丈夫為多，畢竟他是不知情、被背叛的無辜角色，所以，相對而言，由丈夫反撲殺害通姦者的案例也就顯得少多

〔註 1〕按：明・余象斗編述《諸司公案》有「律內一款，凡奸夫奸婦，親夫於奸所捉獲，登時殺死，勿論。」之說，（北京：群眾出版社，1999 年 7 月）〈陳巡按准殺奸夫〉，頁 194，另《大清律例》亦載：「凡妻妾與人通姦，而本夫於姦所親獲姦夫、姦婦，登時殺死者，勿論。」（北京：法律出版社，1999 年 9 月）卷二十六，刑律・人命・殺死姦夫，頁 423。

了，在姦殺案中只佔一成。同時，在姦殺案中佔有二成多比例的姦夫殺婦案，有不少案件是出於誤殺，他們的目標仍是丈夫，可以看見在姦殺案中丈夫的處境，及其勢單力薄的一面。

（二）強奸殺人

強奸殺人是指一方欲施強暴，一方不從，施暴者遂將對方殺死或是先奸後殺的情形。通常施暴者都是男性，而被害者則是女性。原意強奸，最後變成命案，之所以將施暴對象殺死，除了因爲對方不從，憤而殺之外，被害者呼救，及畏懼事後被害人指認、報復，也都是施暴者殺人的主要原因。所以逼奸自然是因爲美色引起、見色起意，案件中不能抗拒美色的登徒子約可分成三類：

1. 僧　人

公案小說中奸殺案有近四成是和尚犯下的，出家人四大皆空，偏在小說中有這麼多的僧人犯淫戒、犯殺戒，這些犯案的僧人或是迷戀妓女，因求宿不允而殺人，或至民家誦經迷上寡婦，或因偶然機會動心奸淫，這些屬於一個僧人的個人行爲事件者，約佔僧人奸殺的五成。另一半則是寺廟的群體惡行，婦人因爲行經寺廟，或至廟中參拜，即遭寺中僧人奸殺，廟中僧人雖未必人人淫惡，但這種發生在寺廟中的奸殺案，寺中僧人直接參與或包庇犯罪，至少都是兩人以上，因此，案發後，懲處犯案僧人外，也有將住持坐罪或將寺中僧人趕出廟的情形。

2. 熟　人

熟人是強奸殺人案中比例最高的一類，佔有五成的奸殺案都是熟人犯下的，或是表兄、叔公等親戚，或是住家左右的鄰居，或是丈夫的同窗好友等，因爲見過婦人美貌，所以犯罪較少是臨時起意，也因爲鄰近或熟識，所以能清楚女方家中動靜，趁女子單獨在家時入室調奸。其中有一則是小姑引奸夫入內奸嫂，因爲逼奸不從，殺害了嫂嫂，連同奔救的父親、伙計都一同被害，是奸殺案中殺人最多的一件。今日的強奸案件，經統計多數也都是熟識者所爲，對熟人的無防備、無戒心還真是古今無異。

3. 宵小、淫賊

奸殺案中極少案例是由宵小所爲，比例僅佔一成，宵小因竊盜潛入家中，適見美婦，於是見色起意，逼奸不成而殺，這是臨時起意非預謀的殺人案件。而淫賊則是先奸後殺，清代公案小說寫這樣的奸殺案幾乎有共同模式，即犯案的淫賊在奸淫殺人後會留下某些符號表明身份，挑釁的意味甚濃，而且作案次數不只一次，常是多家受害的情形。他們將犯案當成英雄事蹟，而留下的符號多半是畫在牆上的一朵花、一隻蜂或一盞燈等，隱含有採「花」「蜂」的意味。同時這些淫賊也都懷有高強

的武功，所以需要官員身邊的俠士去捉拿。因為常常以十數回的大篇幅寫一案，所以儘管捉拿淫賊的過程繁瑣不已，但是案件量並不多。

（三）佔妻殺夫

這一類的女色糾紛是因為貪戀婦人美色，於是設計將其丈夫謀死以侵佔其妻。從小說中所收錄的案件比例來看，權貴土豪、僧人及熟識者三種類別的犯案件數相當〔註 2〕。權貴土豪在一方甚或全國掌有權勢，因為有權有勢，為非作歹慣了，養成天不怕地不怕的心態，反正犯了罪，利用權勢可以為自己脫罪免禍，所以，權貴土豪犯案不只是奸殺，而是將丈夫殺死以長久侵佔婦人。有意思的是，僧人又上榜了，而且同樣又佔了高比例，只是這類的案例全發生在寺廟中，沒有一人的獨自犯行，幾乎整個廟裡的僧人全是惡僧。主謀者從一人至多人皆有，其他僧人則幾乎全是共犯，寺廟儼然成了強盜窩，佛門是清淨之地、出家人四大皆空，以寺廟為名，行奸淫之事，正是因為寺廟、宗教給了僧人一個絕佳的保護膜。所以，不法的僧人利用這個名義，大行淫惡之事。官府查明後，除了將僧人處決外，多半寺廟也跟著焚化或將寺產沒入官府，而處決僧人的部份，竟有多達五百人同時押赴江頭斬首的情形，不過，這種寫法恐怕誇飾的成份居多。

至於熟識者則幾乎都是丈夫的朋友。這種見色起惡心的情形多發生在夫妻遠赴他鄉投奔友人的狀況下。夫妻是異鄉客，所以，殺死丈夫後，鄉里不會有人知道婦人的身世，而且婦人孤單無依，要霸佔婦人為妻妾較無困難。另一種則是對婦人隱瞞丈夫死因真相後，施以恩義，令婦人感念恩德而嫁與為妻。多半是適有環境配合，再不便要大費周章的佈局，比起土豪、僧人犯案，過程顯然複雜許多。

另一種奇特現象是，在殺夫佔妻類中，常會出現的是殺人未遂的情形，雖是殺夫佔妻案，殺害的行為已然進行，但有五成的案例丈夫並未死亡，而丈夫所以未死，主因是神明救助，或者因丈夫有官命，所以神明護佑，或者危難中婦人或丈夫不斷的誦經、向神明祝禱，所以神明以夢引官員來救助，這種殺人未遂雖未造成命案，但意圖明確，而且案後官員以殺人案處理，所以也歸在此處說明。

（四）妒 殺

一夫多妻的制度是妻妾相嫉的根源，由於妾的加入，使妻的地位受到威脅，不論是情感或是權力的部份，那都是一種共享，即使妾的地位是不受保障的。台灣有句俗話說：「甘願嫁人擔蔥賣菜，也不要跟人公家（平分）尪婿」，明清時期雖有納妾習俗，但不表示所有女人都能接受這種制度，後宮妃嬪人數是有定例的，被選入

〔註 2〕權貴土豪約佔有四成，僧人與熟視者則各佔三成，可參見附錄圓形比例圖。

宮中的女子也早就知道這種共有的情形了，但是，歷來爭寵最嚴重的地方也在後宮。制度是一種標準，人心則未必能被制度規範，這是妒殺的主因，也是所有犯罪的主因。

在妒殺案中，掌權的妻常是相嫉案的加害人，加害最後當然是令對方失去生命，但在失去生命之前的凌虐，看來是很令人觸目驚心的。如《海公案》中〈妻妾相妒〉案，因爲丈夫喜歡小妾的眼睛，所以，妻子就將小妾的眼睛挖下獻給丈夫，這種情形正如《唐書》的武則天、《宋史》的光宗李皇后〔註3〕，歷代史書的后妃傳大概少不了這樣的情節，爲了專寵、專權，女人們什麼狠手段都施展得來。而在酒中下毒、逼對方自盡、直接打死等方式，則已經算是溫和的手段了。爭風吃醋還未必只加害妾一人，《詳刑公案》〈許兵巡斷妒殺親夫〉一案中，便因爲丈夫只寵某妾，所以，妻子聯合其他妾與私通者，共同謀殺丈夫及寵妾。另外也有毒殺妾，結果反而毒死丈夫，及不願情人娶他人，所以殺害準新娘，甚至是前妻之子都令後妻無法忍受，所以，連前妻之子都要殺害的情形，但這些都是少數，直接加害的對象還是以寵妾爲主。

（五）其 他

在女色糾紛中，除了上述四類外，尚有數案因女子而引起的人命官司：有丈夫懷疑妻子不貞，所以因疑生恨而殺妻；有相愛的男女因婚事不協，女子氣悶而死，後來女子還魂，男子疑其是鬼，以劍斬之，女子便被誤殺；有不巧撞見和尚私藏婦女而被害；有因從娼家將婦人奪回，結果全家被殺報復；亦有爲了搶掠女子而殺害其家人的案件。《海公案》〈貪色喪命〉一案，則是男子因迷戀他人之妻成疾，經懇求後，婦人同意與男子共度一晚，因爲久病相思加上心情轉變過大，男子尚未見到婦人，便已死在床上。以現今觀點來看，男子應是心臟病發或心肌梗塞而死，屬於病死的情形。但男子之所以喪命，還是因爲思念婦人的美貌引起，所以，也置於女色糾紛一類。這些案例都是零星數件，所以歸在其他類說明。

以上因女色糾紛而引發的人命官司，約三成半是因通姦而致，近三成是強奸引起，殺夫佔妻則有兩成，妒殺與其他則有二成。從案件比例可以看見，因通姦而引起的人命官司還是屬於多數，《百家公案》有云：「古云：『家有淫蕩之婦，丈夫不能

〔註3〕按：事可見《舊唐書・后妃傳》卷五一：「武后知之，令人杖庶人及蕭氏各一百，截去手足，投於酒甕中，曰：『令此二嫗骨醉！』數日而卒。」（台北：鼎文書局，民國 65 年 10 月）頁 2170，又《宋史・后妃傳》卷二四三：「帝嘗宮中浣手，睹宮人手白，悅之。他日，后遣人送食合於帝，啓之，則宮人兩手也。又黃貴妃有寵，因帝親郊，后殺之，以暴卒聞。」（台北：鼎文書局，民國 65 年 10 月），頁 8654。

保終』信斯言矣。」〔註4〕，社會制度、社會規範明顯偏袒男權的時代，有這樣的結局，應該是可以理解的。

三、自　盡

　　自盡原本應不涉及法規，因為殺人者與被害者同是一人，結束生命是自我意願，根本無從辦起。但是，公案小說中卻仍有因某人自盡而懲處他人的案件。因為脅迫他人意願，剝奪他人自由，雖然不是直接殺害，卻是間接的劊子手。但是，嚴格來講，自殺還是因為自己無法面對現實，無力改變環境或自己，是對生存的一種無能表現。而從自殺案中，自殺者多數是女子看來，女子在當時所面對的環境，顯然是較不利的，同時，也比較無力去承擔。自殺便捨棄了生命，連生命都可以放棄，究竟是為了什麼？

（一）保全名節

　　雖說「自古艱難唯一死」，但是，宋儒也以為「餓死事小，失節事大」〔註5〕，所以，一旦名節受辱，真是比死還要糟。在注重群體的中國社會中，名節受損也就無自尊可言，失去個人尊嚴也就罷了，可怕的是整個家族都要為此蒙上陰影，無法抬頭挺胸做人，那麼，以個人生命換取家族尊嚴，也就不足為奇了。當然，名節受辱不是個人的意願，是由外力脅迫造成，但個人的自尊受到嚴重打擊，還是很難令人釋懷的，因此走上絕路也就成為受害者最強烈的抗議。公案小說的自盡案中，因明節而自盡的佔九成，是自盡的最主要原因。

　　因名節受辱而自盡，只有《海公案》〈斷問誣林奸拐〉一案是因為被誣陷姦拐婦女，所以憤而自盡，其餘皆與女子貞節相關，或被強姦、錯與他人同床共寢等失去節操，或被毀婚、逼嫁、逼奸、懷疑不貞等陷入兩難局面，所以只得自盡明節，表達錯誤並非自由意願及表示自己維護貞操的決心。

（二）追求愛情

　　西人云：「生命誠可貴，愛情價更高」，由此可知何以古今中外都有男女能為愛而犧牲生命。但是公案小說中為愛情而自盡的案件不如想像的多，約佔自盡案一成，自盡的理由都是因為外力逼迫彼此分離，所以，寧死不屈，了結今生。今日社會，男女自由戀愛，罕有因家長、權勢阻斷戀情而走上絕路者，倒是有不少失戀者，因

爲不能面對彼此不再相愛的事實，所以潑硫酸、灑汽油，殺人後再自盡，要對方與自己共赴黃泉。雖然兩種情況的結局都是不智的舉動，但是，比起因愛生恨的毀滅方式，小說中因環境不允許而被迫分離，這種情境顯然悽美許多。明、清時期，婚姻沒有自主權，完全操控在父母或家長、族長手中，父母之命、媒妁之言，這是根深柢固的觀念，加上認識異性的機會也不多，所以，要爲追尋愛情而犧牲生命，還真是沒機會，這也是案例何以偏少的原因。

除了以上兩種原因，另有一則特殊案例，既非爲了名節也不是追尋愛情，那是《諸司公案》〈楊驛宰稟釋貧儒〉一案，窮秀才之妻因不勝飢寒，所以自縊而亡。大約抱定將要餓死，不會再有轉機，與其承受飢餓的煎熬至死，不如自縊速死。這樣的自盡案真是令人無法想像，飢寒貧困時常能激起人們的求生意志，瀕臨死亡時，人類便會激出求生的本能，秀才之妻卻在此時堅持放棄生命，這是多無奈的選擇，真是一種徹底的絕望，而這種案子也就僅此一例。自殺案在人命官司中比例僅佔一成，案例並不是太多。

四、其　他

造成人命官司的原因，除了上述三大類，尚有少數其他原因如鬥毆、仇殺等，但比例不及一成，所以歸在其他類說明：

（一）爭吵、鬥毆致死

爭吵時，容易造成情緒的失控，因此，只要有一方不能把持，鬥毆便會伴隨而來，爭鬥時，很容易就失手打死對方，甚至是誤傷旁人，因此，在公案小說中，一經爭吵，通常伴隨而來的便是人命官司。但在人命官司中，爭吵致死的案件並不多，不過十多件，佔人命官司比例不及一成，並不是發生命案的主要禍因。至於爭吵的原因，大約可歸納有債務糾紛，爭奪水利及單純的言語失和。

欠債還錢也就不構成案件了，可是當某一方違反規則，糾紛便因此而起。今日社會，債務糾紛發生的主要原因是欠債不還，要想訛債務人的錢財，那是難上加難，公案小說的案件中，雖也有因討債而鬥毆的事件，但是債務糾紛的主要原因，卻多數發生在債權人貪心的想多訛債務人的本利，自然債務人不甘被訛，因此，爭吵鬥毆便相繼而來，命案也就如是的發生了。

一般都是爭吵的二人有死傷的問題，《海公案》〈拾坏塊助擊〉的案例中，卻是某一方的母親被不長眼的坏塊誤擊而死。而無辜受害的案例還發生在爭水利的案件中，因爲爭水互毆，前往奔救的親人或是老父或是妻子反被打死。非當事人反被打死都發生在年老者或婦女身上，自然是因爲這些人在社會結構中，本來就屬於被保

護者，他們本身的護衛能力都有問題了，那裡能加入戰局，所以，一但參與鬥毆事件，死傷自然難免。

　　爭吵而鬥毆致死都是無預謀的案件，事件的發生雖有爭奪的貪慾，但主要仍是因爲脾氣失去控制才發生死傷事件，所以本類是人命官司中較爲單純的案件。

（二）猛獸、毒蟲奪命

　　毒蛇猛獸向來便是人們避之唯恐不及的禍害，怕遇虎、遇蛇，是人們共同的心理，因爲被這些猛獸傷害的事件的確層出不窮，只是被老虎或蛇吞噬也能告上官府，這種呈告對象是動物而非人類的情形，倒是較爲特殊。公案小說中這類案件並不多，有三則爲猛虎所傷，兩則爲大蛇所噬，全是相依爲命的孫兒遭虎、蛇所噬，祖母因年老失依，所以告上官府。另外有飲用遭毒蛇、蜈蚣污染的水而喪命的案例，其中爲蜈蚣所毒害的案件，則是較罕爲聽聞的。《海公案》〈勘饒通夏浴訟〉中的饒于財因誤飲遭蜈蚣污染的茶水，所以，一命嗚呼，這件案件最後發展成誣告。因爲不明原因，所以前妻之子以繼母有奸夫而毒殺父親興訟，海公查證發現放茶水的那面牆，竟是一個蜈蚣穴，所以還給婦人清白。只是，一隻蜈蚣掉進水杯便能毒死一人，理由似乎有些牽強，還有屋頂上的毒蛇唾液滴入飲水中，所以毒死了飲水者，蛇的毒腺在毒牙中，口水應該是無毒的，以今日觀點看來，這種寫法是不太能令人接受的。這類因蟲獸等傷害致命的案子數量相當少，在人命官司中只是點綴式的作品。

（三）仇　殺

　　除了意外造成命案，殺人都是一種有目的的犯案，或是爲了謀財，或者爲了女色，但是其中有一種原因就只是因爲情緒的失控。因爲雙方曾有過節，所以懷恨在心，找尋機會復仇，通常造成雙方失和的原因都是因爲借不到錢這般的小事，也有水盜被官員圍剿後，餘黨前來復仇的。而仇殺案很有意思的是，犯案者很少直接殺害仇視的對方，案件中雖然沒有特別刻意將目標鎖定在那裡，多半都是偶然路上相遇殺害，但是被殺害的幾乎都是對方的兒子，歇後語說「寡婦死了兒子」就是沒指望了，指望什麼？中國人以爲傳宗接代就是靠兒子，以爲養兒就是爲了防老，死了兒子比殺死自己還要令人痛苦。所以，既然要復仇，當然要用最狠的手段，不只是殺害，還要連對方的未來、寄託都一齊毀滅，徹底的復仇。小說中並沒有針對復仇者的心理狀況加以描寫，只是很簡單的表出因仇恨而殺害，但就今日觀點來看，這便是一種殺害對方的親人以使對方痛苦的復仇方式，也是人命官司中一種特殊的案類。

　　此外，尚有零星個案，如縱馬踏死寡婦之子、懷疑家僕偷竊而打死及爲了寺廟聲譽，逼迫他人坐化等數案，都是個案，所以不再多作說明。

以上幾類人命官司，如以存心與否來看，則半數以上的案件還是預謀殺人，顯然包藏禍心的案件還是比較驚動人心，錯手殺人的案件可以引來讀者的嘆息，那種死亡過程是無預期的，經過設計的殺人案件，讀者已知陰謀，計謀進行的過程令人掛心、驚懼，所以，較能受編書者青睞，也應該是作品中較能捉住讀者的心的部份。而公案小說專集中，所編寫的案件幾乎有一半都是人命官司，可見得案情嚴重，過程令人驚懼的案子，還是較受讀者、編寫者偏愛的。

第二節　財務官司

財務官司是指以侵佔、搶奪、詐騙、竊盜等不同方式謀得他人財產，諸如田地、物品、金銀等事物者，只是單純的財務糾紛並不涉及人命的案件。財務的爭奪必定因人而起，但因為重點在金銀財貨的爭奪，所以，獨立一類說明。財務官司佔總案件近兩成。以下就爭奪財物的方式分類說明：

一、爭　佔

爭佔是指將他人之物佔為己有，直接由自己認定事物的歸屬，或經由偷、租、借等方式使自己成為物品的持有者。當然，原持有者是不能接受的，於是糾紛也會因此而起，官司的內容主要便在爭執財物的歸屬問題。爭佔的主因自然是為了貪念，從千萬家產到不值錢的雨傘、瓦盆都是案件中曾出現的被侵佔事物，以爭佔物分類，約可有以下幾項：

（一）爭佔家產、金銀

爭佔物中最有價值的莫過於家產了，當然價值的標準因人而異，但以錢財所值而論，家業自然是最昂貴的物品，而直接有價的莫過於金錢，所以爭佔類中，有半數都是因謀佔財產而告上官府。謀佔家業的部份，約有六成都發生在兄弟關係上，兄弟爭產的情形古今皆然，或疑心父親偏心分產不均或不公，或兄弟間有一方較為弱勢，所以，強佔弱者的財產。其中有一種典型，即老父生幼子，父親為防長子傷害幼子，所以定下怪遺囑，待幼子年長後，才由聰明的官員為其討回公道。在六成的兄弟爭產業案中，這種類型約佔有一半。

財務官司中尚有近四成案件則是貴族強佔或孤兒寡母等弱勢業主被欺負，只有一則較為特殊的是〈豪奴侵占主墳〉案，僕人以下侵上，以弱侵強，與他案相對關係全然不同，而且所欲侵占的產業不是良田豪宅，而是墳山祖墳，也不是因為祖墳風水好的問題，就只是為了不甘居於人下。表面上是侵佔了墳山，事實上是為了爭

回自尊，爲了平反自己的委屈地位，方法雖然可笑，但用心還頗堪同情。

另外便是借貸或拾得的財務問題。借貸還錢，因爲沒有拿回借契，所以債權人起了貪念，賴對方未還錢，縣官便詐稱債主是強盜，讓債權人說出這些不是自己的財產。而拾得錢財的部份，則是單純的爲失主找回失銀，而拾得者也老實的將錢財還給失主，所以，較無衝突可言。

侵佔財產是侵佔類中案件比例較高的部份，約有六成，雖然沒有造成人命，但爲了謀奪家業，有心人甚至不惜花上二十年的功夫去佈局，這類的案件在爭佔案件中是謀略、心機較多的案件。

（二）爭佔牲畜、物品

牲畜也是財產的一部份，但與金銀田宅相較，價值則略遜一籌，這類牛、馬的侵佔問題，大約類似今日的汽車失竊，等找到愛車時，卻有另一人自稱是車主，於是互相指責對方是侵佔者。牛、馬的價值還有可說的部份，好馬的價格甚至可以抵上房價，而侵佔雞、鵝等小家禽或是價值更低廉的傘、柴刀，甚至只是用來養豬的瓦盆，那眞的只是市井小民的小貪念。《廉明公案》中〈孟主簿明斷爭鵝〉就提到九斤鵝約值銀一錢六分，〈金州同剖斷爭傘〉中說新傘一把才值五分銀，也不過一錢六分或五分銀的價值，就可以誘人犯罪，而誘人犯罪的另一個原因是這些動物、物品不若田產有田契，牲畜身上又未標明主人姓名，而且，傘、刀等物外觀都差不多，所以，有心侵佔，誰又能分辨呢？於是貪念一起，跟著便是犯罪行爲。由於侵佔的價值較低，所以刑責也很輕，物歸原主後，多半是加上一、二十個板子。這類案件約佔侵佔案件的四成。

這些爭佔的案件主要在表現官員的智慧，因爲動物、物品不會辯白，遺囑、田地契也是死物，任由人自說自話，要在「公說公有理，婆說婆有理」的情況下，將產物正確的判給主人，是需要高明的技巧和聰明的頭腦的。所以，這一類案件，雖然只是市井小民的爭執，不是多轟動社會的案件，但是公案小說卻也收錄了不少這樣的作品，除了表現趣味性外，主要還是在宣揚官員的睿智。

二、偷　竊

偷竊是指在未告知物主或物主未知的情形下，將金銀、物品佔爲己有的行爲，而查明竊賊便是偷竊案的主要內容。因爲犯罪者的目的在值錢的物品，不在傷人，所以，本項僅指單純偷竊案，因偷竊而引發更嚴重的殺人案件，則不歸於此類。偷竊案在財務官司中約佔近三成比例。

與其他犯罪相較，單純的偷竊行爲，惡行算是較輕微的，最嚴重的案例只是偷

去三千兩銀子，其餘則僅是幾擔布數百兩的價值，或騾、雞等物品。犯罪者通常只是一人獨自犯案，少有結夥的情況，案件中只有一案是夥同數人進行偷竊的。另外便是扒手集團，扒手集團也不是一起偷，而是互相掩飾照應，偷竊本來就是要在人們不知情的情況下進行，既怕人知，自然要少點人，人多了反而礙事，而且人一多，膽子也大了，犯行就不是偷，而是搶了，所以，案件中的偷兒幾乎都是獨自犯案的，而且，慣竊只有三成多，六成多的犯案者多數是偶然的情況下犯下偷竊案的。

較有意思的是《諸司公案》〈路縣尹判盜鏟瓜〉偷鏟瓜一案，偷鏟瓜實際上不是偷竊，他並未佔為己有，因為與種瓜者有仇，所以將對方的瓜苗全數鋤斷，只是一種破壞行為，因為官員最後判決以竊盜罪論，所以，便將此案歸在偷竊類中。事實上以犯行者論確實不是偷，但以物主的情況論，一園瓜苗全被鋤死，不只是物品被破壞，大約就像是一園的瓜全被偷走一般，所以官員以竊盜罪論處，而這樣的報復行為，傷害最多的恐怕還是自己吧！

三、搶　劫

搶劫是指以武力、恐嚇等手段將財貨劫走的犯行。因為物主抵抗，或強盜直接傷害以方便取物，所以，搶劫少有不傷及人的，嚴重的便成搶劫殺人案了，這裡是指未造成命案的搶劫案，所以案例較少，在財務官司中約只佔一成。

搶劫案中被害者還是以商人為大宗，雖然比例不那麼突出了，但還是多數。而富戶自然也免不了歹徒的覬覦，婦女遭劫的情形與錢財露白被謀殺一項中的原因是相同的，因為一人獨行，因為身上戴的首飾太招搖，所以引起賊人注意。另外，國庫也是盜匪的目標，案件內容與牛肅《紀聞》中載蘇無名智捕群盜的故事是相類的，看得出應是源自蘇無名的捕盜故事。

另外，搶匪喜好結伴，搶劫都是結夥行搶，適與竊盜相反。因為要威嚇對方，要直接從他人手中奪物，僅憑一人之力，恐怕難以行事，所以，很少有一人獨自行搶的案件。《于公案》中有一件個人行搶的案例，但是，搶匪會先扮鬼把人嚇昏，待對方因驚嚇失去反抗能力後，再行劫掠，其手法還是近於竊盜。

一般行搶大概還是要以武器威嚇對方的，刀、斧等兵器是較常見的武器，但《新民公案》〈問石拿取劫賊〉一案中，出現了持鎗搶劫的案例，在武器的使用上是較為特殊的案例。

除了爭佔、偷竊、搶劫外，尚有幾則詐欺、勒索的案件，大約是假裝神蹟，讓信徒自行奉獻，或以假金當真金賣人，或刻意哄抬價格，令人不得不從等數案，因為案例量較少，便不再分類說明。

佔總案件約兩成的財務官司中，以爭佔類為主要內容，約有六成，而爭佔案件中又以爭佔家產類為多，依次則是金銀、牲畜、物品。偷竊、搶劫的案件在財務官司中數量偏少，主要原因是這兩種犯行極易造成傷害，尤其是搶劫的犯行，常常是連帶殺人的，因為造成人命官司，所以，被歸類到人命官司類中，本類的案例便明顯的只是少數，由此也可以看出，單純的偷竊、搶劫而不傷及人命的犯行，是比較不受編寫者青睞的。

第三節　人事官司

本節所謂的人事官司是指與人事交際相關的糾紛，而糾紛較偏重於人的這部份。爭佔家產也是人事糾紛的一種，但它偏屬於財務的紛糾，所以便歸財務官司類中，而因恨誣告、外遇通姦等較偏重人情事理，所以便歸於人事官司。人事官司與今日的法律名詞人事訴訟略有不同。〔註6〕

與人命、財務官司相較，因人事紛爭而鬧進公堂的案子顯得較為平淡無奇，也較不驚駭人心，大約都是人與人之間的細故紛爭，所以類型也較為多樣化，每類所佔比例均不高，多不及一成，超過一成的案例只有誣告及不認親屬、私通、拐騙四類，以下就分類情形說明：

一、不認親屬

有家庭則必有共同組成人員，但因私心或利益分配的問題，所以不想承認彼此親屬關係。公案小說中，不被認可的對象大約集中在窮女婿上，而得瘋病的嫡母，貧困的髮妻及可能回來分家業的侄兒也都曾出現在案件中。窮女婿不被認可的案子全出現在毀婚案中，毀婚案的情節必是先有婚約，而後男方家道中落，於是女方父親想盡辦法使男方知難而退，通常會發展成後花園贈金而婢女被誤殺的情節。另一種不涉命案的發展便是千金女沒有贈金舉動者，那便是單純的毀婚不認窮女婿案。岳父可能謊稱女兒已死，或直接將女兒改聘他人，窮女婿不服，於是告上官府，最後，官員當然會讓事件圓滿落幕。在不承認婚約的案件中，幾乎全是窮女婿被否決，表現出執著於門當戶對的社會風氣。僅有一則是欲改娶媳婦的案例，《詳刑公案》〈章縣尹斷殘疾爭親〉的案例中，何家已聘呂家次女為媳，不料日後次女跌斷左腳，行

〔註6〕人事訴訴指的是關於個人身分及能力之訴訟，如婚姻、親子關係、禁治產、宣告死亡等事件之訴訟。參見洪永木《六法全書》（台北：雷鼓出版社，民國83年2月）民事訴訟法，第九編人事訴訟程序，頁433。

路略跛，於是後悔想改聘其長女，跛腳是殘疾中較輕微的一種，在日常生活上並不會造成困擾，但是，男方仍因此而起了改聘的念頭。

除了窮女婿，糟糠之妻也是不被接受的對象，因為攀上權貴，所以不認舊時貧困的結髮妻子，這是典型陳世美作風。公案小說中，這類案件並不多，只收有二則，其中一則便是陳世美案。在不認親屬的案件中，七成都是因承認婚姻與否而引起的案件，真正親屬間則較無不認親的問題。這與婚姻可自由意志選擇，而血親無法自主、不可更改應該有很大的關係。另外，庶子不認嫡母，原因是嫡母得瘋病，精神疾病即使在今日也是很棘手的問題，更況中國人向來將精神疾病視為敗壞門風、有辱門楣之事，因此，庶子之不養，原因則明顯可知。

二、誣 告

誣告指的是故意陷害對方入罪的告訴。多半是故意設計、栽贓，也可能因為不清楚案情的真實情況，但幾乎都有陷害對方的意圖，如果只是懷疑對方是犯案者而造成的誣告，因為不出於故意，且案件發展的重心也不在此，這便不歸於誣告類。

之所以造成一方故意陷害一方，事出必有因，近八成的誣告係因二人事前已有仇恨，而成仇的主要原因是財務糾紛引起，或是借銀被拒，或是相與爭業，再則便是女色糾紛，或是求婚不允，或是調戲女子被責，所以懷恨在心，便誣告陷害對方。這種誣告多半是為了是洩憤、復仇，而沒有仇恨卻行誣告，為的便是自己的利益，因誣告成功便可從中得利，如妾誣妻，為的是自己想扶正；誣前妻子，為的是想讓己子獨佔家產，較特別的是誣繼母案，只是為了不想被繼母管束，便設計誣陷。

誣人入罪的方式，一是就已發生的事誣賴對方，一是刻意製造事端誣陷對方，兩者案件比例相當，較少出現的是憑空捏造罪名陷人入罪。憑空捏造罪名的方式只是嘴巴說對方有罪，既未以已有的案件誣賴，也未刻意栽贓，想使對方入罪簡直是異想天開，所以，這種案例只出現一則。

而誣陷對方的罪名，大至謀逆、殺人，小至偷盜、違禁律，無一不可誣陷，然仍以誣謀人命為大宗〔註 7〕，約計四成多，其餘不足六成則分散在誣竊盜、奸淫、謀逆、犯禁律（如私宰牛）、逃軍等罪名上，大抵誣告本就是一種陷害的手段，既然要陷害，入對方重罪可能較能滿足誣陷者，所以誣告案中，誣陷的罪名多係重罪。

三、私 通

私通指男女私下不正常的往來，通常是一種通姦行為，但在此則不限於有婚姻

〔註 7〕此處指謀人命，實際上並未造成命案，如已傷及人命，則歸入人命官司。

狀況而通姦者，未婚男女未經媒聘而有私會行爲者，亦歸於私通。私通案中，通常是寡婦或未婚男女的私通情形，有婚姻規範下的私通，幾乎都會演變成謀害人命的案件。所以，此處的私通案多係單純的私通案，多半也都不傷害第三者，之所以告上官府是因爲社會規範不容許，私通的行爲不見容於家族、社會，因此，官員、家人，甚至是鄰里，都可因其私通而告入官府予以處分。

私通的對象也出現非人類的情形，亦即與動物私通，案中有兩則是立有貞節牌坊的寡婦與猴有奸的案例。與動物交媾雖說是一種變態行爲，但寡婦被拆牌坊，判自盡，還是因爲背離了守節的規範，還是因爲不夠貞節，所以才會落得如此的處分。

因私通的行爲禍及他人，有如：寡母私通，兒子服父喪勸諫，所以母親告兒子不孝；妻子私通逃家，所以丈夫被控殺人等。私通而牽連他人的案子，幾乎都是人命官司的前兆，人命官司中可以見到類似的案件，不同的是，在私通案中並無害命的意圖，而人命官司的案子則已因通姦之事傷及人命。

四、拐　騙

拐騙指的是利用不當手法使人相信受騙，這裡拐騙對象指的是婦女，而不是財物。拐騙婦人的案件幾乎都是僧人所爲，利用拜佛求子或醫病救治，使婦人輕信入寺，僧人們便行奸宿，而受害婦女或者深信是神蹟，或者不敢聲張，所以這類案件，多半沒有告發者，都是官員自己起疑調查。《百家公案》的〈杖奸僧決配遠方〉也是僧人犯罪的案件，案件內容概是因爲僧人跌濕衣服，婦人憐其寒凍，與火烘衣，丈夫歸見，因此休妻，僧人知婦人被逐，便還俗蓄髮，娶得婦人。嚴格說，個人以爲他無罪，還俗蓄髮娶妻，何罪之有？只是娶的是當年受他牽連而被休離的婦人，這也算是罪過嗎？但是，在案中包公以爲僧人失腳跌跤，事出有心，所以還判了他流放的重罪。因此，只得據判案分類，將它歸入拐騙類中。除了僧人犯案外，另有一案是娼家的王八所犯，拐騙女子的目的則是逼良爲娼，這種拐帶人口入娼家的案件也就僅此一案，

五、其　他

以下類別均是未及一成的案例。

（一）爭佔他人妻、兒

公案小說中最令人不解的便是此類案件，謀佔他人財物的用心明顯可知，但侵佔他人妻兒，其用心則令人奇異。俗話說：「老婆是別人的美，兒子是自己的好」，看上別人的老婆，所以起了侵佔的惡念或者還可以理解，但爲別人養兒子，還爭個

你死我活的，則眞是敎人不解，同時，爭佔妻子的部份，幾乎都不是因爲迷上妻子的美貌，只是很簡單的寫欲佔其妻，正如丈夫的訴狀所寫：「半空飛雨，不知來由。彼非病狂，必係錯認」〔註8〕，眞是令人啼笑皆非，在案件中屬於較爲奇特的案例。

爭兒子的案件較少，都是幼子走失被賣與他人，數年後，父親偶於路上遇見兒子，呼其乳名，子尚能知回應，所以，兩個父親便爭起兒子；而爭佔他人妻子的案例，通常是在偶然的機會下，知道了婦人身上某隱密處的記號，如乳下有痣等，於是起心謀佔，待告入公堂後，丈夫反而不知妻子的這處記號，於是，婦人被判給惡徒，這種婦人身上的記號丈夫不知而外人反知的情形，是一種較爲特異的現象，也是這類案件較有趣味的部份。無論爭妻或爭子，這種強迫他人成爲親人的案件，在人情事理中，應是屬於較特異的情況，這也應是受編寫者注目的原因吧！

（二）強　奸

公案小說中很少有單純強奸案，因爲強奸是一種強迫行爲，逼奸不從，施暴者可能失手殺死對方；強奸得手，女子多半會自盡以示貞潔，於是人命官司就此產生。純粹只是強奸的案子則案例較少，強奸得手的案例只有兩則，多半是非禮之時，便恰好有人救助，施暴者便以通奸之說爲己脫罪，於是演變成要官員判別是強奸或和奸的情況。案例也有強奸、和奸意圖難以分辨的情形，官員在兩難的情形下，便判成非強非和，只當是無恥行爲，痛責枷號。

公案小說中有強奸意圖的案例甚多，但演變成單純強奸案的則屬少數，這與社會規範、社會道德觀有很大的關連。

（三）犯禁律、違律、謀逆、官員貪污、室女生子、人告物、動物為己申冤

除了上述幾類，尚有數件與婚姻、貞操、子嗣等相關的人事官司，因爲案例極少，不只不及一成，連百分之五都不及，所以，不再分單類說明。大約有：表親訂下婚事，按律不能成婚；良賤成親，已婚半月，仍依律判決離異等違律成婚的案件；或解決延嗣問題而判一子兩繼的案例；或因仇縱火洩恨；或互毆後假裝重傷呈告等，這些平實如鄰里中事；或官員貪污、聚眾謀逆等影響較廣的案例，通常謀逆、貪污多半還會連同其他犯行，但因在案件中只提及此犯行，或其他犯行是爲了達成此一目的者，所以，不再分入他類。亦有寡婦、室女生子，以姦淫上告，而官員以氣生子無骨之說，爲寡婦、室女洗刷冤情的離奇案件。而奇特的案件尚有：或者因爲跌一跤，跌壞了謀生用具，所以告上石頭；或動物受到傷害向官員申告鳴冤；或是只

因天生生就是陰陽人，便被視為妖物而被判刑等，這些判決在今日看來都是很荒謬、可笑的，但這些都成為公案小說專集中的案件，顯然它的獨特性還是受到某些編寫者的青睞的。

　　人事官司中，案件類別較多，相對的，每類的案件量便少了許多，每類所佔比例也相對的低了，犯案內容也花樣百出，雖然有些較為特異的案件，但多數還是都貼近百姓生活細故，所以較無凶險的案例。

第四節　斬妖除魔、去除地方禍害

　　所謂斬妖除魔、去除地方禍害指的是精怪或一方惡霸，因危害地方、傷害百姓，所以官員們為地方百姓除去禍害。精怪指的是動、植物等成精作怪，而一方惡霸雖非精怪，但對地方的傷害實不下於精怪，尤其是他們所犯的案件範圍甚廣，小說常以無惡不作敘述，他們的犯案性質已不是某一類可以包括，對百姓的傷害恐怕較精怪為甚，周處為害地方也被鄉里地方比同猛虎、蛟龍，而且，這些精怪並不是一般吏卒能夠拘拿的，通常要借助神力才能完成，而惡霸也須借助武林人士才能捕獲，同時，敘述過程中，都著重在妖精、惡霸作亂的情形及官員通神、通俠義人士的部份，所以，權貴土豪所犯如不是單純案件的告訴，而是為害地方的事件，便與精怪為害歸於同一案類。

一、惡霸禍害地方

　　惡霸禍害地方無他，小說中一言以蔽之，就是無惡不作。強佔民女、霸佔田產、私通盜匪、動用私刑、輕易傷及人命，總是數罪齊發。這些惡霸有共同的特質，便是有靠山、有背景，可能是受君上寵信的人物，可能是與某當權者有些關係，這些關係可能是近親，可能一表三千里，也可能只是家奴，因此便作威作福起來。他們還會有另一個共同特點，便是沒有官員敢治他們，再不便是在公案小說中的主角官員未出現前，有想懲治他們的官員，但已經被迫害去職，總是要等到這位不同凡響的官員來到才能為地方除害。

　　官員處理惡霸的過程，也常有私訪落難的情形，尤其是清代的官員，特別流行私訪的辦案方式，不論私訪的結果如何，官衙的差役是不濟事的，即使出動大批官兵，必定還要為官員效力的綠林人士出手才行。此類的案件性質明顯轉向，俠義性質多於案件內容，清代的公案小說結合俠義與公案，便多在此類案件，是比較有時代特色的部份。

二、精怪幻化作怪

公案小說中寫妖精作怪有兩種情形，一種是直接危害地方或百姓，另一種則是幻化成人後才傷害與牠相處的人類。精怪直接危害百姓的方式大約都是造成地方人畜不寧，而當地百姓爲了安定地方，只得犧牲少數，以牲牢、生人、童男童女等爲祭祀品，以換得一年的安寧。這種精怪在小說中出現的種類並不多，以蛇精爲多數，猴精也有一則。蛇精出現的地點多在山區，山區毒蟲猛獸較多，百姓易生聯想，是可以理解的。至於收伏這些作怪的蛇精則要天神相助，多半是由雷電轟斃，有一例則是包公以箭射傷蛇眼，再以寶劍斬蛇，但也是經由天神告知是何物作怪，何時可前往除害，單獨只靠一般官員是無能爲力的。

另一種幻化成人的妖精種類則較多樣化，大概有白雞精、赤班蛇〔註9〕、白貓精、狐精、梅花精、枯骨精、石精、金鯉魚精、五鼠精等，包含有動物、植物及石頭、枯骨。妖精幻化成人最著名的莫過於狐狸精，但是故事中，狐狸精不過只是其中一兩則，數量並不如想像的多。而寫幻化成人的精怪，通常都幻化成美女，勾引男子。事實上，這些精怪也未必犯罪，牠還可能是和睦親族，能任重責的佳偶，只是因爲物類的不同，所以，官員們除之而後快。幻化成人的精怪自然也有犯罪的情形，除了較爲人知的勾引男人成姦外，也有化成婦人丈夫與婦人同宿的情形。另外也有石精化成人盜金瓶的案例。大抵而言，幻化成人的精怪傷害人類的情形並不如直接爲害的嚴重。而此處收伏妖精的方式仍是要借助神力的，如非神助，則要特殊法寶如照魔鏡、玉面貓等，才能制伏妖精，官員的浩然正氣也是妖精畏懼的，所以，也有懼見正氣凜然的官員而自行消失的妖精。

不論是天神收伏、官員制伏，還是武林人士協助，這類的案件都是爲了彰顯官員的清明。與處理一般家庭紛爭，或甚是幾條人命的訴訟案比起來，官員可以解決地方的心腹大患，除去爲害整個地方的禍害，這種恩德是其他案件不能比擬的，而且，這些棘手的案件還都是別的官員無法解決的，所以，辦案的官員形象便更加的完美了。而這些官員還能使綠林人士受其感召，改過向善，爲官員出生入死的效力，且其正氣可上通神明，或者官員根本就是天上星宿下凡降生，那樣的不平凡，那樣的與眾不同，所以，在其他類型的辦案過程中，自然智慧過人，大小疑案迎刃而解，這類案件雖然不多，但卻是將官員神化、塑成完美形象最明顯的一類。

〔註9〕按：《百家公案》〈判劉花園除三怪〉作赤班蛇，疑爲赤斑蛇之誤。

第五節 其 他

除了上述的幾種類外,公案小說中尚有部份案件難以歸類,或因案件數量不豐,或案件不成故事,所以,統用其他類概稱。大約可有以下數種:

一、旌表節孝

所謂旌表節孝忠義是指因具備某一項完美的德性,所以官員請旨旌表。案件純粹以旌表某人德性的敘述爲主,如有犯案情事,已造成案件者,則雖有旌表的事實,也不歸於此類。而官員所旌表的對象不外乎是孝子、孝女、孝婦等,如《詳刑公案》有割肉養母的孝子、割肝療姑疾的孝婦,這種孝行多發生在面對年老寡母的情況下,常是以傷害身體換得母親健康的孝行爲主。較特殊的是《廉明公案》中的一則旌表案,案件中孝子不願以嫁母所得娶妻,所以在母親爲其娶妻後,年餘,仍不肯與妻同房,母親已然改嫁,這種行爲是於事無補的,但因爲他的孝心,所以感動了眾人,最後富家將母親歸孝子奉養,總算是一家團聚。克制情慾的行爲本不是一種孝行,孝子之能受旌表,是用時間證明了那一份心意、傻勁,與割肉養親的具體事件比來,顯然是不那麼震撼人心的,所以,這種案件,也只出現一次。

二、藉案講理

這類案件都是告陰狀,告狀者已身故,卻在陰司或包公處投狀呈告,所告內容不一,但以內心不平事爲告狀主因,這類事多半是陽間官員無法處理的,如:告錢神不公,讓自己貧困一生;告英才不中,反讓文盲高中;告三代積善卻出不肖子孫,行惡之家卻子孫科第不絕;告持齋早夭,不義之人反長壽善終;告巧妻配拙夫;告貪官隱匿忠節等等,多半是一善一惡的對比,而結局卻與天道不合,雖說善惡到頭終有報,但這類陽間不見有報的情事還是難免出現,所以,作者發出不平之鳴,與其說是敘述案件,不如說是作者講理勸善之作。因此,這類案件都是平反的類型,案件的著重點不在犯案與破案上,而是宣揚世道天理之作,將陽間不報的事例,訴諸陰司,曉諭百姓,不是不報,是時候未到。而這種案例只出現在《龍圖公案》中,其他公案小說則未收有此類作品。另外,《于公案》(于成龍)中有一則寫曹操轉世爲豬的案子,于公在夢中怒責曹操的鬼魂,醒來不但不理會曹操的哀求,還將身上有曹操兩字的豬隻當街屠殺,藉案責罵曹操的意味甚濃,是藉案講理類中較特異的一則。

三、未完成的作品

未完成的作品指案件是未經潤飾的底稿。每個案件由狀詞、答辯詞及判詞組成,

部份甚至連答辯詞都沒有，只有狀詞及判詞，自然也沒有故事情節。它像是未寫成的底稿，像是才蒐集來的案件資料，預備據此寫成一篇篇公案故事的，但是，沒有經過改寫，沒有潤飾，沒有增減情節，事實上根本就沒寫，只是把資料分類收錄而已，所以歸類在未完成的作品一類，《廉明公案》中有六十二則這樣的作品。《海公案》的寫法與此相類，同樣是三段式的作品，但是海公案在三段訴判詞前，多了故事的發展，有些故事的敘述還與後面的訴狀詞相異，依此約略可以看出它增添情節的過渡情形。至於六十二則未完成的作品，內容則從人命官司至批發從良執照、改嫁執照等，包羅甚廣。《明鏡公案》中亦有數則，因為只是底稿，所以，不予分類也不列入各類的案件比例，只在此說明，公案小說中也收錄了一批不是故事的未成品。

　　從以上分類可以看見，人命官司是公案小說中最常出現的案子，它佔總案件的百分之五十，也就是說，翻開公案小說，每兩篇案件就有一則是人命官司，人命官司是編寫公案小說的作者最常寫入的案件，畢竟命案還是最引人注目、受人重視的案件。《李公案》中有一段文字是作者編寫公案小說的自我準則，他說：

　　　　這公案從哪裡說起？倘平鋪直敘，未必處處都有奇聞，案案皆為異事，無非是行香拜廟、攔轎呼冤、枷杖發落及驅逐流娼、捉拿賭博、訪察訟師、嚴辦地棍。

　　　　這些尋常案件處處皆是，年年多有，演說些老生常談，豈不令看此書的討厭？今只得將稀奇的案卷，揀那緊要的編出，其餘尋常公牘，一切概不登錄，也許買此書的不枉費錢文，看此書的不虛耗眼力，及編書的一片苦心，並非偷工減料。〔註10〕

從作者自述，可以看見，編書者以不尋常的案件為主要內容，以此應該可以解釋案件的分佈情形。

　　而不同朝代的案件性質大抵相去不遠，但還是呈現出不同風貌，如為民除地方惡霸的案件便明顯以清朝為多，而去除精怪、講理及旌表節孝的案子便多出現在明代公案中，同時，清代公案小說專集數量雖多於明，但案件量卻明顯不及明代，自然是因為清代公案小說偏重俠義部份的描寫，所以，案件數量便相對的減少了。但明代的公案小說專集中還會出現未完成的作品，這種過渡情形在清代便不再出現。雖然犯行不出以上幾類，但是，從案件分布情形而言，還是可以看見朝代的特色。

〔註10〕清·無名氏《李公案》（西安：三秦出版社，1998年5月初版），頁3。

第四章　公案小說的故事書寫技巧

　　公案小說的案件多半都是一個案件自成一個故事，而本章所要探討的故事書寫技巧乃以故事中呈現出的趣味點為主要探討方向，亦即就故事趣味點的描寫手法探討。故事的趣味點常指的是故事情節的轉折點、高潮處，在公案故事中，趣味點便常落在破案的關鍵點或案發的過程上。因此，區分故事性質便是以故事高潮點所使用的手法判斷，當整個故事以官員才智為走向發展的，便歸入人情事理一類探討，如加入有神仙、冤魂、報恩的動物等非常態現象的便歸入神鬼靈怪探討。

第一節　人情事理

　　公案小說中的案件如果細分其過程，大概可分成犯案、案發、辦案、審判結案等四個過程。這四種過程不必然依順序發生，也不必然只出現一次，它可能出現冤案，於是，辦案、審判結案又要重新再來一次，也可能案發後，告上公堂直接審判結案，依故事的需求會有不同的變化。但儘管如此，大部份的故事還是不離這四種過程。故事的趣味點通常落在辦案破案處，亦即故事之所以有趣、耐人尋味，就在於偵得實情的技巧，讓犯人吐實的方法。因此以下就斷案技巧，將屬於人情事理一項者分述如下：

一、人智斷案──高明的技巧

　　斷案方式最吸引人的便是只利用一些簡單的技巧，便能讓犯人承認犯行，或讓犯人不由自主、無從辯解的坦承犯行，展現出官員異於常人的智慧。這類的斷案方式是公案小說中最活潑也最具趣味性的部份。官員以智慧判案，這些高明的技巧概可分類如下：

（一）審判物品

設公堂審判自然是為了處理人類的糾紛，處理人類的糾紛當事者自然也是人類。但是，公案小說中為了處理某些糾紛，官員會審判物品藉以判案。物品不論是無生命的用品、礦物，或是有生命的家禽、家畜，牠們共同的特質便是不能言語說明，無法與審判者有對談行為，因此，審判物品是令人莫名其妙的，也正是這令人莫名其妙，故事的趣味、讀者的好奇便於此產生。審判物品可能由審物當時便能判別事實，也可能審物只是接下來辦案的手段，這些手法的運用便在以下分類說明。

1. 洩漏秘密的物件

所謂洩漏秘密的物件是指官員在審物品時，物件雖然不能言語，但是它的某些外觀或舉止已經將實情洩漏出來了，所以，官員從此處便能得到判案的證據。洩漏秘密者可分成無生命物品及動物兩種。

（1）掉落碎屑的物件〔註1〕

通常是兩種不同職業的小販，因為爭執某物品所以鬧上公堂，當兩人吵的不可開交時，官員便決定審判所爭執的物品。審判過程中，由於物品不言語，所以，官員假裝憤怒的令差役鞭打此物。至此，官員的行事都是令人不解的，當大家都還搞不清楚狀況時，官員會突然宣布誰是物主，因為從物品上落下的小碎片已經證明了誰才是物品的原主。

這是審判物品類中，最直接得到結果的一種。在大家一陣渾噩之時，突然就水落石出，這是因為兩個爭執者拿來裝盛的物品不同，所以，在所爭物上敲打，落下的碎屑便能分辨出是非。

（2）不會說謊的動物〔註2〕

與前一項同一種情形，只是雙方所爭的並不是死物而是動物。兩人互控對方偷了自己的牲畜，於是官員審判起牲畜來，這種趣味與審判物品是相似的，只是，官員不鞭打牲畜審案，而是將牠餓上幾日，或者不准人們插手，然後讓牠跑回原主家去。利用老馬識途，倦鳥歸巢的特質找出牲畜主人。另一種情形則是因為爭鵝引起，官員審判鵝，鵝站在公堂半天，什麼也沒說，只是拉了一堆屎，官員從鵝屎的顏色便知道了誰是鵝主人，因為「鵝食粟穀，撒屎必黃，如食草菜，撒糞必青」〔註3〕，

〔註1〕 中國民間故事類型索引中編號 AT926F＊【泄露秘密的物件】一項，便是這種辦案方式的典型，所謂中國民間故事類型乃依據丁乃通《中國民間故事類型索引》一書，以下 AT 編碼如出自此書者，便不再另做說明。

〔註2〕 這種辦案方式可見於 AT926G＊【誰偷了驢（馬）】及 AT926G₁＊【誰偷了雞或蛋？】。

〔註3〕 《詳刑公案》（北京：群眾出版社，1999 年 7 月），〈項縣尹斷二僕爭鵝〉，頁 225。

不同地方的主人餵食不同的飼料，所以，以鵝屎便能分辨是非。《新民公案》以審鵝、觀鵝屎判案，其他公案小說雖也觀鵝屎判案，但審鵝的部份寫的並不明顯，似乎較偏向證據斷案，但因其斷案方式是採取相同的觀鵝屎情節，所以，也一併在此說明。

2. 聚集好奇的人

審判物品的手段，除了從被審物品可以得到實證而釐清案情外，另一種方式，審物只是藉以聚眾的手段。因為被石頭絆倒，跌了一跤，把賴以為生的擔子跌壞了，或者是跌跤時，石獅子把販賣的物品撞碎了，於是，跌倒的人去告石頭，告石頭或告石獅子已是不可思議，更不可思議的是官員居然同意審判石頭，這種異想天開的審案方式自然吸引眾人前來觀看。官員先敞開大門，讓所有人入內觀看，等開始審判時，再將大門關起，同時宣稱大家妨礙了審案過程，所以每人都要接受處罰，在責打與罰極少的錢兩種處罰中任選一種，於是，大家都選擇了罰錢，最後官員便將收來的罰款用來彌補原告的損失。〔註4〕

另外，也是審物藉以聚集好奇的人，但這不是兩人爭奪某物，也不是告物的情形，而是商人的貨物——布或是紙被盜走了，在不知犯人是誰的形況下，官員宣稱遭竊的店家門口木碑、石頭曾見過盜匪，或者，官員聲稱衙門中的燭台能知禍福，於是官員要審問這樣物品，自然便吸引了全城的人跑來看這奇怪的場面。官員命令在公堂中喧嘩的人群，每人罰一匹布或紙。至此，與前段所述都是相同的，不同的是處罰後的發展，處罰金錢則直接用來彌補告石者的損失，而處罰物品則在交來的布疋中尋找與失主印記相同的布疋，或直接由失主指認，再循此緝捕盜賊，又多了一層轉折。審物是一種趣味，審物聚眾後的轉折也是一種趣味，每人罰一文錢、一疋布，這與辦案表面上是沒有關連的，因為對官員辦案的疑問而對結局產生好奇，最後在破案時恍然大悟，同時也折服於官員的辦案技巧，這便是這類辦案方式所營造出的效果。

利用審無生命的物品，而得到案件的真實情況，是很吸引人的寫法，因為不可思議，因為難能一見，所以，這種寫法是能製造故事高潮的。但是作者的筆力不足，或是情節無法適當編排，出現失敗作品的情形也是有的。《于成龍》卷二第17回中的婆媳互告通姦一案，作者原想以房中的鼓知道真實情形，加入審鼓情節，以造成審鼓趣味，但在鼓搬來後，無法以審鼓破案，於是將鼓面挖開，套在奸夫頭上，令婆媳二人打鼓，這便成了多餘的情節，有鼓無鼓並不影響以打人流露真情的方式破案，為了製造高潮，反而成了敗筆，這樣的寫法在公案小說中雖不常見，但也不是無例可尋。

〔註4〕這種辦案過程與 AT926D$_1$*【審判驢和石頭】是相同的。

（二）讓心虛的罪犯現出原形

寫斷案過程，如果全以刑打令罪犯招供，那麼，鬧上公堂後，就再也沒有看頭了，那是千篇一律的結果，如果有差異性，大概也只有那位官員用得刑法重些，那位輕些，如此而已，這樣的審判過程是無趣的。加入人性描寫，讓罪犯在犯罪的恐懼中，不由自主的現出原形，無可抵賴，這些才是讓罪犯招供得心服口服的方法，針對罪犯心虛點下手的辦案方法，大概可以有下面幾種：

1. 通過測試無罪〔註5〕

這種寫法嫌疑人通常不只一人，在未有指定嫌犯時，無法針對某人問案，所以，需從數個或者一群嫌犯中找到真正的罪犯，真正的罪犯通常只有一個，因此，官員會設下某種測試，通過測試的人便能證明自己的清白。而測試的方法多半會結合神蹟，如：會分辨清白與否的神像、會自動長長的稻草、會分辨盜賊的鐘等。事實上，測試是假的，官員所宣稱的情形並不會出現，但是當大家都接受測試時，有罪的人會企圖逃避測試，或是自作聰明的將測試結果設法轉成對自己有利的那種。如《詳刑公案》〈許典史斷婦人盜雞〉中，官員假稱偷雞者手中的稻草會長長一寸，在等待的過程中，偷雞的婦人惟恐手中的稻草長長，所以，將草掐去一寸，等大家將稻草交出時，只有她的稻草比較短，那種用心不言可喻，在測試過程中，罪犯因為心虛已經不打自招。所以，假稱通過測試無罪，事實上，試圖通過測試的人才是有罪的人，這是人性的弱點，也是趣味之處。

2. 假稱已知犯人

官員表現出我已經知道誰是犯人的態度，事實上進行的是一種言語的心戰，它並不是利用恫嚇的方式逼犯人招供，也不是以溫情方式誘犯人吐實，而是很單純的心理戰術，利用簡單的對話或自言自語的方式，裝作一副已經掌握實情的模樣，讓犯人在官員的目光中無所逃遁，而自行招出罪行。

犯罪者在掩飾的過程中，最害怕的便是被察覺自己是犯人，官員抓住這點心虛恐慌，所以，假裝神明或上天給我指示，在不斷的自言自語對天回應「知道了」的過程中，心虛的罪犯已經變了臉色，於是，官員便真的能揪出犯罪者。另一種則是假稱我已經知道誰是犯人了，或讓眾多嫌疑犯先見識審案過程中用刑的可怕，然後快速的宣布「無罪者起去，有罪者留下」，犯人內心還畏懼於刑罰，在「我被看穿了嗎？」的遲疑間，官員便真的看穿了他。

通過測試無罪及詐知誰是犯人的兩種辦案方式，是在沒有指定嫌犯，卻有一批

〔註 5〕可見於 AT926E＊【鐘上（牆上）塗墨】及 AT926E$_1$＊【抓住心虛盜賊的其它方法】兩種類型。

嫌疑人的情形下進行的。已有確定嫌疑人時，要讓心虛的犯人自動吐實則有以下兩種方法。

3. 偽稱共犯招認

偽稱另一個共犯已經招認，或者詐稱證人已經說實話了，讓嫌犯的心防崩潰而認罪，是讓心虛的犯人招供的一種技巧。但是，只是寫官員說謊，這種趣味性是不足的，讓嫌犯以為對方真的已經招了的過程才是要緊的，也是故事之所以精彩的原因。這種使嫌犯以為別人已經招了的方法是隔離訊問中的一種技巧，那便是「不問本案問他事」，官員讓嫌疑犯中的一個遠跪，單獨審問另一個或證人，但是官員並不問本案，反而問些無關緊要的事，讓被審問的人不斷的點頭說話，遠跪的一個只看見官員問話時共犯不斷的點頭回答，便心虛的以為對方已經供出實情，等官員宣稱共犯已經招了，嫌犯只好誠實招供。或者將證人帶入後堂，假裝對證人用刑，並製造出用刑及慘叫的聲音，使嫌犯以為證人不耐刑求已經招供，所以他自己便心虛的承認一切。

除此，官員也可能與縣中的慣竊交換條件，令慣竊假稱看見嫌犯犯案，由慣竊假指認的情形下，嫌犯真的以為別人看到他犯案了，只好坦承一切。這種也是以直接說謊達成目的之方式，技巧上是不如前述手法的，但是，運用慣竊有穿牆入戶如入無人之地的本領，而偽稱行竊時正巧看見對方犯罪，這種可信度便增加許多，書寫過程也就不只是對嫌犯說謊而已。

偽稱共犯已經招了，事實上，他並沒有招，因為心虛，因為不相信別人，所以，自己反而是第一個招認的人，雖然這是使心虛的犯人現出原形的方法，但是，在這一項中可以看見的不只是心虛，更多的是對人的不信任。

4. 裝神弄鬼

為了使犯人招供，裝神弄鬼其實不是怎麼好的方法，幾乎是計窮了，所以，只好請神靈鬼怪出來幫忙，但是，那還是由犯人心虛而主動招供，不是棰楚之下得到的供詞，勉強還是可以算是好方法的，所以，也列在好方法中。

裝神弄鬼看標題便知結果，利用畏懼鬼神的人性，假扮冤魂索命，令兇手說出不利自己的證詞。或者由官員衙役們扮成閻王審案，兇手以為已到了陰間，所以，沒有什麼好隱瞞的事情，或者無法欺瞞鬼神，便將事件過程從實招來。這種粉墨登場的扮演方式可以嚇出真心話，其實，扮演神鬼的方式應該不難被識破的，可是公案小說中使用這種手法，百發百中，屢試不爽，犯人一定在驚嚇中吐露真言，除了心虛，或許也應了所謂「人嚇人、嚇死人」這句名言吧！

（三）在官員背後說的實話

在官員面前，罪犯為了脫罪常常有一套自圓其說的說辭，離開公堂，不再有刑責的威脅，所以，很自然的就能講出實話，在有利害關係者的面前，每個人多少都會有所隱瞞，這是人性的本能，因此，官員們辦案最需要察知的便是在他背後的實話，查探這種實話有以下幾種寫法：

1. 隔牆有耳

所謂隔牆有耳指的是以竊聽取得口供的方式。人人皆知隔牆有耳，但是，卻又自信於自己的眼睛、感覺，這種人性的弱點正是官員得以利用辦案的原因。在公堂之上不肯實招的罪犯，常會在離開衙門後，或是在以為四下無人的情況下與共犯商議，這一段談話正被尾隨的衙役聽見，於是，又是一種成功的不打自招。

這種竊聽方式通常以尾隨竊聽為主，離開衙門便如同離開官員的勢力範圍，回到家中那更是自己的天地，或許還有被察知的恐懼，但是，共犯間不討論如何串供？案件的後續發展未必如自己所料，怎能不提出商量？於是牆外的衙役便得到口供，這是較貼近真實案件的寫法，雖然也有些意思，但正因太真實，趣味性便略嫌不足。較有趣、有變化的寫法則是如《諸司公案》〈鄒推府藏吏聽言〉、《海公案》〈妒妾成獄〉等案的寫法，先將小吏藏身在櫃子中，然後審案時故意讓所有官員離席，如假稱退堂去迎接大官之類的理由，因為四下無人了，於是跪在案下的嫌犯們開始討論起案件來了，或是埋怨對方使自己莫名受累，或是埋怨作假證的銀兩太少等等，真實的案情便在你一言我一語的埋怨中洩漏出來，而藏身在櫃中的官吏則將對話一一記錄下來，等他重回公堂審案時，嫌犯還想狡辯，這時才請出櫃中的官吏，於是嫌犯們立刻啞口無言，只能實招。雖然都是藉竊聽而得到實情，藏身櫃中的寫法則有當場逮個正著、即時發現自打嘴巴的效果，其趣味性是高於尾隨竊聽的。

2. 平分物品〔註6〕

在官員背後的實話還有另一種類型，他不只有尾隨竊聽的情節，之前判案的過程也充滿離奇性，因此，獨立一項說明。這種案件通常發生在兩人同爭一物，所爭的物品多半是傘，因為不能判定物主是誰，所以官員故意判一人分一半，拆成兩半的傘已經失去功用，這時官員再令差役跟隨，偷聽兩人的言詞，於是物主便會罵官員不明，另一個則在罵對方時說出實情，然後官員將兩人拘回，讓侵佔者賠償物主。

許多物品的爭執是可以平分解決的，一人分一半看起來是公平不過的，但是，

〔註6〕按 AT926＊【爭執的物件平分為兩半】即是此種類型。

使用這種斷案技巧的關鍵點在於某些東西是不能平分的，當它必須是完整一個才有功用時，一人分一半並不是好方法，可是，向來有良好官聲的官員居然用了這個表面公平的方式判案，這讓爭執的兩人及閱讀者都產生疑問，於是趣味產生了，平分物品不是判案的結束，相反的，那才是判案的開始。物主不能克制的不滿情緒，侵佔者的風涼話等都會在出了衙門後，真實的表露出來，於是官員便可依此正確的斷案了。表面上不智的判決恰正是為了明智的決斷鋪路，這也正是營造出故事的趣味性的所在。

3. 微服私訪

微服私訪是很具爭議的一種查案方式，但是，在小說中寫官員放下身段微服查訪，卻很有吸引力。明清時期階級制度甚是嚴謹，同是官員因官階不同而規定穿著不同圖樣的服飾，連使用的官轎顏色，出巡的儀仗都有不同，官員已有象徵身份的服裝，可是這樣高高在上的官員為了查案可以紆尊降貴，當然讓老百姓要嘖嘖稱奇起來。

微服私訪不特定僅指官員本身的私訪，清代的公案小說中，雖然常寫官員私訪，但是，官員身旁的武林人士或有名姓的衙役也常被寫成代替官員私訪的角色，私訪的功能與竊聽是相似的，只是，官員背後的實話不一定是由嫌疑犯自己說出，多半是鄉里中的百姓在茶館、酒店中閒聊是非，而這些閒聊的內容便有辦案可依據的實情，或者是由兇手自鳴得意的洩漏出破綻等。作者寫官員差役們微服私訪沒有不成功的，把微服私訪當成查證的靈丹妙藥，雖然偏離事實，但是，不能上達天聽可能是老百姓最痛心的事吧！在上位者不知民間疾苦，所以，當大家閒聊是非時，多希望官員們也在其中，多希望官員也能聽見實情，所以，這種寫法並不是特別的辦案技巧，而是順應人心、滿足慾望的一種寫法。

官員背後的實話還多半會寫在錯誤的判決或假判決後，錯誤的判決或假判決都是官員的煙霧彈，假裝找到真犯或假裝相信犯人的證詞了，先鬆懈犯人的心防，再竊聽真話，是一種以退為進的方式。基本上，竊聽並不特別有意思，有意思的是竊聽的方法及竊聽前的假判決，那也是達到竊聽目的的主要原因。

（四）重罪恫嚇

在審問過程中，不論是惡念未退還是基於保護自我的心態，罪犯很少能一問即招的，如果已經預設某方是犯罪者，前項中故意先判犯人無罪，鬆懈犯人的心防，再取得實供是一種方式，但不先判犯人無罪，反而假稱罪犯有更重的罪，讓罪犯在為自己辯白中，不自主的承認了之前較輕的犯行，也是一種審案的技巧。

1. 坦承不是物主〔註7〕

通常這種寫法多出現在財務糾紛上，或是寄放財產，或是還債時沒有取回借據，於是已經掌握錢財的一方想要霸佔住對方的財產，或是還想要對方再還一次債，總之，都是一種貪心的行為。因為寄放錢財者或還債者都無法提出有利證據證明對方侵佔，所以，總會幾經波折，有好幾位的官員都做了錯誤的判決，直到小說中的主角清官出現，事情才有轉機。官員在肯定告狀者的無辜後，便將侵佔錢財的被告拘來，然後誣指他是強盜窩主，假稱強盜供出搶來的錢財都寄放在他那裡，強盜罪是砍頭的重罪，所以這個侵佔者只好趕快說那些不是我的錢，不知不覺的供出實情，而官員也就可以依此口供為弱勢者討回公道。

2. 招認兄弟關係

另一種顧此失彼的人性弱點，也是為了要達到某種目的，反而招出官員所要的答案，那便是自己招認「他是我的兄弟」。兄弟中的弟弟通常較為弱勢，於是哥哥霸住財產不承認對方是手足，事實上這種是親兄弟與否的案件一定有很多人可以作證的，但是官員不傳喚他人作證，反而教弟弟找機會毆打兄長，等兄長被毆打告上官府後，官員則會告知互毆是小罪，而且互毆的兩人都要接受懲處，但如果是弟弟毆打兄長則是重罪，弟弟須在堂前杖斃，為了自己脫罪也讓弟弟獲重罪，於是哥哥便不自覺的招出他是我的兄弟，而這個答案正如「那些不是我的財富」一般，這才是官員所要的答案。這種寫法將人性的弱點完全展露，貪心者中計自我招供時，也正是大快人心的時候。

（五）拆穿謊言

說謊自然是為了掩飾錯誤、掩飾罪行，但百密一疏，總有露出破綻的時候，官員所要掌握的便是這一刻，戳破嫌犯的謊言，讓犯人不得不招，事實上拆穿嫌犯謊言而審得實情的技巧中，有許多方法是有明顯技巧性的，也就是有較諸拆穿謊言更具特色的特質，上述的幾種方式便是如此，但為了使分類不過於枝節，以下便將拆穿謊言的方式置於本項說明。

1. 提供真相的笨妻

拆穿謊言不一定只能從罪犯身上下手，哄騙不知情的妻子說出真相或拿出贓物，是足以讓罪犯認罪的。公案小說中常將妻子寫成無知畏事的角色，當官員扮成術士私訪時，妻子可以對算命師說出實情，官員派個手下去向妻子謊稱他的相公已經招認要來拿贓物了，妻子便會如實的交出。就辦案的角度來看，妻子是善良的，

〔註 7〕 這種方式與 AT926P＊【這些不是我的財富】是相同的。

但從犯罪者的角度來看，這種妻子是愚笨不堪的，彷彿她們比較無法保守秘密，比較容易被騙，也許這是女人的特質，但從同是女人的身份出發，實在很難認同這種三言兩語就騙倒一個人的趣味。

在提供眞相的笨太太中，有一種技巧是較有意思的，那便是「金字在否？」〔註8〕，「金字在否」是一種利用諧音造成誤會而破案的方式，通常發生在偷竊或侵佔金銀案中。被告的一方堅稱自己是清白的，官員從審問過程中已知他是犯人，可是，沒有證據讓他招認，所以，故意在他手上寫上一個金或銀字，謊稱只要金字能留在他手上三日或一段時間，就可以證明他是沒罪的。當罪犯一心看著手上的金字時，官員便傳喚他的妻子，在妻子面前故意問他金字還在否？由於金字與金子的諧音關係，使得妻子誤以爲丈夫已經承認犯罪，所以只好回家將贓物取來，贓物已在公堂之上，謊言已經被拆穿，於是被告只好實招。

這種利用諧音字產生誤會的方式與「不問本案問他事」的方式是相近的，都是爲了造成已經認罪的誤會，只是產生誤會的對象不同。同時，「金字在否」之所以破案，關鍵還是在於妻子拿來了贓物，造成一種無可辯解的結果，所以，不將金字在否歸於「僞稱共犯招認」一類中。

2. 無法掩飾的真情

令罪犯供出實情有些時候是不必言語說明的，言語可以造假，情感卻難以掩藏，尤其是在乍聽乍見某些驚人的消息時，那種直接、立刻的反應，是很難僞裝出來的，因此，利用方法讓嫌犯自然流露眞情也是辦案的好方法。公案小說中寫眞情流露而破案的，都發生在審案之時，方法雖有差別，但大致以直接傷害、詐稱死亡爲主。而寫無法掩飾的眞情則多寫親情，親情應是所有情感中最難掩飾也最容易引起共鳴的一種，其他如通姦的男女或飼主與牲畜間的情感也是故事中較常寫及的情感。

通常運用本類技巧的案件以爭佔牲畜案爲多，分別以觀看眞情反應爲手段，據此以分辨誰是動物的主人。如《諸司公案》〈于縣丞判爭耕牛〉中官員便令人私下打傷牛，再觀看兩人的反應而判斷出誰是誰非，而同書〈袁大尹判爭子牛〉則在母牛前打兩頭小牛，依母牛的反應可以知道只有一頭是母牛所生。這種無須辯解的方法也使用在辨別親子關係的眞僞上，當兩人同爭一子時，詐稱小孩突然得急病死去，一方悲傷不已，一方則只是嗟嘆而已，於是，誰才是親生父母立見眞章。或者婦人不肯承認通姦及有私生子，當官員命令將小孩丟到地上時，婦人便不能自己的前去

救下孩子，有了這種反應，婦人只好認罪。

除了由官員主動傷害或提供假消息外，無法掩飾的眞情也可能由告訴的關係人親自動手，如婆媳互指對方不守婦道，所以官員令兩人可以毆打姦夫洩憤，一方有情一方有恨，所以誰才是通姦者在毆打的過程中已經清楚表現出來。

3. 吃虧的證人

由於公說公有理、婆說婆有理，所以，證人的證詞是判案者分辨是非很重要的依據，因爲相信人性光明面，所以，當眾口一辭時，似乎那便是事實的眞相了。但人性畢竟還有黑暗面，如昧著良心受情、利攏絡，或者根本自以爲是的主觀認定，那麼事實也就因此被掩蓋了。作僞證是隱瞞事實眞相常用的手法，官員如果不辨，一樁冤獄於茲產生。因此，當雙方互告，案子陷入膠著時，加入僞證鋪陳，使被害者陷入無解的境地，眼看冤獄即將發生，閱讀者憤慨、無奈的情緒被帶到最高點，在期待官員明察秋毫，又不知官員將如何識破機關的心理下，再由英明的官員巧妙的拆穿僞證，讓眞相表露出來，使讀者如釋重負，故事的趣味點也就在此突顯出來了。

作僞證者多半都是因爲能從中得到某些好處，所以，甘願昧著良心作假，可是當作僞證的利益不能超越刑責，或者因爲作僞證反而吃虧時，證人便會自露馬腳，因此，讓證人因作證而吃虧是揭穿僞證的最好方式。《新民公案》〈吳旺磊債打死人命〉的故事中，吳旺買通四鄰爲自己作僞證，證明來還債的羅子仁是賊，所以遭主人打死，案子已經確定，僞證也達到效果了，可是羅子仁的家人不甘，再往郭公處告狀，郭公不刑求諸人，只以四鄰見打死人不來出首，判充軍之罪，鄰居們便埋怨、恐慌了起來，於是案情也就明朗了。

4. 言語的漏洞

不必設計去套眞話，也不必刑求，犯人在自圓其說時，多半會有不自覺的破綻，只要找到那個破綻，捉到他謊言的漏洞，案子自然也就能順利解決了。公案小說中的「片言折獄」便是以掌握住嫌犯的語言漏洞而破案的最佳例子。〔註9〕

言語的漏洞多發生在謀財害命的案件中，原本要出門的丈夫被朋友或船夫早一步謀殺了，到了清晨，丈夫不能上船、赴約，於是這個殺人者到丈夫家中喊叫「某娘子，叫丈夫起床赴約」，假裝他是後到者，企圖造成命案與他無關的印象，不久丈夫的屍體被發現了，果然犯人不在被懷疑的行列中，與他相約的朋友或發現屍首的人便背了黑鍋並被判死刑，看似一樁無解的冤獄，卻被某位聰明的官員瞧出破綻，

〔註9〕與 AT926H＊【失言】相同。

喊叫某娘子而不喊丈夫的名字，是因為知道丈夫已經不在了，所以，原本要為自己脫罪的舉動，恰正好證明了自己的罪行。

言語的漏洞寫下的是人性中自以為是的弱點，儘管自以為設計的十分周詳了，犯罪行為進行時，還是會有不可預料的變數，自以為對答已經將罪行隱藏的很好了，還會有一兩句話洩露了機關，說一個謊要十個謊來圓，這正是失言的寫照。

5. 最簡單的問題

最簡單的問題在適當的時候卻是拆穿謊言的最佳利器，而這適當的時候便是隔離訊問。分別訊問即便在今日也是辦案的一種方法，隔離訊問是無趣味可言的，有趣的是隔離訊問時拆穿謊言的問題，如四個徹夜狂歡忘了赴考的學生向老師要求補考，他們謊稱來考試的途中輪胎破了，以致不能準時赴考，老師二話不說便讓四個同學分別在四間教室補考，考題只有兩題，一題是原考題中的問題，五分，另一題則是：破的是那一個輪胎？九十五分。這種出其不意的簡單問題正是隔離訊問的趣味所在，因為拆穿謊言就在這個問題。公案小說中寫隔離訊問的問題多半是無趣的，反倒是某些答案還算能令讀者會心一笑。《諸司公案》〈呂分守知賊詐喪〉的故事中，官員因為看見棺木停在路旁歇息過久而起了疑心，所以拿來五個孝子訊問，在分隔訊問中問及死者為誰？何時過世？等簡單的問題，不料，這些假孝子卻連過世的是父親或母親都回答不一，自然生日、忌日也就答的千奇百怪了，原本只是感到疑惑，一經隔離訊問，居然查出盜匪以送殯隊伍掩飾搶劫的意圖，這裡的趣味性便不在問題而在答案。隔離訊問而拆穿謊言的問題多半是簡單的，諸如房間的擺設、妻子的年紀等，但卻也是最容易露出馬腳的問話。

另一種簡單的問題則是不問本案問他案，從他案中得到關於本案的證據，如因土地糾紛告上官府，官員問案時卻只問左鄰右舍住誰，問某家親族關係，弄得告狀者一頭霧水，但官員卻在土地糾紛案中解決了告不養嫡母的案子，這是不同案件不同關係人，雖然不是刻意的分別訊問，但有分訊的效果，同時，對於他案關係人而言，這些問題也是最簡單的問題，所以也在此提出。

（六）特別的提示

所謂特別的提示其實是公案小說中製謎的手法之一，在一場紛爭或命案中，利用預言、奇怪的遺囑等留下暗示，讓所有的人都不明白其中含意，或者誤解了提示，在案件陷入困境時，才讓聰明的官員解出其中的奧妙，於是大家才恍然大悟。製謎解謎的趣味原也在此，只是謎要造得巧妙，否則，不但無法得到其中趣味，作者的拙劣的筆力也會在此曝露無遺。

1. 解釋遺囑〔註10〕

　　本項中的遺囑正是這個特別的提示，之所以特別是因爲遺囑的內容完全不符合人情事理。故事內容都是因爲一位富人在年老時又生下一個兒子，他原本有一個無法無天的長子或女婿。因爲擔心長子會在他死後獨佔家產，甚至會傷害小兒子，所以他立了一個令人費解的遺囑，將所有財產全部分給長子或女婿。這種不公平的分家產方式雖然引起大家的疑惑，但是，因爲有明確的遺囑，所以，沒有人能爲小兒子爭取些什麼，等小兒子長大後，才由一位聰明的官員利用不同的句讀方式，將遺囑正確地解讀出來，或者老人之前曾交給幼兒一幅畫，官員在端詳畫時，不小心將畫潑濕了，於是發現了裱在畫後的眞遺囑，然後才爲小兒子重新分家產。

　　重新解讀遺囑利用的是中國文字因句讀不同可解出不同意義的特性，這與大家耳熟能詳的「下雨天留客天天留客留我不留」的趣味是相同的，而從行樂圖爲幼子均分家產的樂趣是更爲多元的，除了不公平的遺囑已造成疑惑外，一幅看不出異常的行樂圖更令人難以明白其中奧妙，因爲太專心研究畫中含意，所以不小心將茶水潑在畫上，造成一種意外，更加意外的是因爲畫濕了，所以發現藏在畫後的眞遺囑，事件眞相已經在此完全公開，案件照理也該到此結束，可是接下來官員還要演一場裝神弄鬼的戲，讓大家以爲他跟老人的亡魂對談了起來，經過亡魂的示意，所以他才能知道破屋中埋藏有大量的金銀，甚至，官員還要從中撈到一筆報酬〔註11〕，這些過程中，每一段情節的發展都是令人意外的，公案小說中同時具備有這樣多高潮點的故事並不多，這可以算是公案小說中很成功的作品。

2. 正確預言〔註12〕

　　正確的預言不只提供破案的關鍵答案，預言通常還能製造出命案發生前的驚奇。即將返家的丈夫到廟裡求籤，籤詩中的忠告大約是「逢崖切莫宿，逢水切莫浴，斗粟三升米，解卻一身屈」，預言一一實現了，丈夫除了在崖下撿回一命外，回到家因爲由太太代替他洗澡，所以太太被姦夫誤殺，丈夫雖然保住性命，卻因此捲入殺人命案中，直到官員將籤詩的後兩句解出，才洗刷了丈夫的冤屈。這種神奇的預知能力是吸引人的，當第一個預言實現時，讀者便自然而然的產生下一句預言成眞的期待，在預言一一成眞的過程中，讀者的好奇心便被一一的滿足了。正確的預言嚴

〔註10〕與 AT926M＊【解釋怪遺囑】相同。

〔註11〕按：解釋遺囑的情節發展細節並不是每一個故事都相同的，比如得到畫後的眞遺囑，便有潑濕或直接扯開畫像的不同方式，而裝神弄鬼與亡魂交談；或官員從中謀利也不是每個故事都如此的，如《龍圖公案》的〈扯畫軸〉就未寫包公從中謀利。這種敘述是組合較有趣的情節而寫的。

〔註12〕與 AT910【買來的或者別人提供的警言證明是正確的】相同。

格講不是斷案的好方法，官員只是解謎者，同時預言本身便有迷信、不確定的成份在，但是，這是吸引讀者的好方法，同時，官員也是從某些提示得到破案的靈感，所以，仍將此類歸於好方法中。

（七）自呈贓物

贓物是物證的一種，以贓物使罪犯認罪是辦案的一種方式，如果能讓嫌犯自己拿出贓物成為物證，那麼能讓嫌犯自己拿出贓物的方法便是好方法。

公案小說中官員最常使用的便是假賣布真出贓，在已有預設嫌犯的情形下，官員假扮布商帶著大批的布料前往兜售，故意以低廉的價格誘使嫌犯買下布料，嫌犯手頭並無多餘的錢財，為了貪便宜，於是拿出贓物買布，贓物經被害的一方指認，案子也就破了。除了假裝賣布，假稱嫁女兒請代辦首飾則是另一種說法，或者欺騙對方已將真兇法辦，一命不兩償，所以只要設法找到贓物即可，嫌犯為了了結本案便將贓物拿出，於是這些贓物便證明了他的罪行。這種哄騙的方法如果使用在無辜者的身上有造成冤獄的可能，《律條公案》〈馬代巡斷問一婦人死五命〉一案，為了找到人頭，官員也依此哄騙被告，為了脫罪，被告真的設法去找來一個人頭，於是又多添一條人命，案子不但沒破，反而更陷入迷團之中。所以，出贓無罪的方式雖然可議，但是這種方式正反兩面皆可表現，可營造出不同的情境。

另外，有一種讓大家交來同樣物件而找到犯人的方法，與審物聚眾有些類似，但是趣味點並不相同。《諸司公案》〈路縣尹判盜鏟瓜〉一例中，苦主的瓜苗被人在一夜間全數鋤斷，由於無法確定誰是鏟瓜者，於是縣尹以修路為名，借來全村鋤頭，修路借鋤頭與辦鋤瓜苗案似乎沒有關連，所以，大家都放心的將鋤頭交到衙門，而縣尹借鋤頭是因為瓜藤味苦，鋤斷一園之瓜，鋤刀必苦，所以，將全村鋤頭拿來一試，證據立刻出現。聰明的是能知鋤刀必苦，能讓犯人在不知不覺中將犯案工具交出，這種方式不只是好方法，連官員的推理能力也一併讚美，顯然較哄騙法高明許多。

高明的技巧多半先令人置疑，令人摸不著頭緒，等事件慢慢進行，審查出結果時，才讓人恍然大悟，之前的困惑在此全部得到解釋，令人不得不佩服官員的智慧，也對這些手法發出讚許的聲音。同時，這些高明的技巧有不少是見於民間故事的，公案小說的編寫原本就不是全部天馬行空的亂寫，真實案例、民間故事、傳說等都是極佳的範例，依此來看，部份類似或相同的技巧應該是受了民間故事的影響。

二、證據斷案

證據斷案是法庭的準則，人智斷案也是依據證據而破案的，不同的是官員提出

了巧妙的方法，那些方法的本身便有其趣味性，而證據斷案則多以努力搜證為主，或者以刑罰而得到口供，自然這也是一種破案的方法，但這種方式既無技巧性也無趣味可言，實在很難引人入勝，公案小說中也不乏此類作品，就總數量比例而言雖然不是絕對多數，但是，分列每個單項技巧，這種無技巧可言的作品量卻超越每一項技巧破案的數量。搜證使犯人認罪，用重刑逼求口供等便不再立類說明，證據斷案中的實驗法及物品上的記號是較值得說明的兩類，因此，分兩項說明。其中實驗算不算得是好方法？是不是好方法也許應該以實驗內容、實驗手法判定，雖然未歸於好方法中，但是，在主觀判案的年代，這種科學的精神是值得讚許的。

（一）實　驗

　　所謂實驗便是事經實試，經過再一次測試而得到的結果，便能證明推論的正確與否。古人辦案常給人一種主觀斷案的印象，公案小說中的確也透露出這種訊息，但是，那不是絕對的現象，只是比例的多寡。如《諸司公案》〈張縣令辨燒故夫〉一案中，官員便以實驗的方法斷定妻子謀殺了丈夫，故事中妻子謀殺丈夫後，故意放火燒了房子，然後宣稱他的丈夫死於火中，妻子可能以為這種手法是完美無缺的，但是，官員利用豬做實驗，將一死一活的兩隻豬放火燒死，然後檢查兩隻被燒死的豬，原本已死的那頭豬嘴裡沒灰，另一隻則有，而丈夫的嘴裡也沒有灰，所以官員斷定婦人謀殺了親夫。〔註13〕這與檢查肺中積水可知係生前落水或死後落水的道理是相同的。實驗的好處便是事實擺在眼前，無從辯解，但是，如果做實驗前的立論點是有問題的，那麼即使實驗結果與預期相同，那種戴著客觀面具的主觀底子，其實是更加可怕的。

　　《海公案》〈勘饒通夏浴訟〉前妻之子告繼母毒殺父親一案，久久無法決獄，海公巡行其郡，因婦人再三稱冤，所以，親自前往實驗，將事發當日過程重新推演，仍將茶水放在牆孔，隔日去看則杯中有蜈蚣，把牆拆掉，發現整片牆中都是蜈蚣，於是平反了殺夫的冤案。這種實驗其實是很令人質疑的，首先是時空的改變，即使進行同一過程的實驗，事經多時，實驗結果未必能證明當日的情形。其次是杯中的蜈蚣，官員能發現蜈蚣在杯中，死者卻不能？以蜈蚣之毒能毒死一人，恐怕不是一隻就能達成的吧？另外，日中無影的實驗法，《諸司公案》〈邴廷尉辨老翁子〉一案中，邴廷尉言：「吾聞老人家子不耐寒，日中無影，試取而驗之。」為了證明婦人所生是老翁之子，廷尉進行了這項實驗，文中有「時八月中，取小兒同歲者，均衣單衣，諸小兒不寒，惟俞氏之子變色；又與諸小兒立日中，惟俞氏之子無影。乃知此

〔註13〕與 AT926Q＊【他嘴裡沒灰】相同。

子果系尹老親生。」〔註14〕，不耐寒與日中無影的說法就今日而言是毫無科學根據的，這些寫法就立論、論證的過程而言，其實是粗糙不可信的。

（二）記　號

物品上的記號是明顯的物證，我的物品的某處有他人沒有的記號，所以，很自然的便能證明東西是我的，直接以此證明物品的歸屬便屬於證據斷案。如果，我知道了物主不知道的記號，官員設法讓物品歸還原主，那麼便屬於好方法是技巧斷案了。

物品上的記號多寫在比對失物時，但要得到可以比對的物品通常是有方法的，因此，單純寫憑恃著物品上的記號破案的並不太多。除了物件原本就有的記號，這些供官員判斷的記號還可能是人為的，就像在阿里巴巴家門口畫上的叉叉記號一般，可以依此找出目標。如《詳刑公案》〈蔡府尹斷和尚奸婦〉因為懷疑寺中和尚不守清規，所以派了一名妓女假扮良家婦女入寺求嗣參拜，夜間同寢者便被妓女在腋下塗上紅色胭脂，隔日到寺拘拿，腋下有紅色記號者便是淫僧，這便是刻意做的記號。

刻意的記號還有一種是偽裝時間的記號。為了侵佔他人的田產，所以假造上一代已將田地賣出的契約書，官員搬出衙中陳舊文件，紙張只有邊緣變黃，而假契約紙張全張皆黃，知是茶染而不是時間的記號，所以判定是假證。而《海公案》〈仇囑誣盜〉中，時間的記號也為被誣者平反了冤獄，青布衣歲久成藍，仇誣者只以外觀是藍而誣陷他人，孰料，時間只消褪了衣外的顏色，將衣服拆開，衣裡果如被誣者言是青布而非藍布，時間留下的記號反讓仇誣者栽了跟斗。

人智斷案與證據斷案外，還有一種純由官員推理斷案的情況，事實上，在任何審案過程中，假設、推論都是必然的思考過程，但是，這些推斷還必須借助人證、物證等方能斷案，上述的人智斷案或證據斷案等均是在證據齊全的情況下判案的，只是查案辦案的方式不同。但是有些案件就是無法得到實證，因此，只要官員推理的結論成立，那就是案件的真相，這便是推理斷案。這種故事所要表現的也還是官員過人的才智，但是比起利用方法讓犯人自己招認，這種方式顯然無趣許多，如：《海公案》〈拾坏塊助擊〉案中，因為債務糾紛，兩人打了起來，還撿坏塊相擊，不料，誰也沒打中誰，卻打中某一方的母親，過了十三天，傷重不治，打人者就吃上人命官司了，海公只以推理的方式，斷定是誤傷，打人者便以傷害罪處理了，或許誤傷的可能性很大，但是，畢竟只是官員的猜想，官員的主觀認定也可以是辦案的標準，這種推理法則是最無趣又最令人懷疑的一種辦案方式。也因為不具趣味性，所以不再分類說明。

〔註14〕《諸司公案》頁 275。

　　除了斷案的方法引人入勝，犯案的過程或犯案的手法也可以是富有趣味的，只是，高潮點多半集中在寫斷案，所以人情事理類中用力寫犯案的作品量較少，某些手法還可能是斷案、犯案可以通用的。如隔牆有耳的寫法便不只運用在審案過程，它也出現在犯案過程中，但那不是刻意竊聽，而是通姦時丈夫正巧回家，姦夫躲藏時，正好偷聽得丈夫的藏銀處，於是銀子便被姦夫取走，因為一樁失銀事而起出通姦案，無意偷聽來的消息正是案發的導火線。

　　此外，我知道了什麼，而物主反而不知的情形，利用物主的未知而進行侵佔，也是一種不可思議的趣味。被侵佔的可能是一隻瓦盆，也可以是一個人，如爭佔婦人的故事中，犯人利用預知婦人身上的記號為由，強稱自己才是婦人的丈夫，而真丈夫反而不知妻子的記號，這是一種違反常理的情形，所以，在第一次的審判過程中，妻子便判給了光棍。還有一些特殊的犯罪手法，如以釘子插入鼻中、腦門，將毒蛇灌入口中、肛門等置人於死的方法，讓人想像不到，始料未及，雖然是犯案的特殊方式，但它卻能造成審案的懸疑性，豐富辦案的過程，所以，刁鑽的犯案方式還是為了斷案而有的。

　　公案小說中關於人情事理的寫法，高潮點幾乎都落在審案破案處，犯案過程中雖然也出現一些較值得討論的情節，但從作品全面觀看，畢竟只屬於點綴式的幾則，案發的情形如非涉及神鬼靈怪，那麼便是當事者雙方告上衙門，並沒有太多精采的描寫。閱讀公案小說的讀者最終的目的便是要看見破案，就是要知道如何破案，如果，破案的方法、過程無法造成高潮，這樣的作品也許可以稱為失敗的作品。以此去看人情事理篇的探討結果，這種將用力點集中在破案處的寫法是可以理解的。另外，在本項中很有意思的是，只要是官員設計了方法，沒有不成功審明案情的，只有刑打才會遇到堅持不肯吐實的犯人，這也是為什麼那些技巧被稱為好方法的原因，但是，這其中透露出的人性是很值得深思的。

第二節　神鬼靈怪

　　所謂「戲不夠，神仙湊」，公案小說中也常會有神仙入戲的情形，但那未必只是為了增加篇幅，加入的靈怪情節，還常是故事中最精彩、最動人的部份。卜安淳也說：「神鬼內容的滲入，是公案小說作品中悲劇性的案獄故事得以喜劇化的藝術表現的重要因素。」〔註15〕而所謂神仙湊，神仙所指未必單指神仙，鬼魂、動物或大自

〔註15〕卜安淳〈公案小說的創作藝術〉（南京：《古典文學知識》1992年6月）頁76。

然異常的情形等也都屬於這類現象。在上一節的人情事理一類中，趣味點常出現在審判的辦案過程中，但在神鬼靈怪類中，這種奇特的現象的出現則不若人情事理篇的集中，從案發至審判結束都可能出現這類情形，而且它還常是各種異象並存於一個案件故事中，以下則從案發至結案所出現的奇異景象分類說明：

一、風的暗示

大自然裡風的吹拂是再自然不過了，風吹葉落實在不是特殊的情形，但是公案小說常將官員身旁的一陣風寫成不尋常的暗示，這陣風可能吹走官員的烏紗帽，把轎頂掀走，也可能吹來遠地的樹葉，或是吹來一張帶有暗示文字的紙張，於是官員立刻察覺異樣，並將這種現象慎重的處理，趣味也將由此產生。風的暗示大多指示冤屈或告知罪犯姓名。

（一）案　發

通常將官員轎頂掀走或紗帽吹走的怪風，會引導官員至埋屍處，而且那像是它聽懂人話一般，或者，官員問清楚風向後，要差役去捉東風，東風既非人也非物品，捉東風的指令不只讓差役糊塗了，連閱讀者也產生了莫名奇妙的感覺，差役在四處呼喚東風的過程中，必定有人回應，而這個名叫東峰（風）的人也必定昧著良心犯過某案。除了將官員的物品吹走，吹來物品也是暗示的手法，通常是一片由遠方吹來的樹葉，城中並無此樹種，唯某處有之，於是，官員找到此樹，果然樹下埋有冤死者的屍體。無論是吹走官帽或吹來樹葉，在無人投狀的情形下，犯罪者自以為神不知鬼不覺的，豈知一陣風過，便將這樁冤屈事揭發出來。風是故事的先驅者，在無人告狀，故事中尚未有案件發生時，風過後，整個事件便活絡了起來，案件也跟著曝光。

（二）示　兇

吹來的怪風除了揭發無人知曉的案件外，另一種功能便是在審案過程中指示兇手或埋屍處。當案件陷入膠著，不清楚犯人是何人時，葛葉及門上紅彩順風吹下，示意犯人為葛彩；或風吹來枇杷葉，暗示犯人為皮八；或風吹來一葉，葉中為蟲蛀去一孔，暗示人犯為葉孔；或當犯人不肯招認時，狂風指引找到屍首；或者吹來的紙片中暗示著埋屍處，於是兇手不得不招認。這些都是大自然中神秘不可知的力量，讓人不可思議的驚奇。

風的暗示，可能是一樁案件的開始，也可能是審案的結束，大自然中的一陣風便能帶出案情、結束案件，似有冥冥中天意的指示，但是，接受指示的畢竟是人，如果會錯意，那麼不但不能為含冤者申冤，反而更執著的造成冤獄。《廉明公案》〈蘇

按院詞判奸僧〉一案，官員從怪風吹來的紙片認定被告是眞兇，紙片上的「事實了然，何苦相思」原本要暗示兇手是僧人了然，不料，官員卻將「事實了然」解成事件已確實明白，所以，反而很肯定的將被告判成死罪，直到臨刑前，才發現了新證據爲被告洗刷冤屈。風的暗示原要提示案情，造成一種天意、巧合的趣味，從反面來寫，誤解了暗示，多經一番波折，也製造了另一種高潮，只是，這種誤解的寫法較少，雖然趣味性較正面寫法豐富，但對官員形象有負面影響，所以，小說中寫及風的暗示還是以正確解讀爲主。

二、鬼魂投訴

公案小說中鬼魂投訴的情形必定出現在人命官司中，寫被害屈死不甘，以靈魂投訴。絕大多數的人都有夢見往生親友的經歷，所以，寫鬼魂托夢的過程，不是以新奇取勝，反而是一種結合經驗，造成似曾相識的效果。大約寫鬼魂訴冤的方式並沒有太多變化，主要以托夢爲主，再則便是親自現身於人前的直接投訴，借烏盆開口訴冤〔註16〕或耳畔不停的告狀聲〔註17〕等變化式的寫法則較少出現。

（一）托　夢

冤魂投訴的主要方式便是托夢，托夢訴冤時最直接的方式便是自訴冤情。將含冤事說與官員知曉，請求官員爲己伸冤，或向親友投訴，請代爲伸冤，這種寫法多半直寫夜夢冤魂前來訴冤，於是，官員開始追查此案，或者重新審案，冤魂多半會言明兇手是誰，雖然沒有曲折的過程，卻令人感到罪犯被揪出的快感。

托夢的另一種投訴法則較爲曲折，兇手的名字通常以象徵式的製謎手法表出，最常出現的便是幾句詩句，由詩句可解得兇手姓名或包含案件過程等更多訊息。這些詩句幾乎都無文學價值可言，純粹只是爲了豐富小說的情節，只是爲了宣揚官員的才智而寫，如：「殺人者，是肖走，一根槍，穿一口」〔註18〕暗示兇手是趙中，不但未有文學性可言，連猜謎都嫌太簡單。而「小婢無辜，白晝橫推魚沼死；夫人養漢，清宵打落酒楻中」〔註19〕，則以案件內容爲主要訴求，表出小婢與夫人被害情形及被害原因。而既暗示兇手名，又兼示事件過程者，則如：「丈夫系子到皇都，草蘇生心將計露。主母佳釀醉死奴，可憐身赴黃泉路。」〔註20〕，以系子解出孫字，

〔註16〕可見於《百家公案》〈瓦盆叫屈之異〉或《龍圖公案》〈烏盆子〉二案。
〔註17〕可見於《百家公案》〈阿柳打死前妻之女〉或《龍圖公案》〈耳畔有聲〉二案。
〔註18〕《于公案》卷二 11 回，頁 49。
〔註19〕《廉明公案》頁 31。
〔註20〕《于公案》卷六第 1 回，頁 154。

草蕭解蕭字，主母解毒字，整合得丈夫姓孫，因出外讓蕭姓可以使計以毒酒毒死女子。雖然詩句簡單明瞭，但是官員得到暗示後，大都還要經過一番思考，或是因為他事的觸動才能解出謎底。

除了詩句，也有以某種現象暗示兇手姓名者，如「賢臣夢見飛禽從天墜下，竟是九個鵪鶉！落在面前，頭一個口含標槍，點頭聲喧。」〔註21〕，以九個鵪鶉解出安九，口含標槍解出是使槍之人，而得到謎底是獵戶安九。又如「忽夢一女子，年可十七八，引一猿當案而立，指之跪伏。」〔註22〕，以猿示兇手姓袁。這些謎題所以簡單易解，除了受限於編寫者的程度外，通俗小說的讀者本來就是以一般大眾為主，如果謎面太難，讀者無法有參與感，恐怕也是因素之一。

製謎法常會出現在冤魂投訴或神仙啓示中，鬼魂與神仙都是冥冥中不可知的力量，他們必定詳悉所有內情，明明可以直接說清楚的，卻還要大費周章的猜謎語，除了為造成閱讀的趣味外，大約讓這些神鬼直接說明，有喧賓奪主的意味，即使有神仙、鬼魂的相助，還是得有聰慧的官員才能解決，畢竟，官員才是公案小說的主角。

（二）直接投訴

寫鬼魂投訴除了以托夢方式呈現外，另一種情形則是讓鬼魂直接現身。一般認為鬼魂畏懼陽氣，而夜間較陰，所以鬼魂現身的時間多在夜晚，雖然故事中也寫了一些白天現身的鬼魂，但是，見過鬼魂後必寫昏迷，同時，轉醒則不見其蹤跡。而鬼魂現身前多半先來一陣陰風、黑風，離去則化風而去，總要加入那麼一些神秘的氣氛，表示他的投狀是特殊不尋常的。至於訴狀情形則與托夢訴狀相同，可以是直接說明，也可以詩句暗示，但直接投訴的寫法，多半以直接言明為主，較少加入製謎解謎的趣味。

鬼魂投訴較少發生在案發前，多半是案件審理至瓶頸時，或案件已成獄多年，始終不能查明，適某清官過境時，鬼魂才投訴說明。一般而言，清代公案小說寫鬼魂的投訴較為複雜，常會在鬼魂的投訴過程中，彰顯門神神威或衙門官威，明代《百家公案》〈瓦盆叫屈之異〉雖也出現過類似情形，但是整體而言，清代公案較喜舖敘鬼魂投告前為門神阻攔或被神仙斥退的情形，更加強調出人鬼殊途，鬼魂不能干擾人間的概念。

至於其他鬼魂索命或引差役拘得兇手的寫法，並不是投訴的部份，而鬼魂出現在公案小說中幾乎全以投訴為主，索命等上述寫法只是少數，所以，在此提出，不

〔註21〕 《于公案》卷五第 4 回，頁 130。
〔註22〕 《諸司公案》〈趙知府夢猿洗冤〉，頁 154。

再另類說明。

三、動物鳴冤

　　正如風的暗示，動物鳴冤也是案發的開始。寫動物鳴冤除了寫不尋常，還寫人畜間的情感，或動物的知恩圖報，這種鳴冤的動物多半是主人豢養，或者是偶然被買下放生的牲畜，與人類多半都先有過關連，單純的自然界生物示冤則屬少數。其鳴冤的情形可有示冤及告狀兩種。

（一）為主告狀

　　動物告狀只是個樣子，事實上，動物既不能寫狀，又不能言語，如何能告狀？只是，當牠在官員面前或轎前做出特別舉止時，便被解讀為告狀的舉動。一般禽鳥類的告狀方式以哀鳴為主，如：「海公坐堂，忽見數只黃鶯在檐前哀鳴不止，又飛集庭中，又飛入堂前，叫聲悲哀淒慘，似有鳴冤之意。」〔註23〕，或如：「有一山雞從空飛向府堂月台前，三嘎其聲。」〔註24〕，先以鳴叫聲引人注意，待官員問話後，則鳴叫聲愈淒，或者飛近案前點頭示意。除了以悲鳴示意外，也有白鵠「朝著賢臣將頭亂點，像是磕頭一般。」〔註25〕，鳥類點頭是為了身體的平衡，看在人類的眼中便將之類化為磕頭，不管鳴叫或點頭，均是以禽鳥的特徵發展而來。故事中甚至有一則開口鳴冤的情形，但那就是喜學人語的鸚鵡，雖要表達異常現象，但總不致於離譜，還是依著常理發展。其他動物的告狀方式雖不離以聲音表達，但動作變化則較禽鳥豐富，如寫花騾跪倒在官轎前、猴子攀住轎槓不放等。

　　一般禽鳥為人告狀，是因為放生報恩，牲畜告狀則關係多來自於豢養。人類因飼養動物，日久遂互相依賴、產生情感，情感深者甚至超越與人的交往。牲畜為了營救主人而犧牲生命，或對主人忠心不二的傳說，古今中外皆有，這些傳說之所以動人，主要便是人畜間的深情，自稱是萬物之靈的人類，在與人相處時，還未必能有如此的情感，甚至案件中的加害者還是至親好友，而被人類視為較低等的動物卻反能為主鳴冤復仇，這種事例是感人的、值得傳誦的，所以，寫動物為主申告的事件，一方面表現出動物通靈的不平凡，一方面也寫動物與人的異類情感。

　　有意思的是一般民間流傳的說法中，提及有情有義的動物多半是指狗〔註26〕，

〔註23〕《海公案》第五十七回〈黃鶯訴冤報恩〉頁253。

〔註24〕《詳刑公案》〈陳府尹判惡僕謀主〉頁121。

〔註25〕《于公案》卷六第16回，頁176。

〔註26〕按：民間故事類型索引中，編號AT201F＊【義犬衛主，為主復仇】便是這類型的故事。

但是在公案小說中，狗並不是唯一主角，甚至，牠出現的次數都還不及驢、馬。推測這種結果是因為被害者多半出門在外，所以，驢馬等交通運輸的牲畜便較容易出現，狗雖與人類有深厚的情感，但是，經商鮮少帶著狗兒出門，這樣恐怕較難有合理的寫法吧！

（二）不平之鳴

動物鳴冤除了以類告狀的方式申冤外，也有單純的表現出異常行為引官員注意的寫法。如官員的座騎突然停止不前、蠅蚋圍馬首，或者只是鳥連鳴「好」聲，官員便從中看出、聽出不尋常，於是這些通靈的動物便能依官員指示，帶領衙役找到冤死者的屍體。除了揭發冤案，動物的不平之鳴也會指示兇手，這種手法與製謎法是相同的，如由七隻烏鴉大叫的飛過衙前而悟兇手為烏七。這些動物與冤死者並無任何關係，單純的只是揭發冤案而已，這種寫法的天理公道、因果報應觀念，較前項寫法更為單一，沒有異類義氣的情感，就是天理公道，如此而已。

除了為冤屈的人類發出不平之鳴外，動物也有為自己申冤的情形。《百家公案》〈鵲鳥亦知訴其冤〉其中母鳥便因小鳥為人所縛而到包公堂前告狀。〈雪廁後池蛙之冤〉因為衙役未依令前去曉諭青蛙，導致青蛙仍舊聚鬧而被包公罰枷，青蛙不服所以頂枷前往申冤。這種動物為本身的不平而訴冤的寫法，雖寫其奇異，但仍以寫官員的恩德可及於微物，以彰顯官員為主。

四、神明的靈應

所謂神明的靈應指的是天地神明的靈應，多半是經由祝禱後，神明才應祈求所願，神明靈應表達的是善惡有報的觀念，善人、官員求祝得應，惡人因此得到懲罰，同時還宣揚天命觀，命中注定有官運者，或者是星宿下凡降生者，神明便會暗地保護，使其脫離危難。其靈應方式概分可有顯靈、啓示兩種。

（一）顯　靈

顯靈的另一種說法便是神蹟，那是不尋常、特異、近乎奇蹟的。宗教之所以能令人深信不移，神蹟是很重要的因素。公案小說的作者自然不是為了宣揚宗教而寫，但是，宗教勸善的宗旨與通俗小說的教化功能卻是相通的，他們都宣揚善有善報的因果觀，所以，以神明顯靈強調神靈觀視著人間，強調為善得天助應，也寫官員正氣可通神明。公案小說中的神明顯靈多半是官員辦案時遇到難題，於是向神明祝禱求助，通常求助對象都是城隍爺，其次則是土地公。城隍是對比於陽間官員的陰間縣令，也是政府授與官職的神明，官員上任時還須至城隍廟祭拜，牠是由政府給與

肯定的神明,所以,官員一遇難題首先便是向城隍求助,這應是眞實現象的反應。

通常神明經祈求後,便依著人們的願望實現。如:雷雨大作,將蛇精殺死、讓久尋不著的案件關係人自動到案、讓吃人的老虎主動到衙門領罪等,這種顯靈的神妙寫的不只是主動到案的神奇,特別的是自動到案的人或老虎都像是被繩子縛住一般。除此,神明顯靈也可能是附在人身上說明案情、變化成動物引路或派小鬼救護官員等,總之,神明的顯靈以奇異、神蹟吸引人,但不在宣揚宗教,而是以顯靈的奇妙豐富小說的情節,同時,達到勸善的功能。

(二)啟 示

神明除了以神蹟回應人們的祈求外,另一種方式便是以引導的方式讓人們得到解答。這種啟示可能來自夢中,也可能來自倩語〔註27〕,而這兩種方式多半會與製謎結合,或是詩句,或是景象,大致與鬼魂投訴中的製謎趣味是相同的。如「殺死雄妻者,桃杏一時人」解得兇手是李春,或以寺鐘下蓋住黑龍,示意鐘下有被害人等,只是神明的啟示是經由祈求、祝禱而有的,同時,那也可能是受害人向神明求救,而由其他善心人或官員得夢前去救助。

不論顯靈或啟示,神仙的靈應仍以解答迷惑爲主,救助危難也是神仙靈應的一部份,當誠心禱告時,神明便會顯靈救助,誠心可通神明的寫法應該可以得到迴響和認同,雖然未必富有趣味。

五、夢裡的暗示

鬼魂、神明都會以托夢的方式指點人們,然本類的夢示既無鬼魂,也無神明,單純的只是官員偶然的怪夢。這些怪夢大概會出現在官員處理某案件時,夢境中的現象便給了官員解決案件的啟示,這應該是日有所思、夜有所夢的結果,小說一方面給人如此感受,另一方面卻也表現出的是官員的不平凡,因爲夢裡的暗示全是官員得夢,這些怪夢不只是指點兇手,它也可能是案發的開始,官員因爲得了某個怪夢,所以,注意起與夢境相似的人事,於是順利的揭發了某件冤案。夢裡的暗示全都是製謎的手法,比如以西瓜暗示和尚,而西瓜中的一個開花了暗示女人。夢原本就可天南地北沒有界限,儘管這種夢境奇怪異常,但是官員還能從中得到暗示,這種不尋常的怪夢所展現的是官員超強的推理能力。

常常有個印象,公案小說中多半是鬼魂起的頭,鬼魂破的案,官員只是秉公執法,

〔註27〕 按:倩語指的是心中有疑惑時,在某特定時刻外出,刻意聽過路等不相干人氏的對話,從第一句聽來的話中,可以得到啟發而解決心中的疑難。

他只是陽世裡、現實社會中的執法者，鬼魂是故事中主要的角色。但是整理案件後，發現事實不然，大部份的案件還是官員發揮個人機智、利用人性的弱點、詳實偵察案情或嚴刑逼供而破案的。張國風在《公案小說漫話》中也表達了同樣的看法，他說：

> 儘管公案小說中冤魂顯靈的描寫十分普遍，可是，單純依靠冤魂申冤報仇的作品並不多。一般都是冤魂顯靈、提供線索，或者某種暗示，再借助清官的力量來破案。……冤魂的出現固然可以造成善有善報、惡有惡報的心理效果，起到勸人為善的作用。可是，這類描寫一多，勢必貶低清官的智慧。既然冥冥之中自有賞罰，所謂「加減乘除，自有蒼穹」，那還要清官幹什麼呢！所以，在公案小說中，鬼魂的作用一般都限制在一定的範圍內。〔註28〕

官員斷案還是故事中最重要的部份，官員還是小說中的主要角色，這也可以解釋何以公案小說專集多半以官員名稱題名。

公案小說中，著墨最多，用力最深的，還是在斷案的部份。將案件的審明過程中，官員如何運用智慧，突破犯人的心防，令犯人不打自招，是最具挑戰的部份。除此，明清兩代的公案小說在描寫案件的著力點有很明顯的不同，清代公案小說專集中，多數的案件對於發生過程、告狀、審問、判決等的描寫都是三言兩語帶過，而用力寫緝捕人犯的過程。通常，犯人都是一方惡霸，有家丁、護院無數，所以，衙門中的差役們根本不是對手，必須由綠林人士出面才能拘回犯人，而且常是一批接著一批的綠林高手，經過多次努力或廝殺才能捉到犯人。大篇幅的文字敘述追捕過程，捉到犯人後，不是輕易招供，便是用刑逼供，三言兩語就結束審判過程。或者捉到犯人後，根本不寫官員審案，反而將案子移給下級單位處理，完全只注重捕捉過程。如《林公案》中林公的手下一番激戰後已捉住兩個嫌犯，接下來寫的是「此時東方已白，就把二犯押解回縣，茶館房屋，著地保看管。林恩等押犯進城，解交吳江縣訊供確實，解省定罪。」〔註29〕，完全沒有審判過程。

即便寫綠林人士查案緝兇，情節也重複的十分嚴重。如《彭公案》中故事情節的發展經常是某位人物處於劣勢將敗之時，或即將被對手處死時，後援人物則會在千鈞一髮之中解除危機，適時救下落敗者或被害者，這種寫法不計其數，隨手可得，已經變成公式般的無聊。最初寫的是巧合，巧合原本「是扭轉故事情節的轉捩點」〔註30〕，巧合能製造意外的驚喜，也能造成莫名的冤屈，兩者均令人感到衝擊，但

〔註28〕張國風《公案小說漫話》（上海：江蘇古籍出版社，1995年1月）頁36。
〔註29〕《林公案》頁167。
〔註30〕任世雍〈明代短篇小說中巧的表現〉（台北：《小說理論及技巧》，書林出版有限公司，

巧的安排也要能恰如其份，要巧到讓讀者認同這是自然而然發生，這是人力不能及的，這是天意。如果一篇小說中處處見巧，則構思已不巧，情節更難覺巧，彷彿一切均是作者刻意寫成，是不能解決問題時，敷衍讀者的作法。彭公案中的後援人物總在很巧合的情形下救下前一個落難者，雖然在驚險處可化險為夷，滿足了閱讀者，但不斷重複的運用，便會造成一種老套，這種情節安排已在預料之中，再也沒有刺激、沒有新意了，令人有黔驢技窮之感。至於案件內容則幾乎無新意可言，寫的都是強佔民女、霸佔田地、無惡不作等。如《林公案》第十二回：「葛大力本是沙棍出身，私通大盜，無惡不作，家產原有二千畝沙田，都是用武力搶奪得來的。」〔註31〕，案件已經成為表現綠林人士俠義精神的修飾了。

　　另外，卜安淳以為：「刻畫執法者形象的公案小說，早期大都是偵探型，明清時期則大都是清官型。」又說：「偵探型公案小說偏重于展示執法者的才智；而清官型的公案小說則既重視執法者的才智，又更強調執法者的替天行道、為民執法的道德。」〔註32〕，事實上，單純的只刻畫執法者才智的作品，在明清時期還是佔有一定份量，從人智斷案便可以得知，只是明代的部份又比清代多些。

　　雖然公案小說常被批評為文學價值不高的作品〔註33〕，但是，這些投入公案小說的作家們，在案件發生過程中、在審案破案之際，事實上是運用了不少有趣、有技巧的手法的，還是可以看見作者的用心，只是好的技巧會因為敘述方式的不同而產生不同的效果，這是作者文筆、功力的差別造成的，並不至於只是將公案小說當成謀利的商品。而就情節、技巧重複過多，或同質性過高的問題，大量閱讀的讀者的確會有重複性極高，了無新意的感覺，但是，今日書坊中的言情小說，儘管內容千篇一律卻仍持續有固定的支持者，以今日讀者的反應，應該可以理解書商們為什麼願意出版那些抄襲明顯的公案小說了。

　　　　民國 70 年 10 月），頁 37。

〔註31〕 《林公案》頁 62。

〔註32〕 卜安淳〈公案小說的創作藝術〉（南京：《古典文學知識》，1992 年 6 月），頁 72。

〔註33〕 按：如陳智聰《從公案到偵探──晚清公案小說敘事模式的轉變》中提到：「在晚明也開始出現了大批記載清官斷獄的公案小說專集，……以《龍圖公案》為例，……除人智判案外，有很大的部份是藉助神鬼的超自然力量，而且作品文白夾雜，文學成就不高。」（台北：淡江大學中文研究所碩士論文，民國 85 年 6 月）頁 10，林保淳在〈中國古代「公案小說」概述〉一文中也說：「公案小說雖然歷久不衰，但因本身系統內容貧乏，……」（台北：《中國古典小說賞析與研究》，民國 82 年 8 月）頁 518，王俊年〈俠義公案小說的演化及其在晚清繁盛的原因〉說：「總的來說，公案俠義小說的價值並不高。」（《文學評論》，1992 年第 4 期），頁 129。等均批評了公案小說的文學價值。

第五章　從公案小說看明清的司法與官場風氣

第一節　從案件判決看司法

　　所謂司法是指：「法庭適用已定的法律於特定事實的行為。」（《重編國語辭典》第五冊，頁 4662），亦即執法人員將已定的法律為犯罪與否的行為解釋或判決，意義上較偏向解釋或判決的行為。就廣義來看，司法便是主管與法相關的事務，只要與法相關便屬於司法，所以應當還包含有立法與執法，這與今日的制度自然是有所差異的。但在明清時期，立法人員與行政人員並沒有嚴格的區分，因此，探討明清時期的司法應當包含有：立法的精神、執法的人員、犯罪的行為、審判的過程及判決等與法相關事項。

　　案件是公案小說的主要內容，幾乎所有的案件都包含有犯罪行為及最終的審判，而這些內容與司法是息息相關的，因此，就小說的分類特質而言，公案小說應該更能反應出中當時的司法精神及執法者的權限。

　　案件一經告官便進入司法程序，其最終便是案件結束，由官員分別是非、斷判刑責，依犯罪事實給予一定的懲罰。犯罪行為不同自有不同的判決，反應出的是當時的律法精神。而公案小說中的案件反應出那些具有時代特色的律法？同時，明清時期儘管法律有明確條文，但官員的審判在法治與人治間有多少的彈性空間？以及刑求這種頗具爭議的問案方式在小說中又以何種面貌呈現？以下將逐一探討說明。

一、明、清的律法精神

　　從公案小說的案件判決，很明顯可以看出明、清法律在制法時的考量，儘管明

律大體沿襲唐律〔註1〕，但是明代制法並非只是沿襲，制律的過程仍是相當嚴謹的。《明史・刑法志》中便提及：「屢詔釐正，至三十年始申畫一之制，所以斟酌損益之者，至纖至悉，令子孫守之。」〔註2〕，因此，其律法還是相當具有當代精神的。至於清律因為異族入關統治的關係，所以，先有「令問刑衙門准依明律治罪。」，再有「諭令法司會同廷臣詳繹明律，參酌時宜，集議允當，以便裁定成書，頒行天下。」最後「命修律官參稽滿、漢條例，分輕重等差。」〔註3〕大清律乃成，其沿襲明律的情形則較為明顯。本項討論明清律法精神不以滿漢的差異為討論重點，也不將大明律或大清律逐條探就，乃就案件判決時所突顯出來的精神作為探討方向。

（一）階級分明

法律宣稱的是王子犯法與庶民同罪，是法律之前人人平等，然「禮不下庶人，刑不上大夫」〔註4〕表現出的便是一種階級的法律，這兩種完全相反的理論，事實上是同具爭議的。以身分背景為考量或不論一切的同罪同罰這兩種理論均有其優缺點，公案小說中所反映出的雖不至於是禮不下庶人、刑不上大夫的樣貌，但是那是有著階級差異的律法，並不是法律之前人人平等的。

案件判決時會有同犯行不同罪的情形，因為犯罪者的動機及事後的悔意等，都是法官在審判案件時會加入考量斟酌的部份，因此，同犯行的判決會有不同罪責情形。但是，公案小說中所呈現出的同犯不同罪並非如此，造成不同罪的原因只是因為身份不同，諸如父子、兄弟、夫妻、主僕、官民，在法律的制定之初，便已因身份的不同而有不公平的待遇。

中國人的倫常觀念中，子對父、弟對兄的絕對服從已成為一種社會共識，所以父對子說理叫教育、開導，子對父說理謂頂嘴、忤逆，父、兄是絕對的權威者，子、弟是相對的服從者，這種界限是不容抵觸的，公案小說中的判決就反應出這種情形。如《于公案》中兄長侵佔啞弟弟財產案中，于公讓啞弟弟私下毆打兄長，為逼使兄長說出「他是我的兄弟」，于公說：

> 啞吧和你乃是陌路之人，打仗鬥毆乃平常之事，力大的便宜，力小的
> 吃虧。告到本縣堂前，每人須責二十板。可惜你二人不是嫡親兄弟，若是

〔註1〕 按：《明史・刑法志》：「明初，丞相李善長等言：『歷代之律，皆以漢九章為宗，至唐始集其成。今制宜遵唐舊。』太祖從其言。」又大明律成，宋濂進表曰：「篇目一準於唐：曰衛禁，曰職制……撥唐律以補遺百二十三條。」（台北：鼎文書局，民國64年6月），頁2279、2281。
〔註2〕 《明史・刑法志》（台北：鼎文書局，民國64年6月），頁2379。
〔註3〕 《清史稿校註・刑法志》卷一四九，（台北：台灣商務印書館，民國88年）頁3968。
〔註4〕 《禮記・曲禮上》（台北：藝文印書館）頁55。

嫡親兄弟，定將他在堂前杖斃。今既陌路，各責二十板。〔註5〕

于公的這一番話並非欺騙誘導口供，他所引用的是清律：「凡鬥毆，以手足毆人不成傷者，笞二十。」及「凡弟妹毆兄姊者，杖九十、徒二年半」〔註6〕的法律規範。陌路鬥毆，每人責二十板，可是嫡親弟妹打兄姊，須杖九十，行刑時用力重些便可能在公堂上被杖斃，為了免去自己的刑罰，同時除去擁有財產繼承權的弟弟，哥哥便說出了真實的情形，一樣是鬥毆，但因為兩人關係不同，同樣的罪行便有不同的責罰。

再如《百家公案》〈阿柳打死前婦子〉〔註7〕一案，阿柳因為不喜歡前妻之子，所以將他打死，包公判：「無故殺子孫，合該徒罪。」〔註8〕，打死子孫，只判徒罪，〔註9〕，一般鬥毆殺人者當判絞刑，可是無故打死子孫只須判徒罪，因為子女是父母的財產，父母有支配的權力，因此，如果子女不聽教令，嚴重者還可打殺無罪。

這些並不是出於法官的裁量，而是明文規定，律法清楚的保障父、兄，父兄的地位從刑責中可明顯看出其尊崇，這種法律或者是順應了民情，但父兄的地位也在這種明確的法律中得到穩固的保障。於是，在法律的規範中，父兄的絕對權威便更加不可動搖了。

除了父兄的威權外，夫妻、主僕的不平等關係也是顯而易見的。《諸司公案》〈陳巡按准殺奸夫〉一案，丈夫在外嫖賭無制，妻子因妒生恨所以也有了私情，通姦一事被丈夫發現後，他先周知岳丈：「與岳丈說過，今後捉獲，我要兩殺之。」岳父答以：「此玷辱家風之人，但奸所捉出，殺亦由你」〔註10〕，這是私刑，而且岳丈也同意女婿如此，丈夫的狀詞有：「律內一款，凡奸夫奸婦，親夫於奸所捉獲，登時殺死，勿論。」〔註11〕，夫妻均有外遇，但是，妻子的外遇明顯是不被認同的，姑且不論對婦女貞操的規範問題，明清律法是准許丈夫動用私刑的，當丈夫捉姦在床時

〔註5〕　《于公案》六回本，第二回，頁281。
〔註6〕　田濤、鄭秦點校《大清律例》（北京：法律出版社，1999年9月）頁443、462，按：明律同。
〔註7〕　按：本回回目朴在淵校注本作〈阿柳打死前妻之女〉，文中被打死乃前妻之子，疑誤，此處據石雷校點《百家公案》（北京：群眾出版社，1999年7月）頁114。
〔註8〕　《百家公案》頁108，按：本案在《龍圖公案》可見，龍圖公案判決作死罪，與百家公案判決不同。
〔註9〕　按：《大明會典》作：「其子孫違犯教令，而祖父母、父母非理毆殺者，杖一百；故殺者，杖六十、徒一年」，故殺者即指無違犯令之罪，亦即無故而殺，此處作徒罪應據此款。
〔註10〕　《諸司公案》頁193。
〔註11〕　《諸司公案》頁194，按：《大明會典》作「凡妻妾與人姦通，而於姦所親獲姦夫姦婦，登時殺死者，勿論。」頁2348。

可殺妻及姦夫，因為考慮丈夫一時情憤所以殺死無罪，律法對丈夫能如此憐恤，卻不能同理心對待婦女。

同一情形，在《海公案》〈姦侄婦殺媳抵命〉一案中，王福與侄婦通姦，還將侄兒殺害，又恐人命官司難逃，所以與子商議將次媳殺死，誣二人通姦而殺，王福殺次媳藉以脫罪的理由正是這款條文，雖然王福並沒有如願逃過刑責，但是，法律賦與丈夫私刑的權力是明白不過的。妻權的低微還不僅如此，《諸司公案》〈許大巡問得真屍〉一案，文中按語便提及：

> 律云：「姦夫謀殺親夫，姦婦雖不知情亦處死。」今方氏獨幸逭誅者，蓋以前之姦出於勢屈，而後之報夫仇則方氏與有力也。故雖失刑，亦可明天理之不負為夫婦人矣。〔註12〕

如果姦夫先發制人，那麼即使妻子未同謀也不知情，妻子還是難逃一死。按語說案中方氏之所以未獲判刑，是因為姦出於勢屈，同時盡力報仇，這似乎是為方氏說起公道話來了，但這段文字恰正足以說明時人以為方氏當誅。因為大家都疑惑了，姦夫謀殺親夫，姦婦不也該處死的嗎？所以作者才需要為方氏之不死作解釋。《明鏡公案》〈陸知縣判謀懦夫〉一案便是這種情況，婦人雖曾勸告姦夫莫殺丈夫，但案發後，官員仍以：「阮氏雖不知故，婁自行凶，然非汝有姦，夫何以死？」〔註13〕為由，判婦人死刑。姦夫殺親夫，姦婦要連坐；捉姦在床，丈夫也可以同殺，這僅是因為涉及貞操所以才如此輕忽妻權嗎？

《詳刑公案》〈許兵巡斷妒殺親夫〉一案中，張仲為官無道，對妻妾百般凌侮，地方考察時因其貪酷將予以勾革，但張仲多行賄賂不革反升，又私娶三妻，並縱寵溺者欺凌他妻與私狎者，於是被凌侮的妻妾們，在萬般無奈的情況下同謀將張仲殺害。案中張仲身犯數罪，被殺實罪有應得，但本案的判決並未以此量刑，只以律法為依據，判詞中尚稱：

> 毆罵親夫，尚不容王朝之律；持刀殺死，安免碎剐之裁！即服凌遲，不足懲其弒夫滅倫之惡。苟縱之不戮，則兩浙為無倫之國，五刑為無用之條。〔註14〕

於是，謀殺者被判處了細剐及斬刑。其中提到毆罵親夫尚不容王朝之律，明律：「凡妻毆夫者，杖一百，夫願離者，聽。至折傷以上，各加凡鬥傷三等。」但是如果是

〔註12〕 《諸司公案》頁182，按：《大明會典》作「若姦夫自殺其夫者，姦婦雖不知情，絞。」頁2348。
〔註13〕 《明鏡公案》頁342。
〔註14〕 《詳刑公案》頁220。

夫打妻，則：「其夫毆妻，非折傷，勿論，至折傷以上，減凡人二等。」〔註15〕只要不傷筋斷骨，丈夫打老婆都是可以的，即便是打傷折骨了，也可以依一般罪責減二等。但是，妻子敢還手，那麼官府就要替丈夫主持公道，將妻子治罪了。通姦婦女可以登時殺死，萬惡的丈夫卻不容毆罵，這是律法的條文，顯然是對夫權的保障，對妻權的藐視。

　　至於官民、主僕、良賤身份的差別，則已無公平二字可言。《施公案》家僕被誣一案，僕人之妻沿著河岸向船上的施公喊冤，待婦人表白要告家主，施公立刻帶怒說：「趕下船去，以僕告主，我卻不准。」〔註16〕，直到婦人因絕望跳河自盡，施公才准其告主，但還說：「你莫怨本院不管，世界以上那有奴告主人之理？」，一句「那有奴告主人之理」說盡了奴僕地位的卑微。明、清律法雖未有不准奴婢告主人之說，但是「若奴婢告家長及家長緦麻以上親者，與子孫、卑幼罪同。」，所謂與子孫、卑幼罪同是指：「凡子孫告祖父母、父母，妻妾告夫及告夫之祖父母、父母者，杖一百、徒三年，但誣告者，絞。」〔註17〕，換言之，即使所告是實，出首者要杖一百、徒三年，這跟不准告的用意大概也沒什麼不同了。〔註18〕

　　所以《海公案》〈妻妾相妒〉一案中，婢女逃出告主時，海公在判詞中要說：「妾雖被爾殺而死于無辜，應知冤魂九泉之下必不瞑目矣！乃使婢逃以白其情。」〔註19〕正妻葛氏曾因嫉妒將妾的雙目挖出，致妾慘死，後來葛氏以此恐嚇侍婢，所以侍婢逃出向海公陳告。依常情奴婢不能直接告主，逃出也是律法不容的，明、清律作：「若婢背家長在逃者，杖八十。」〔註20〕，侍婢逃出又告主，違背常情，所以海公以為這是冤魂不瞑目才讓侍婢逃出告主的，否則沒有婢女敢如此作為的。

　　除此，良賤之間的距離更是難以跨越。《詳刑公案》〈秦推府斷良賤為婚〉一案，因為貪圖女家妝奩，所以，男方以迅雷不及掩耳的速度將地位較卑微的女子行禮娶回，想要直接造成事實，事後族人知道娶的是僕役子孫，立刻一狀告到衙門，說：「男女貴賤，律禁成婚……不論良賤干礙，魃娶王奴楊貴幼女，……紊亂人倫，有乖律

〔註15〕　《大明會典》（台北：東南書報社，民國52年9月），卷一六九，刑部十一‧律例十‧妻妾毆夫，頁2356。以下提及《大明會典》均出指本書，故註只作書名頁數。
〔註16〕　《施公案》一百三十五回，頁334。
〔註17〕　按兩律例《大明會典》頁2365與《大清律例》頁486、487均同。
〔註18〕　按：《大清律例》作：「凡奴僕首告家主者，雖所告皆實，亦必將首告之奴僕，仍照律從重治罪。」得實仍要將首告者從重治罪，這與不准奴僕告主意思應是相當的。頁488。
〔註19〕　《海公案》頁178。
〔註20〕　《大明會典》頁2287。

法。」〔註21〕，族中子弟娶了僕役子孫應該是丟盡家族的臉面了，所以，連接狀官員也要說：「爾閥閱名家，安與此等結姻，豈不玷爾家譜？」民間以良賤成婚爲辱及祖宗之事，這種成見應該是來自於階級制度，而律法條文能使階級制度更爲確定。明律：「若妄以奴婢爲良人，而與良人爲夫妻者，杖九十，各離異改正。」〔註22〕，身份不同不爲婚姻，即使已婚半月，仍判離異，官員也說：「律例當離，勿論成婚日久。」奴僕及其子孫只要不能脫離賤民身份，在社會上便是沒有人權保障的一群。

同樣的情形，《百家公案》〈柳芳冤魂抱虎頭〉一案中，妻子將妾打死了，原本明律規定：「其夫毆妻，……至死者，絞。……妻毆傷殺妾，與夫毆妻罪同。」〔註23〕，也就是妻子將被判以絞刑，但是因爲被打死的妾原非良家婦女，所以本案判決免死，只杖一百、配同州路服刑。娼家女爲妾，因爲身份的關係即便被打死，冤魂向官員訴冤請求討回公道，這所謂的公道也是不同於一般人的。

從公案小說看明清的律法，階級關係明顯突出。法律制定之初便將人倫關係及身份做一區隔，正如《中國法制史料導言》中提到的：

> 「父爲子之天」、「夫爲妻之天」，將自然關係如是轉換爲人倫關係，因此，父母擁有懲戒權，對子女懲戒所產生之傷害並不爲罪，再者，丈夫擁有片面之休妻權，遇通姦時得現場肆殺姦夫、姦婦而不爲罪（元朝法律），諸如此類，此種在中國早經確立之國家性質之法律，乃容許父母及丈夫動私刑。至若殺親或殺夫則視同大逆而處以極刑，蓋此種犯行，不僅侵害人爲之法律，更且觸犯天法。〔註24〕

因爲將人的身份安排當成是天道的一部份，所以，制定這樣不公平的法律也就變得理所當然了。

（二）側重情理

除了階級關係，從案件中可以看見的是明清律法側重情理的一面，法律的制定將人性的部份納入考量，對於造成罪行的原因及罪犯的背景等，均在律法中明確規定。

罪犯的部份，罪犯本身的身體狀況及懲罰方式的規定都可看出立法時的用心。《明鏡公案》〈龐通府判氣生子〉一案中，寡婦產子被控告與大伯有姦，接狀後官員

〔註21〕 《詳刑公案》頁179。

〔註22〕 《大明會典》頁2287。

〔註23〕 《大明會典》頁2356。

〔註24〕 島田正郎《中國法制史料導言》（台北：鼎文書局，68年6月）楊家駱主編《中國法制史料》，頁17。按：殺姦夫、姦婦不爲罪的部份並不僅於元朝法律，明、清律法亦同。

便說：「凡孕婦產婦，雖犯奸及死罪，大明律中不許加刑，必產後百日外乃依罪加刑。」
〔註25〕，考量孕婦受刑可能傷及胎兒，或因而墮胎，及產婦於產後需有充分休養，
因此孕產婦即使犯及重罪還是以身體的照顧爲主，對孕產婦的狀況可謂十分體恤。

除了體恤的部份，因罪犯的背景不同，也會加入道德的考量以達到懲治的效果。
《于公案》誣前妻子弒父一案，于公查明繼母誣告，行刑時先扯去婦人中衣，書中
便有一段說明：

衙門的規矩，有一定例，娼妓挨打不脫中衣，皆因是無恥婦人，不足
羞辱。若是良家，脫中衣所爲羞辱犯婦，儆戒閨閫。〔註26〕

驗諸清律則略有出入，清律作：「其婦人犯罪應決杖者，姦罪去衣受刑，餘罪單衣決
罰。」〔註27〕，可以看見行刑時去不去衣乃以所犯罪決定，並非因身份而有不同。
清律以姦罪需去衣受刑，餘罪可免，應是以姦罪爲無恥之行，所以當脫衣羞辱。案
件中說明卻以娼妓本是無恥婦人，去衣不足羞辱，所以良家才需脫衣受刑，用以羞
辱犯婦儆戒閨閫〔註28〕。然就是否去中衣行刑而言，清律規定「姦罪去衣受刑，餘
罪單衣決罰」，應該是指一律脫去中衣的，亦即婦人犯罪去衣是必然的。《百家公案》
〈判姦夫竊盜銀兩〉一案及《諸司公案》〈曾御史判人占妻〉一案中也都提出將婦人
去衣受刑。不論如何，脫衣之舉都是爲了羞辱罪犯，杖刑可以造成身體的苦楚，是
明顯的懲罰，去衣之舉則是以個人具有羞恥心爲懲罰準則，以個人道德觀及社會的
輿論達到儆戒的效果，雖然未必皆可達到懲處的效果，但以此立法，可以看見立法
者的用心。

同時，懲治的部份也將間接傷害的情形納入考量。犯罪者被懲處是理所當然的
事，但是，沒有直接的殺害行爲，也就是沒有犯罪，但是他人喪命卻是因爲對方施
加的精神壓力造成的，那麼是不是應該懲處間接的劊子手？因爲被虐所以結束自己
的生命，施虐者未有直接的罪行，理論上只能就傷害的部份論刑，至於死亡的部份
則只有道義上的責任，但是公案小說中的案件反應出的是，施虐者是可以被告而受
懲處的，也就是明、清律法是將精神傷害的因素加入考慮的。《詳刑公案》〈周推府
申請旌表節婦〉一案中，劉氏因不願改嫁，被公婆、伯父虐待，後因不堪其虐，服
毒身亡，公公及大伯則因此而吃上官司。案中劉氏守制意堅，實因被迫、被虐不得

〔註25〕 《明鏡公案》頁 371，按《大明會典》：「若婦人懷孕犯罪，應拷決者，依上保管，
皆待產後一百日拷決。」頁 2391。

〔註26〕 《于公案》六回本，頁 289。

〔註27〕 《大清律例》頁 103。

〔註28〕 《劉公案》亦載有：「外官打婦女，要是打良人家的婦女，倒要褪去褲子打；要是打
婊子，倒是穿褲子打。」，頁 181。

已才服毒身亡，雖然死亡是自殺而非他殺，但是，在意志及行爲上是被逼迫、被威脅的，所以，官員將公公及伯父二人判刑，並旌表劉氏。

對於守喪期間改嫁及除喪後願守節等項，明律有清楚規範：「若居父母、舅姑及夫喪，而與應嫁娶人主婚者，杖八十。其夫喪服滿，願守志，非女之祖父母、父母而強嫁之者，杖八十。」又「婦人夫亡願守志，別無主婚之人，若有用強求娶，逼受聘財，因而致死者，依律問罪。」〔註29〕，從律法的規定來看，夫喪服滿後，只有女方的祖父母、父母可以命令女兒改嫁，否則應聽從婦人意願。劉氏的公婆及大伯以劉氏年少又未育子女，守制不嫁，日後則無可依靠，令其改嫁雖可意爲美意，但是當個人意願不認同時，公公還要強令改嫁，同時施虐以使對方服從，那麼則是一種威逼行爲。明律：「凡因事威逼人致死者，杖一百。」〔註30〕，小說中雖然沒有說明二人的罪責，但依律法來看，或者應是以此論罪。雖然劉氏自盡是自發行爲，是自己無能爲力的表現，但是，劉氏順從則失名節，不從則精神及肉體備受折磨，因此自殺實在是被迫，雖然公婆及大伯不是下毒者，不是下手殺害的兇手，但是，他們卻是在背後催促下毒的黑手，這種將威逼致死明確定出刑責是很合乎人情事理的。

除了懲治，亦有考慮人情而寬宥的部份。《諸司公案》〈舒檢事計捉鼠賊〉一案慣竊被捉後，官員以「承熙犯至再三，宜加以絞；譚漆僅附初犯，薄示以黥。」〔註31〕，竊盜初犯責以刺臂，《龍圖公案》〈鎖匙〉一案中也曾提及，明律對於竊盜罪責的規定如下：

> 凡竊盜已行而不得財，答五十，免刺，但得財者，以一主爲重，併贓論罪，爲從者，各減一等。初犯，並於右小臂膊上刺竊盜二字，再犯，刺左小臂膊，三犯者，絞。〔註32〕

人孰無過，所以初犯刺竊盜二字，再犯可能是舊習未改，所以，再刺另一手，但事不過三，前兩次的教訓還不能醒悟，三犯，便處以絞刑。竊盜罪雖然不如搶劫殺人放火這般罪惡，但是，竊盜擾民至深，百姓也難以安居，雖然是小犯行，但是，無限期的恐懼及犯罪者穿牆入戶的本領是令被害者很難消受的，所以說：「獄情之難察，惟盜爲最；人情所深恨，亦惟盜爲最。」〔註33〕因此，要安定社會，嚴懲盜賊是很必要的。但是律法的規定便給犯人有自新的機會，初犯只在右臂刺竊盜二字，

〔註29〕《大明會典》頁 2285、2351。

〔註30〕同上註。

〔註31〕《諸司公案》頁 215。

〔註32〕《大明會典》頁 2342。

〔註33〕清·尹會一撰，鄭端輯《政學錄》（台北：新文豐出版公司，民國 74 年），《叢書集成新編》三十冊，頁 602。

甚至再犯也還只以刺臂懲治。

此外，前面提及捉姦在床殺死無罪的條文，便是明顯考量丈夫的感受而予以寬宥。因爲一時氣憤，所以殺死姦夫姦婦無罪，但是，丈夫如果事後懷恨而殺便觸法犯罪了〔註34〕。同樣考慮未經理智的部份，尚有《詳情公案》〈鄭刑部判殺繼母〉一案，其中提及「在律父祖被人所毆，而子孫助鬥者無罪」〔註35〕的說法，明律此款並非全然無罪，其作：

> 　　凡祖父母、父母爲人所毆，子孫即時救護而還毆，非折傷勿論，至折傷以上，減凡鬥三等，至死者，依常律。若祖父母、父母爲人所殺，而子孫擅殺行兇人者，杖六十，其即時殺死者，勿論。〔註36〕

亦即考量救護親長的急迫性，使人小傷難免，所以不論。至折傷以上，可能因未能掌控下手輕重，所以還可依一般鬥毆律減其三等，但是，因此毆死人就要依常律辦理。如果，尊長爲人所殺，便可即時殺死者勿論，這種考量與捉姦在床登時殺死無罪是相同的，考慮的是當事人當下的情緒，但事後再有所行動，已是經理智而非一時衝動，所以需加以懲處，這些都明顯可見其側重人情事理的一面。

雖然不能認同私刑，也不能認同階級差異的法律，但就立法時能將犯罪者的心態納入考量，對於被害者及加害人能就精神層面及人情事理的部份將心比心的設想，這樣的立法精神還是很值得讚許的。

二、官員的裁量權

司法過程中除了依法律的規範量刑，執法者也是影響量刑結果的重要因素，而且，法律是生硬的條文，執法者卻是各具特質的解讀者，因此，在審判的過程中，法律條文雖然是判決的依據，但是，審判的官員還是左右了判決結果。公案小說中官員的判決雖然多依律法規定，但是，還是可以看見游離在法條邊緣或根本未按律判決的案例，那麼官員的裁量權能有多寬便是以下所要討論的。

（一）不必負責的刑罰

明清官員裁量權首先便是呈現在刑罰上，對犯人施刑或刑求時的免責。《于公案》花驢告狀一案，于公審判助紂爲虐的錢婆及才姐時，書中寫道：

〔註34〕按：明律：「本夫拘執姦夫姦婦而毆殺者，比照無故入人家，已就拘執，而擅殺至死律條科斷。」而無故入人家之罪責：「凡夜無故入人家內者，杖八十。……其已就拘執，而擅殺傷者，減鬥殺傷罪二等，至死者，杖一百，徒三年。」，見《大明會典》頁 2348、2346。
〔註35〕《詳情公案》頁 63。
〔註36〕《大明會典》頁 2359。

　　　　賢臣滿臉帶怒說：「惡奴才，既然實招說，鬆刑畫招收監。錢婆、才
　　姐助惡致傷人命，寬恩免死，拉下去每人重責四十大板！」青衣發喊：「拉
　　下！」丹墀以前支開黃傘，遮住公堂，脫去褲子重責。錢婆、才姐難禁官
　　刑，俱已身亡。驗刑衙役稟明，賢臣點頭說道：「本司倒有心饒他的性命，
　　哪知二犯難逃，俱已身死，莫非烈婦有靈，暗中取命？」吩咐：「把死屍
　　拉出掩埋，……」〔註37〕

錢婆與才姐的罪責並不致於死，可是杖刑時被打死了，如果一人被打死或者可以就
個人狀況解釋，但是兩人同時被打死，那麼便是杖刑的過程有問題。刑杖下被打死
的犯人不知凡幾，但是，打死後，官員不必負責，還爲自己開脫說是烈婦暗中取命。
雖然被判處的是杖刑，但是，死於杖刑，這與判處死刑有何不同？清律作：「凡官司
決人不如法者，笞四十；因而致死者，杖一百，均徵埋葬銀一十兩。行杖之人各減
一等。」〔註38〕，本判四十大板，人卻被打死，似乎有決人不如法的情況，但是清
律還有一條：「若於人臀腿受刑去處，依法決打，邂逅致死，及自盡者，各勿論。」
〔註39〕，也就是律法給與官員一個莫大的空間，只要依法刑打，致死勿論，死都可
以不追究了，其他狀況也就是犯人活該應得的了。

　　即使律法規定依法刑打的部份勿論，但是，不依法或法未周全的部份又如何呢？
《百家公案》〈答孫仰雪張盧冤〉一案，孫仰雖然身犯死罪，可是包公尚未判明罪責，
便令人在堂下杖打孫仰，這一段敘述不像辦案，倒像洩恨：

　　　　孫某道：「學生罪則雖有，萬望看家尊分上。」拯怒道：「汝父子皆是
　　害民者，朝廷法度，我決不私矣。」即喚過二十四名狠漢，將孫某冠帶去
　　了，登時於堂下打了半百，孫某受痛不過，氣絕身死。〔註40〕

於是從包公到閱讀者都因爲處決了孫仰而大快人心，孫仰是犯死罪，但是尚未判刑
便遭杖斃，這樣的做法可不是依法刑打。可是，包公不但沒有受到處罰，反而還因
此案而升官，案後尚有一段評論說：「孫某橫強而遭刑死，此雖天理之昭昭誠，亦賢
侯之智明也。」孫仰被打死是天理昭昭，是包公智明，反正那是該死的犯人，砍頭
是死，打死是死，怎麼死是不要緊的，重要的是壞人被懲治了，善良的人得到正義
報仇申冤了，設法只是給予依循的方向罷了。《于公案》假虎劫殺案中，扮虎的盜匪
爲了減輕罪刑，在審案時主動供出眞相，于公也將他杖斃了，理由是：

〔註37〕　《于公案》（于成龍）頁45。
〔註38〕　《大清律例》頁594，明律亦同。
〔註39〕　同上註。
〔註40〕　《百家公案》頁129。

　　　　于公用手指定項虎，罵聲：「萬惡奴才，同伴爲賊，劫財殺命，今日
　　惡貫滿盈，同伙遭擒，就該同死患難，才是義氣。爲何罪推眾伙伴身上，
　　將自己洗淨，欲死內求活？」遂喝令左右：「拉下去重責二百杖板，追他
　　的狗命！」〔註41〕
因爲項虎的口供，所以眾賊們只好實招，是項虎的舉動讓案情及早明朗的，項虎有
罪，但是他是先招的犯人理應減刑，即便不能減刑，也該和同伙同罪，可是于公不
但不減刑，反而以他不能與伙伴同死患難，沒有義氣，下令將他重責二百，還直說
要他的狗命。官員在公堂上要求盜賊要同死患難，要有義氣，這樣的審判過程看不
到法律，只有官員個人的好惡，同時，也可以看見在公堂上任意責打犯人似乎已經
是被允許的。

　　除了判決行刑的部份，刑問更是官員動刑的主要原因。刑求對於問明案情也許
是有助益的，但是，許多冤案的造成也是因爲刑求而有，這種以造成對方身體的苦
痛而求得口供的方式，事實上是不明智的，那是無技可施、無法破案時的下下策。
上一章討論辦案技巧時便曾提到，只有刑打才會遇到堅持不肯吐實的犯人，因爲，
除了刑打已經沒本事讓犯人招供了，但是官員動不動便刑問犯人的案例卻比比皆
是。《新民公案》〈斷拿烏七償命〉一案中，只是七隻烏鴉飛過衙前連叫幾聲，官員
便斷定烏七是兇手，這種無憑無據的事，僅是因爲烏鴉飛過，只是因爲屠戶洪烏七
臉相不善，便能用刑拷打，令其招承；或者東風掀走轎頂，也可以依此刑問名叫東
峰（風）的人，沒有證據僅憑猜測便對嫌疑犯用刑，也許辦案經驗是官員自信的原
因，但是冤獄的形成不也常是因爲如此的自信？刑求雖然容易造成屈打成招的情
況，但是官員還是相當認同這種問案方式，同時，這種爲了查明案情的刑罰限制，
明律顯然是更爲寬鬆。

　　明律孕產婦不可加刑，但在《廉明公案》〈曹察院蜘蛛食卷〉一案中，杜季蘭已
懷有三個月身孕，還是被刑求，爲了保住胎兒，所以杜季蘭便屈招了。法律雖是如
此規定，但是，官員卻未必如此遵守，明律雖有：「若未產而拷、決，因而墮胎者，
官吏減凡鬥傷罪三等，致死者，杖一百，徒三年。」〔註42〕的規定，但是刑則刑矣，
誰去杖違法的官員呢？律法作：「凡軍民詞訟皆須自下而上陳告，若越本管官司，輒
赴上司稱訴者，笞五十。」〔註43〕，百姓告官大抵都屬於越告的情形，未告已先獲
罪，如果不能勝訴，還要落得誣告的罪名，於是，官員執法即使逾越規定，大抵還

〔註41〕 《于公案》六回本，頁 295。
〔註42〕 《大明會典》頁 2391。
〔註43〕 同上註，頁 2360。

是平安無事的。

　　而官員愛動刑還不只是針對犯人，對於官衙中的衙役們，官員也是不假辭色的。《施公案》九黃七珠盜殺案，施公午睡夢見了九隻黃雀和七隻小豬，就這麼一個夢便要衙役們去拿九黃、七豬。書上載：

> 施公就將昨日夢見九隻黃雀、七個小豬為題標寫。說：「限你二人五日之期，將九黃、七豬拿來，如若遲延，重責不饒。」將簽遞於二人。二人跪爬半步，口稱：「老爺容稟：小的們請個示來。這九黃、七豬，是兩個人名，還是兩個物名？現在何處？求老爺吩咐明白，小的們好去訪拿。」言罷叩頭。施公一聽，說道：「無用奴才，連個九黃、七豬都不知道，還在本縣應役嗎？分明偷閒躲懶，安心抗差玩法。」吩咐：「給我拉下去打！」兩邊發喊按倒，每人打了十五板。〔註44〕

九黃七豬只是個夢，連施公自己也不清楚九黃七豬是怎麼回事，卻要衙役們去將九黃七豬拿來，衙役們發問還討了一陣打，沒有明確的指定卻要下屬限期完成，隨便捏造個抗差玩法的罪名便可以處罰屬下，完全是當官的威權，沒有半點道理。

　　免責的刑罰演變成的結果便是百姓被屈打成招，冤案於茲產生。《海公案》〈貪色破家〉一案中，唐嬰當日因他事並未赴約，所以人不是他殺的，但是如故事所載：「公再訊商，言：『婦令媒約會，以驟訟在縣，實未赴，但畏刑誣服耳。』」〔註45〕，畏刑誣服，這是殺人命案，要判死刑的，唐嬰明明有充分的不在場證據，而且重審時，海公調驟訟舊卷馬上發現商人的冤情，可以知道這項證據的取得並不困難，但是，他還是在拷掠之下誣服了，誣服的原因正是因為畏懼刑求。

　　刑罰有多可怕呢？笞刑是最輕的刑，可是這種刑罰已經可以把人打成皮破肉綻了。《李公案》誣嫂通姦一案中，李公責誣告者重責四十戒尺，其中對戒尺的打法有詳盡記錄：

> 一邊一個，將他拉下摘去帽子，拿一木凳子放在旁邊，將他左手放在凳子上，用繩子扣住了五個指頭，一人在後把住他肩膀，一人屈膝跪在左邊，舉起戒尺，從高落下，這叫做三面發燒。才只一下，陸大榮已覺疼得個十指連心。接連二三四五，眼見掌心的皮膚由白變紅，由紅變紫，由紫又發青，由青又帶黑，打得個五色齊備。到得第六下以後，掌心便漸漸腫起，到得二十下，已是皮破肉綻。〔註46〕

〔註44〕《施公案》頁2。

〔註45〕《海公案》頁169。

〔註46〕《李公案》第二十五回誣嫂通姦案，頁87。

打手心已是皮破肉綻如此慘烈，至於杖打臀部的「漸漸聲氣不接，屎溺齊下」〔註47〕，更嚴重的「鮮血崩流，昏迷不省。」〔註48〕而至於死在杖下，也就不難理解了。公案小說中有數起案件都提及將犯人重責四十，犯人便死於杖下〔註49〕，四十板似乎不太算是重刑，可是已足以致人死地。刑罰已是如此嚇人，但是官員還覺不足而自創刑具，《狄公案》中狄公為了懲處姦婦發明了木驢這樣的刑具，不只是行刑的權力不受限制，連國家規定的刑具都可以逾越，這便是官員的權力。

　　官員的權力也許可以視同公權力，或許不是人人認同官員的作風，但是，認定嫌疑犯沒有人權，卻幾乎是一致的。因為相信不會空穴來風，因為不會無風起浪，所以，只要用刑一定可以審出實情。《李公案》中一個客店主人說：「今聽見問了兩堂，並沒有刑。但怕仁慈太過，這兇手總不肯招承，倒難為了陪打官司的了。」〔註50〕，就是這種觀念，讓官員可以無限制的用刑，因為相信只有用刑才能得到真象，所以，連百姓都接受刑求是審案的好方法。林保淳說：

> 為什麼中國人喜歡刑求呢？刑求幾乎是中國官場大家公認的一個法
> 則，原因就是因為本身階級的劃分太嚴格了，官比民的權威要大的多，官
> 以主宰者的姿態君臨百姓之上，官吏的判案本身覺得不是在為民服務，而
> 是在為民除害，是來拯救大家的。〔註51〕

於是，官員的用刑權力便不只是來自個人的認知，那還是百姓認同的方式。百姓認同，律法不限〔註52〕，從另一種角度看，這種賦與官員用刑免責的觀念還真是全民一致的共識。

（二）超越律法的判決

　　依法官員的判決必須引律令，律法有：「凡斷罪皆須具引律令，違者，笞三十。」

〔註47〕《李公案》頁132。

〔註48〕《于公案》六回本頁295。

〔註49〕按：如《明鏡公案》〈李府尹遣眼奸婦〉一案有：「發打道士四十，即死於杖下」、《于公案》卷八第十四回有：「吩咐：『拉下！立刻將侯春同張一炮一男一女，每人四十！』頃刻斃於杖下。」又同書花驢告狀一案，四十板亦杖斃才姐與錢婆等。

〔註50〕《李公案》頁28。

〔註51〕林保淳〈中國古代「公案小說」概述〉（台北：《中國古典小說賞析與研究》，中華文化復興總會等編，正中書局，民國82年8月），頁519，按：引文中大嚴格，疑為太嚴格之誤。

〔註52〕按：唐律中對於拷訊囚犯有不能過度的規定，明律則已經刪去，《唐明律合編》作：「諸拷囚不得過三度，數總不得過二百，杖罪以下不得過所犯之數。拷滿不承，取保放之。若拷過三度及杖外以他法拷掠者，杖一百；杖數過者，反坐所剩；以故致死者，徒二年。……若依法拷決而邂逅致死者，勿論。」明律無此文。頁775。

〔註53〕，依照律令的規定作出判決是決案時官員必須遵守的規則，但是，在公案小說中，官員的裁量權是超越律法的。

儘管大多數的案件都是遵循著法律而斷案，但是例外的情形也不少見。《廉明公案》〈姚大巡辨掃地賴奸〉一案，大嫂因爲懷疑丈夫與小嬸有奸情，夫妻大吵一架，小嬸知道伯嫂爲己爭吵，思慮辯不辯解都是爲難，所以，自盡明志。本案實在是小嬸自己想不開，大嫂縱然有錯，罪也不致於死，可是官員卻判了愛吃醋的大嫂絞刑，徵於律法，實在找不出可以治罪的條文，勉強僅可視爲威逼致死一項，官員也說：

李氏陷夫于不赦之罪，誣嬸以難明之辱，致叔有不釋之疑，皆潑婦之無良，故逼無辜于鬱死，合以威逼擬絞。〔註54〕

合以威逼擬絞，威逼致死明律作杖一百，官員卻判了死刑，這是逾越法律條文加重刑責的判決。再如《百家公案》〈辨心如金石之冤〉一案，周參政強奪人妻，致男女二人悲傷自盡而死，包公判其死罪，還認爲一死不足以償二命，所以，又判其子充軍，周參政罪屬威逼致死，判死罪已經加重刑責，又連坐其子，雖然罪行可惡不值憐憫，但是，這種判罪方式，完全忽視律法的存在。

加重刑責外，超越律法的判決還有一些較爲特殊的情況。《詳刑公案》〈呂縣尹斷誣姦賴騙〉一案，官員做了兩樣判決：一是借款未還，判「以年久不追，天理分明，今世不還，俟再世輪回，做牛馬償你。」，一是族中弟媳推倒祖母，判「陳氏不合欺毆，發回祠尊懲責，以別尊卑。」〔註55〕其中陳氏毆尊的部份，陳氏確實有犯法行爲，官員要引律判決是很容易的，可是，判決結果是發回祠堂讓族長審判，這是承認家法與國法的並存性，同時，至少在本案例中家法是可以取代國法的。官員是國家授權的執法者，已經告上官府的案件，官員不依法處置，反將案件發回祠堂，聽由家族私法判決，這種斷案方式除了使國法失去絕對性，同時也有鼓勵家法私刑的意味。而另一判決，因爲借債日久，不宜追究，所以判來世做牛馬償還，這種判決還真是罕見，以年久不追結案是可以的，但是，官員這一番安慰債主的話，卻表現出國法的不足性，國法不能主持公道的部份，請等待天理、等待來世，這種判案方式也許是滿足了人心，但是，卻傷害了百姓對國法的信任。

另外，《廉明公案》〈嚴縣令誅誤翁奸女〉一案及《詳刑公案》〈周縣尹斷翁奸媳死〉一案，翁媳紊亂綱常，所以，官員以大壞人倫爲由，差兵焚燬其屋。同書〈曾主事斷和尚奸拐〉一案，寺中和尚藏奸，所以官員令兵火焚其寺，這三宗焚燒房屋

〔註53〕 《大明會典》頁2390。
〔註54〕 《廉明公案》頁105。
〔註55〕 《詳刑公案》頁142、143。

的判決也是超越律法的判決，是人類爲非作歹跟房子有何干連？可是，房屋還要跟著連坐。僧人奸拐一案，就案例而言，滿寺惡僧，所以將寺廟焚毀，除去藏奸納罪的處所是可以理解的。但是，公公奸媳一案，犯罪者已經入罪處死，還把房子燒了，懲罰的就不是罪犯，而是活著的守法者了，這種判決也許有著警示作用，但是對守法者畢竟是不公平的。如果再就人情事理面探討，自己的至親在這個處所犯下罪行，也許存活者容易睹物傷情，再者，鄉里中人每過其屋便要指指點點一番，這讓存活者更加難堪，於是，徹底的解決方式便是讓這處存有回憶的房子化爲烏有，那麼焚毀房屋的判決似乎就多了一些善意，但不管如何，它還是逾越法律的判決。

《于公案》的毀婚案，因爲表哥冒充表弟與未過門的妻子同宿一夜，致女子以失貞自盡，表哥也因此事而被處死刑，官員最後還將表嫂許配與公子，這其中有一段對白：

> 公子苦苦推辭說：「小人與奚氏有叔嫂之名，怎敢亂倫爲配？求大人開恩，免此婚姻。」賢臣說：「惡賊欺辱弟婦，禮當以奚氏補償。惡賊秋後處決，奚氏無靠，配汝無妻，正合天理人心，不必推辭，去罷！」公子無奈，謝恩叩拜。〔註56〕

又是一種以天理人心爲考量的判決，但是，因爲淫人妻女，所以，以妻子補償？這種邏輯眞是令人不敢苟同，表面上男女兩人俱是單身，才貌相當可堪匹配，但是，男方並不認同這樁婚事，而奚氏雖是無靠也未必只能配與公子，令雙方各自婚配不也可行，但官員卻執意爲二人聯姻，這種判決可不是依法行事，官員也許還自以爲是法外施恩，但是，這種不依法的判決，不論合不合乎人情事理，都看見了官員可依喜好、想像辦案的一面。

不合律的判決雖然出現不少莫名其妙的結果，但是，結局也不全然是負面的，甚至還出現不少更體恤百姓、合乎人情事理的結局。如《諸司公案》〈聞縣尹妓屈盜辯〉一案，躲在新婦床下的小偷，連著三天沒有機會偷竊，因爲飢餓無奈逃出，結果被主人捉到痛打一番，扭送官府後雖然曾企圖脫罪而造謊，但是，整個偷竊過程實在是無比的烏龍，既未得贓，又連餓三日，三日後還被主人痛打，所以，最後官員便只判荊笞二十，而饒了刺字的刑責。明律竊盜罪作：「凡竊盜已行而不得財，笞五十，免刺。」〔註57〕，未得財本就免刺，但笞二十則明顯是輕判的。

五十板減至二十，這樣的裁量權也許並不特殊，死刑可輕判至無罪，這樣的裁量權可就特別了。《諸司公案》〈左按院肆赦誤殺〉一案，計姦夫共犯有和姦、預謀

〔註56〕《于公案》（于成龍）頁91。
〔註57〕《大明會典》頁2342。

殺人及殺人三罪，但因姦夫自行出首，所以只判處流刑。按語云：「此案與胡憲司之
宥陶訓頗同，但此已成姦，又有殺夫之謀，故擬流罪不得全宥，亦當情之議也。」
〔註58〕由此可知陶訓一案得全宥，此案見同書〈胡憲司寬宥義卜〉一案，陶訓因為
婦人無義殺夫，憤而將婦人殺死，又因為不忍其家傭工被誣處死，所以自行前往投
案，官員判詞只說：「宜寬罰僭之條，用為義激之勸。」〔註59〕，但就前案中可以
知道陶訓的寬罰是指全宥的情形。明律對於犯罪自首雖有「犯罪未發而自首者，免
其罪」〔註60〕的規定，但是「其損傷於人、於物不可賠償、事發在逃……並不在自
首之律。」〔註61〕，亦即殺人者並不能適用自首條款，這兩個自首寬判的案例明顯
是針對人情事理而輕判的，不忍他人為己受死而自首，雖然法不能容，但官員卻可
從死刑輕判至無罪，充分的運用了裁量權！

　　另一種輕判則是因為對法律條文解讀不同而造成。《詳情公案》〈鄭刑部判殺繼
母〉一案，繼母與父親毆打，不料繼母一刀殺死父親，兒子遂奪刀殺母，告到官府
後，官員顧念其孝父之心，減凌遲而改判斬刑，案件上奏將執行，刑部主事以「繼
母無狀，手殺其父，下手之日，母恩絕矣。在律父祖被人所毆，而子孫助鬥者無罪，
雖傷猶得末減，況若越人之殺而父乎？」而改判杖刑〔註62〕，一則以殺母定罪，然
因孝心減刑判斬，另一則以母恩已絕，就擅殺有罪之人定罪，而判杖刑，兩種都是
為了設法減刑的舉止，刑部主事甚至可以從死刑罪責改判成杖刑，這種情形除了官
員的裁量權外，還可以看見的是對法律條文的活用。

　　明、清兩朝雖然已是頒布律法施行天下的時代，但是從案件反應出的情形，可
以看見人治的比例還是較高的，官員的裁量權常是逾越法律的，即便不逾越，也可
以不同角度解讀，所以，判案的空間便相對寬闊許多。巫仁恕也說：

　　　　從李陳玉的《退思堂集》及胡敬辰的《檀雪齋集》中看到的判牘條目，
　　大多沒有嚴謹的依律例列舉，由此可知州縣官在處理這類民事、刑事案件
　　時有相當大的自主權，國家律令之成文法並不一定會成為其判案的根據。
　〔註63〕

〔註58〕《諸司公案》頁177。
〔註59〕同上註，頁175。
〔註60〕《大明會典》頁2257。
〔註61〕同上註。
〔註62〕《詳情公案》頁63，按：《大明會典》：「罪人本犯應死而擅殺者，杖一百。」頁2381，
　　　　又「若祖父母、父母為人所殺，而子孫擅殺行兇人者，杖六十，其即時殺死者，勿
　　　　論。」頁2359，改判杖刑應是據這二款條文。
〔註63〕巫仁恕〈明代的司法與社會——從明人文集中的判牘談起〉（台北：《法制史研究》，
　　　　2001年12月），第二期，頁67。

可以知道，不論從案件或實際案例得到的結果是一致的，《明鏡公案》〈王御史判姦成婚〉一案，官員判未婚成姦的男女成婚，書中按語作：

> 判姦成婚本不合律，但以文士才女各未婚娶，愛惜其才，判之成婚，
> 一時人情不以爲非，可見善持法者在變通從宜，不必膠柱鼓瑟也。〔註64〕

一時人情不以爲非，可見百姓也認同善持法者變通從宜，官員的裁量權能無限擴張，變通從宜應該佔有很重要的因素。

第二節　從案件內容看官場風氣

官場風氣是指官場之中蔚然成風的習性，由於公案小說中清官的形象已有多篇論文探討，因此，此處不就官員形象做討論，而是說明案件中呈現出官員及衙役的何種習性，及與百姓間的互動情形做一探討。

一、官員的習性——掩飾身份

公案小說呈現出的官員習性有一項特徵是頗耐人尋味的，那便是公堂之外官員喜好掩藏官員的身份。讀書人雖說要兼善天下，其實最初目標也就是求功名、求顯達，一旦擔任官職，脫離貧儒寒士的身份後，理應樂得顯顯官威，可是小說中的官員卻在取得功名、升官上任時，開始掩藏得來不易的身份，而掩藏身份最常做的便是更改服飾。若說服裝是身份的象徵，這在明清時期不僅是象徵還是具有實質意義的，官服能區別身份並不源於明，但是，明太祖訂定官民服舍器用制度〔註65〕，將官員階級與平民百姓更明顯、更精準的區隔，即便是已致仕者雖身無官職，服飾仍與庶人不同。因此，只在服裝帽帶上略做改異，身份便有很大的差異。而官員掩飾身份是爲了什麼？與百姓有何種互動關係？以下將就避免招搖及體察民情兩項探討。

（一）避免招搖

送往迎來是中國人人際關係中很重要的一種禮節，因此官員因升遷改任時，祝賀送行是免不了的官場文化，但是，明律對此事有嚴格規定：

〔註64〕《明鏡公案》頁 367。
〔註65〕按：《明史·輿服志》卷六十五作：「明初，儉德開基，宮殿落成，不用文石甃地。以此坊民，武臣猶有飾金龍床幔，馬廄用九五間數，而豪民亦或鎔金爲酒器，飾以玉珠。太祖皆重懲其弊。乃命儒臣稽古講禮，定官民服舍器用制度。歷代守之，遞有禁例。」，頁 1598。

凡上司官吏及使客經過，若監察御史、按察司官出巡按治，而所在各
衙門官吏出郭迎送者，杖九十，其容令迎送不舉問者，罪亦如之。〔註66〕
不准迎送，律有明定，可是觀諸公案小說所載，《廉明公案》〈郭推官判猴報主〉一案
有：「王軍門升官過建寧，城內大小文武官員轎四十餘乘，絡繹往水西去迎。」〔註67〕，
這是上司官吏經過去迎；《詳刑公案》〈徐代巡斷搶劫緞客〉一案徐僑任廣東巡察御史，
「行至十里，有官亭，俱是府縣大小官員。迎接禮畢，隨即入城察院司。坐定，各官
復入參見」〔註68〕，這是御史出巡按治去迎，可以看見迎送的風氣並未因律令禁止而
作罷，甚至《明鏡公案》〈陳風憲判謀布客〉一案中官員還說：「風憲官奉皇帝出巡，
山岳震動。過州州接，過縣縣迎。」〔註69〕，則州縣迎送上司、按巡官員已成風氣。

一般到任接官則更不在話下，《詳刑公案》〈曾主事斷和尚奸拐〉一案，提到天
福寺是往來官員必遊勝地，寺中和尚接送官員已是常事，可是曾主事發文要知府派
兵圍剿天福寺時：「眾僧初以為南京差來迎接曾主事的，數僧出山門視之，見人如螻
蟻，後是池州太爺，數僧出門遠接。」〔註70〕，圍剿寺廟的軍隊還可以被當成是迎
接官員的隊伍，「見人如螻蟻」，可以知道平時迎送時的人數。另外，《諸司公案》〈鄒
推府藏吏聽言〉一案為了套出犯人的口供，官員假裝全數外出接官，雖然只是一種
欺騙行為，但是，這種方式能欺騙犯人，顯然平時行事便是如此，同時此處也呈現
出官吏們對於接官一事的在意情形，如果忽視了這等禮節，彷彿便將獲罪。《百家公
案》〈枷判官監令證冤〉一案便有這種例子：

> 王府尹新除到任，糧戶皆出廓遠迎，九郎以其子在學，自恃有官宦
> 面情，不去迎接，王府尹點查得出，懷記在心，思得個機會，要處置他。
> 〔註71〕

因為未去迎接，便記恨在心，想找機會整治對方，這是迎送衍生出的弊病，明律所
以禁止官員迎送理由應當不是為此，但是，避免迎送衍生出的人情問題，應該還是
被納入考量的。只是，禁律如同虛設，迎送的風氣還是在官場中盛行，清律也有同
樣的規定，而且在小說中清代官員比明代官員更好微服，不喜驚動地方。何以清朝
的官員更較明代官員好微服上任？路面不靖恐怕是很重要的一個因素。公案小說中

〔註66〕《大明會典》頁 2308。
〔註67〕《廉明公案》頁 10。
〔註68〕《詳刑公案》頁 200。
〔註69〕《明鏡公案》頁 355。
〔註70〕《詳刑公案》頁 184。
〔註71〕《百家公案》頁 212，按：文中「思得個機會」後原作「處要深根之」，此處據書中
　　　　注：萬卷樓本為「要處置他」改。

官員遇劫的案件雖然明清兩朝均有，但是，打著官員的名號還遭劫的情形，清代則較爲嚴重。如《施公案》中有一段盜匪囂張的劫財記錄：

> 一撮毛先高聲喝道：「何處來的官府？把你苦害良民的金銀財寶，快給爺爺留下，放你過去。不然叫你人財兩空，那時你就悔之晚矣。」……把個官嚇得渾身亂抖，強挣扎著說：「好漢暫息雷霆，容下官一言告稟……」眾好漢一聽微微冷笑，說：「好個狗官，誰和你講文呢？」內中又有一寇鄧六說：「那有這大工夫和他鬥嘴，要不顯顯咱們的靈驗，他也不知咱們是那廟裡的神道。」說著就躥到跟前，舉刀就砍。〔註72〕

這樣囂張的行逕在明代公案中是看不到的。同時，清代官員轉調各地時，路途之中常寫及仇家埋伏，如《彭公案》中彭公往大同查辦事務時，住在公館中，可是竇二墩照常潛入公館刺殺彭公；《施公案》中也多有同樣的情形，如不是彭公、施公身旁的俠士及時救助，官員們恐怕早已命喪刀下，當然這可能是爲了彰顯綠林人士間的救護本領，未必是眞有這些驚險場景，但是《林公案》中林公已經有俠士保護的情形下，還需要換床躲過刺客追殺，甚至回到家中還要秘密移居岳丈家，顯然刺客的威脅是令官員們倍感壓力的，所以，上任時，官員明明已經扮成客商先行了，官轎仍要作作樣子，由家人扮成官員，按站住入公館〔註73〕，做一番移花接木的工夫。

官員整裝上任，良民自然是敬畏尊崇，但是對於惡勢力的一方而言，大張旗鼓上任不但沒有嚇阻功效，反而還讓對方因此認清目標。因此，不論是否爲了避免觸法而微服，或是避免成爲顯著目標而微服，那都是一種避免招搖，雖然不是微服上任的唯一原因，但是，從公案小說中還是可以看出它的影響。

（二）體察民情

小說中官員一旦打扮成平民模樣，接下來敘述的多半是「訪查民情」、「親去訪察」等字眼，似乎體察民情才是官員所以掩飾身份的主要原因。如《于公案》中便有直接的說明：「公承恩馳驛，逕到廣東。未至瑤僮地方，公即令舟人泊船于岸，改換衣巾，潛往瑤僮之處，察其動靜。」〔註74〕，《劉公案》中說的也是如此：「劉公在公館改扮雲游老道士，人馬執事在前先行打公館。劉公在路慢行，訪查民情。」

〔註72〕《施公案》頁248。
〔註73〕如《施公案》第六十一回：「過了蘆溝橋，賢臣、小西扮作客商先走，大轎在後，按站住宿良鄉縣。」又七十回：「關小西連忙答應，返身來至廟外一看，果是施安坐在轎內，放著轎帘，王殿臣、郭起鳳眾人圍隨。」頁122、145，或如《林公案》第十五回：「行李物件，林公派常福押著，先行動身，張幼德、楊彪保著林公，扮作商人模樣，由陝入鄂。」頁85。均有此類情形。
〔註74〕《于公案》（于謙）頁120。

〔註75〕，再如《李公案》:「李公獨自一人便服先行，……因李公沿途察訪采風，所以走了三天方到靜海縣地界。」〔註76〕等諸如此類，寫的都是爲了察查民情而改裝上路。

除此，因爲偵察案情的需要或查證傳聞的眞實性等，官員也會掩飾身份微服私訪。掩飾身份通常是打扮成算卦的術士、化緣的道士、出外的客商等，總以適合在外出游的身份爲主要扮飾對象，或是身份較爲接近的儒士，其中卜算的術士是官員們最愛裝扮的角色，因爲官員辦案經驗豐富，閱歷豐富看人的本領也就不會太差，同時，官員辦案前，面相的學習也是必備的，因此，假扮卜者還算是拿手的本領。

微服私訪的確可以收到某些成效，公案小說中有不少案例就是因爲私訪而查明案情，因爲微服私行，所以得民情、知史治。如:《百家公案》中包公微服往陳州賑糧，沿途便查明了許多惡霸、官員的惡行，《劉公案》中地主殺夫佔妻案也是因劉公私訪查明，這類成功案例並不少，似乎只要官員私訪，必定有所收獲。

事實上，官員喜好私訪的行逕，老百姓是很清楚的，《于公案》中有一段記載:

> 街市軍民看見官長騎驢，說:「這位老爺眞混，不知是文官武職，頂
> 戴亮紅，銜定不小，典史出門，還是騎馬，這位老爺何故乘驢？莫不是總
> 督撫院布按二司，暗來私訪？」〔註77〕

官員不依常規穿戴騎乘，百姓們便要猜測大約是來私訪的，私訪便是要人們不知，當大家都了然於胸，那麼也就失去私訪的意義了。而當百姓都能做如是猜測，想必官場中的私訪風氣是司空見慣的，如于公私訪時，令義僕前去告狀，僕人到了衙中見到于公，心裡想的是:「大人倒像慈濟寺進香遇見那一秀士，模樣相同，想是私訪而去也未可定。」〔註78〕。一下就猜知是私訪，書中寫的雖然是事後察知，但是，可以看到官員的私訪行逕是頻繁的，所以，外貌相似，立刻便能聯想是官員私訪。

其實，初來乍到的官員，也許還有私訪的本錢，在當地任官久了，百姓也就熟識了，特別是長相特殊的官員，即使沒見過也能猜出幾分，這種情形下私訪便顯得有些矯情。如施公「左帶矮拐，右帶點腳，前有雞胸，後有斜肩，身體瘦小歪斜，十分難看。」又「長臉，細白麻子，三絡微鬚，蘿蔔花左眼，缺耳，凸背，小雞胸，細瞧左膀不得勁。頭裡看他走路，就是點腳。」〔註79〕這般特殊的長相，走出去恐

〔註75〕 《劉公案》頁96。

〔註76〕 《李公案》頁64。

〔註77〕 《于公案》(于成龍) 頁52。

〔註78〕 《于公案》(于成龍) 頁176。

〔註79〕 《施公案》頁110、204。

怕沒有幾人不認得，或只用十豆三這個化名的彭公，十豆三即彭字，識字的人一聽便知，這兩種情況完全沒有私訪的效果。即便是一般正常相貌，讀書人自有一股不同的氣質，加上官員不是演員，這些特質是無法隱藏的，因此，被認出是官員私訪應該是很容易的事。所以，小說中雖然也寫百姓到了官衙才恍然大悟，但是官員私訪時被看穿而落難也是很常出現的情節。

被識破而落難寫的都是在惡霸家中。惡霸看穿官員私訪，所以將官員處以私刑，總在官員將被處死時，機伶的隨從會從官府中搬來救兵，或是有武功的隨從見情勢不對，夜入惡霸家中，所以官員才被救出而倖免於難，如是的案例不勝枚舉〔註80〕。既然有身份被看穿的危機，案件也未必只能以私訪才能查明，官員為何還要如是的私訪？私訪或者真能察訪出實情，除此，官員到地方查案，如果不掩藏身份是很擾民的舉動，《明鏡公案》〈張主簿判謀嬬婦〉一案有這麼一段敘述：

> 一日，張奉縣主委托，往鄉下踏勘良民勢要混爭田土。地方迎接，送至寶元寺居住。眾僧俱迎謁伺候，不在話下。……里胥請入午膳，張云：「我已帶有館夫，自備飲食，不喜騷擾。汝輩如何又糜費？汝等一番使用，自後再無得浪費。」里胥云：「供給父母，職分當然，何云浪費？老爺為百姓分憂，惜民脂膏，頓飯且恐疲民，勞心者不獲享勞力者之養，則我輩又將誰享也？」〔註81〕

只是主簿下鄉便是驚動地方，職銜越高擾民越盛，不管是體察民情或為查明案情，穿著官服出門多少就是擾民之舉，所以，撇開查案的需求，官員們要少擾民便得微服辦案。除去被視穿遇難的困擾外，在小說中，私訪還真的是辦案的利器。

官員喜好微服私訪，不只小說中常見，史書中也載有這種情事。《明史》周新傳有：

> 新微服行部，忤縣令。令欲拷治之，聞廉使且至，繫之獄。新從獄中詢諸囚，得令貪污狀。告獄吏曰：「我按察使也。」令驚謝罪，劾罷之。
> 〔註82〕

或如《清史稿》于成龍傳：

> 嘗察知盜所在，偽為丐者，入其巢，與雜處十餘日，盡得其平時行劫狀。……嘗微行村堡，周訪閭里情偽，遇盜及他疑獄，輒蹤跡得之，

〔註80〕 如：《彭公案》2回～5回、41回～43回、46回～49回、70回～73回、……，《劉公案》12回～15回、62回67回……，《施公案》21回、92回～99回等等。
〔註81〕 《明鏡公案》頁321。
〔註82〕 《明史》卷一六一，周新傳，頁4374。

民驚服。〔註83〕

可知，私訪的情節並不是小說作者憑空想像，那還是一種普遍的官員習性，只是，成效上是否就如小說及史書中所言，便有待斟酌。

從清人筆記中可以看出，私訪並不是那麼值得讚許的。《佐治藥言》訪案宜慎一項提及：「蓋官之治事，妙在置身事外，故能虛心聽斷，一以訪聞爲主，則身在局中，動多挂礙矣，故訪案慎勿輕辦。」〔註84〕對於訪聞似乎不是那麼認同。而《消夏閑記摘鈔》及《閱微草堂筆記》也都提到微服私訪的弊端，《消夏閑記摘鈔》〈微行之弊〉中說：

> 康熙二十年，制台于清端成龍喜微服潛行，察疑獄、求民隱，然奸人造言散布以傾怨家，或反失實，屬吏雖灼知而不敢言。有布衣程姓進見直言，且指目擊一、二事爲徵，公悚然曰：「微子言，吾安知人心刁詐若此也。」〔註85〕

這段記錄把史書中讚譽于成龍的私訪成就完全推翻。又：

> 陳恪勤公鵬年守吳，亦喜微行，有金獅巷富室汪姓，兩子以曖昧事殺其師，賄通上下衙門，以疑案結局，惟公不可以利誘，汪遂重賄左近茶坊酒肆腳夫渡船諸人，囑其成稱冤枉，公察之，眾口如一，遂不深究。〔註86〕

知道官員喜好私訪，所以預先串通鄉里，結果，爲了查明眞相的私訪卻反落入犯罪者的操縱，不但失去私訪的意義，反而還因此被蒙蔽。《閱微草堂筆記》有一則私訪故事，拆穿官員身份的老僧正爲此做了清楚的解釋：

> 即鄉里小民，孰無親黨？孰無恩怨乎哉？訪甲之黨，則甲直而乙曲；訪乙之黨，則甲曲而乙直，訪其有讎者，則有讎必曲；訪其有恩者必直；至於婦人孺子，聞見不眞；病媼衰弱，語言昏憒，又可據爲信讞乎？公親訪猶如此，再寄耳目於他人，庸有幸乎？且夫訪之爲害，非僅聽訟爲然也，閭閻利病，訪亦爲害，而河渠堤堰爲尤甚。小民各私其身家，水有利則過以自肥，水有患則鄰國爲壑，是其勝算矣，孰肯揆地形之大局，爲永遠安瀾之計哉？〔註87〕

〔註83〕《清史稿校註》卷二八四，于成龍傳，頁8685。

〔註84〕清・汪輝祖《佐治藥言》（台北：新文豐出版公司，民國74年），《叢書集成新編》第三十冊，頁716。

〔註85〕清・顧公燮《消夏閑記摘鈔》（上海：上海商務印書館排印本，民國6年）《涵芬樓秘笈》第二集，上冊，〈微行之弊〉。

〔註86〕同上註。

〔註87〕清・紀昀《閱微草堂筆記》（台北：文化圖書公司，民國82年1月），頁246。

誰無親朋，誰無恩怨，不必特地的賄賂造假，人情自有偏頗，所以，私訪或有其功效，但正如水能載舟亦能覆舟，一味的相信私訪，恐怕不是明智之舉，公案小說中雖然多寫私訪破案的成效，恐怕期待附會還是比實際情況多吧！

二、衙役的習性——趁火打劫

　　案件中衙役是較被輕忽的角色，主角是官員、是被害者、是訴狀的雙方、是綠林人士，就是沒有衙役的份，官員身邊的差役們常是在一聲令下便要確實完成使命的人，是跑在第一線的前鋒，但是就像舞台上跑龍套的演員一般，擔任的工作很重要，但是角色是被眾人忽略的。從公案小說中可以看見，衙役的工作雖是辛苦，但是薪水應當是微薄的。《于公案》中有一段記載：

　　　　于公說：「到那裡休格外詐索資財，若有私討資財，本院定然打折爾等之腳。」二役回答：「小的不敢。」……這承票的張明、李順出了院署，張明口呼：「李伙計，似咱這當差的，若不想銀子，吃喝出在何處？這一去，須得弄他幾兩銀子，好養活老婆孩子。」李順說：「這個自然，若不圖弄幾兩銀，也不當這分苦差。」〔註88〕

雖然沒說明薪資，但是去查案時，一定得趁機撈油水才能養活老婆孩子，這明顯可以看出吃穿不足的情形。而且，如果不是因為能有油水，也不當這分苦差，擺明是為了貪賄才當差辦事的，一方面說明了當差的出發點就是居心不良，另一方面也說明了衙役工作確實是有苦處的。

　　工作苦歸苦，但是趁火打劫還是不該。于公已知差役的惡行了，雖然先出言警告，但是，衙役們出了院署，做的還是自己的一套。包公向以清廉著稱，可是他的衙門裡，差役還未必是清廉的，所以，在《百家公案》〈判石牌以追客布〉一案中，他還要下令「其餘米、肉各樣，汝等俱領出去退還原主，不許剋落違誤。」〔註89〕為得就是防止衙役貪賄。衙役索賄的情形，連官員都能知道，就可以知道情況的嚴重性，《于公案》中載：

　　　　店小二說：「于大人清正如神，誰人不曉？」殷申又呼：「賢東，實不相瞞，在下有件屈枉之事，要到大人台下鳴冤，不知衙門得多少使費？」店家說：「貴客，于大人不比別官，手下衙役三班，分文不敢索要，你若告狀，到衙喊冤，包管有人帶進你去，雖是撫院衙門，大人為官慈善。」

〔註88〕《于公案》（于成龍十回本）頁445。
〔註89〕《百家公案》頁41。

殷申隨即打點安歇。〔註90〕

因爲于公的慈善清廉，所以，他手下的衙役也是如此一般，但是告狀者一句問話便將衙門索賄的情形明白點出。

不過，基本上，明代公案小說中的衙役似乎不如清代衙役的貪贓。幾次提及衙役拘提犯人的情形，多半僅只於吃喝一頓便是。諸如：《詳刑公案》〈陳代巡斷強姦殺死〉一案，差役到被告家中提人時，被告即備酒殽款待公差。又《新民公案》〈斷拿烏七償命〉公差至烏七家謊稱催糧，「烏七整酒，相待安歇。待至天明，復整早飯吃完。」〔註91〕等等，再多則是給些少許的賄銀，如《新民公案》〈富戶重騙私債〉一案，官員假稱強盜扳曾節是窩主，府差會同縣差一起去拘曾節時，「即整酒款待府差，每人打發一兩，縣差每人三錢」〔註92〕。賄銀雖然是給了，看來還是事主主動給的，並不是衙役們惡形惡狀要來的。但是，清代的公案小說寫衙役便難纏許多，《毛公案》中有段記錄：

> 且言二差役領票出衙，二役商議：「咱哥倆要發財，誰不知姚庚之父去世，撂下萬貫家產，由他任性胡花。今日犯了此案，那怕他不拿出銀錢！」……二役說：「咱們素日相交最厚，這點小事，我二人情願效勞。官府跟前須得三百兩，少了難以講話。其餘門子、管事的、書辦等項內外使用，也得三百兩。」〔註93〕

領票拘人便是發財的機會，除了吃喝一頓外，出一趟差還帶回來六百兩銀子的賄賂；苦主上下打點，整個官府中誰都得到好處了，如果不肯被勒索，《劉公案》中便有一個極慘的例子，皂頭吳信向被告索賄說：「花幾個錢，我與你們打點打點，把這件事情就消滅了，豈不是好？」所謂打點打點，要的是五千兩銀子，因爲要價太高，被告不願意，皂頭便唆使官員拘禁被告，導致被害一家二十餘口人全數遭劫匪殺害〔註94〕。

除了貪索錢財，對於美色女子，衙役們也會趁機輕薄對方，諸如《施公案》中差役對於被傳喚的女子，不是言語輕薄，便是「兩眼直勾勾的，只是望著朱氏發愣。」甚至還想利用職權「嚇嚇女子，叫女子央求他，他好任意調戲。」〔註95〕，再如《劉公案》中差役還趁拘鎖之便，對被告女尼動手動腳，硬要強奸。〔註96〕同書甚至還

〔註90〕《于公案》（于成龍）頁192。
〔註91〕《新民公案》頁53。
〔註92〕《新民公案》頁9。
〔註93〕《毛公案》頁527。
〔註94〕《劉公案》第三十九回。
〔註95〕《施公案》頁296。
〔註96〕《劉公案》頁76。

載有拘提之時因要強姦婦女，反而逼死婦人的情事〔註97〕，對於婦女，衙役們不只貪錢還貪色，即使逼出人命也無罪責。

　　除了趁拘提犯人或辦案時索賄的惡形，衙役們也跟當地的惡霸有所勾結，坐收供養。《于公案》中犯下姦殺案的趙中是鄉里中的匪類、惡霸，但是衙門中的差役卻時常收取他的孝敬，等到趙中案發拘提時，如不是因為上司太過嚴厲，害怕危及自身，恐怕還要私縱犯人〔註98〕。由此看來，公案小說中的清官雖然能讓差役們不敢違令抗命，但某些清官對於差役索賄收賄還是難以杜絕。

　　自然也會有較正直的差役，不但不趁機揩油，連一餐飯都不給請，但就如衙役說的：

> 我等不比尋常差役，遇了一件案子就大吃大喝，拿著事主用錢，然後還索詐些銀兩走路。你且將尋常的飯菜端兩件上來，吃兩杯酒就算了。共計多少飯錢，隨後一總給你。〔註99〕

只是這段話不只看見一批正直的差役，還反應出更多尋常的差役是吃飽喝足、勒索敲詐的情形。小說中有一段地保為了索賄而發牢騷的情形，貪贓的胃口比起衙役可算是小了許多，但那種嘴臉已經夠活靈活現：

> 地保道：「公事公辦，人命關天。就單單套這麼個鏈子，還不是便宜你？請走罷！大清早起，為你這屁事，跑到這時候，水米還沒沾牙，你倒偏偏有這許多講究，我們當官差的便該死嗎？」說罷，將鏈子套了，還要加鎖。管船的沒法，在身邊掏出兩塊洋錢，雙手奉上說：「地保哥，地保爺，實在對不起您老。這兩塊錢權且先吃些早點心，再到縣上報案罷。」地保看見錢，便說道：「這個客人也不是你殺死的，不過，誰叫你做船主人，還能不報案嗎？咱們哥兒們有什麼話不好說？又要您破費。」〔註100〕

拿到錢了，所以，講話也開始客氣起來，鎖鏈也褪下了，這不過是地保的點心、茶水費，衙門中的差役索賄的樣貌便不僅於此了。除了公案小說所反應出的情況，清人筆記中也有如是記載，《佐治藥言》說：

〔註97〕　《劉公案》頁258。
〔註98〕　按：《于公案》：「鄒能說：『趙中買賣，人所共知，咱們使他閒錢，不是一次，怎好意思就去上鎖？』戚進聞言冷笑：『老弟，我們捕役，其名吊搭臉，說放下來就放下來，說卷起去說卷起去，這才當的差使。今日奉大人所差，比不得本州小事，撫院當面吩咐，放去賊人立刻追命！大人素行，大概你也知道，說要殺人，眼也不眨，要犯在他手中，有個善放輕饒之理？一頓板子，管保活活打死！奉旨大臣打死兩個衙役，就像臭蟲一樣，難道為人替死不成？』」頁54。
〔註99〕　《狄公案》頁5084。
〔註100〕　《李公案》頁18。

諺云：「衙門六扇開，有理無錢莫進來。」非謂官之必貪，吏之必墨也。一詞准理，差役到家，則有饋贈之資。

余族居鄉僻，每見地總領差，勾攝應審犯證，勢如狼虎，雖在衿士，不敢與抗，遇懦弱農民，需索尤甚，拂其意則厲聲呵詬，或自毀官票，以拒捕稟究，人皆見而畏之，無敢公然與之相觸，……拒捕之稟，半由索詐而起。〔註101〕

前段謂饋贈之資，似乎不關痛癢，但是下段便可看見勾攝勢如狼虎、厲聲呵詬等種種手段，甚至是假稱拒捕，爲的就是索賄。《政學錄》中也提到衙役索賄擾民的情形：

皁快拘人到城，引領相識飯店，任情破費酒食，招包娼婦，心滿意足，纔來投到。或妄稟人犯不齊，或指稱關卷未到……種種擾民，皆問官惰慢之罪。〔註102〕

尹會一以爲衙役這些擾民之舉，都是官員惰慢之罪，惰慢的官員或者是有，但這種人情弊端，恐怕不是一個清官便能處理的。

公案小說要寫的是清官能吏，要傳達的是老百姓嚮往正義的心聲，小說中的案件幾乎全是合理公正的審明案情，冤獄也得到平反，善惡終是有報，彷彿透露出的全是光明面。但是，細究案件中的內容，諸如立法的不公、官員的浮濫用刑，及辦案過程中官員自以爲是的私訪行迴、衙役從中索賄的情形，都呈現出光明面後的陰影。也許有了影子才能突顯光的明亮，這些寫法或者是爲了襯托而寫，但是，以中國之大，官員之多，夠上資格被稱頌的不過些許人，從另一種角度來看，這麼少數的清官能吏，不正也說明了有更多貪賄昏庸的官員，整個司法環境其實是黑暗面居多的。而這些濫施刑罰、趁火打劫的官員衙役並不只是貪官昏官才有，它就出現在小說所稱頌的清官衙門中，清官公堂尙是如此，一般官員便不必贅言，而這些情況也許能爲中國人忌上公堂畏見官的原因做一番註解吧。

〔註101〕 清・汪輝祖《佐治藥言》（台北：新文豐出版公司，民國74年），《叢書集成新編》第三十冊，〈省事〉，頁714、715。
〔註102〕 清・尹會一撰，鄭端輯《政學錄》（台北：新文豐出版公司，民國74年），《叢書集成新編》第三十冊，頁604。

第六章　從公案小說看明清社會背景

第一節　從案件看明、清的貞節觀

　　公案小說中因爲女色而引發的案件數量相當可觀，在人命官司中如包含自盡部份則佔有五成以上比例，至於人事官司中的私通、拐騙、強奸等也都屬於與女色相關的案件，這些因婦女而引起的案件多半都不能脫離對婦人貞節的要求，同時，這些案件中也出現與規範相反的現象，因此，本節擬就公案小說中所呈現出的貞節觀加以探討。

　　貞節一詞指的是堅貞的節操，有時用來稱作「婦女之夫死不嫁者」（《中文大辭典》第八冊，貞節條，頁 1292），雖然早在《禮記》便有限制婦人再嫁的言論〔註1〕，但直到宋朝之前，都只是從正面鼓勵爲丈夫守貞不嫁，倡導從一而終的觀念。宋人程頤提出：「餓死事極小，失節事極大」〔註2〕的主張後，婦人再嫁才成爲被譴責的失節行爲。然而儘管宋人倡導守節風氣，但是這種守節的觀念眞正具有較大影響力，則是從明朝開始〔註3〕。

〔註1〕　按：《禮記・郊特牲》作：「信，婦德也，壹與之齊，終身不改，故夫死不嫁」。
〔註2〕　宋・朱熹編《河南程氏遺書》（台北：台灣商務印書館，民國 67 年 11 月）第二十二下，頁 328。
〔註3〕　按：劉素里《三言二拍一型的貞節觀研究》：「自古至宋中葉以前，上至后妃公主下至平民庶婦，社會各階層，寡婦再嫁事例頻仍，社會也不會加以指責與歧視。寡婦應當守節觀念在明以後方才具有實際影響力。」頁 131，又張彬村〈明清時期寡婦守節的風氣〉一文亦作：「從先秦到宋代，中國的寡婦通常會再嫁，守節不嫁只是少數的例外。相反地，在明清時代，寡婦通常會儘量去守節，再嫁會廣受社會的歧視。」又「宋儒雖然認爲寡婦理應守節，但守不守還是要看實際情況而定，不能一味堅持。他們反對的是不必要的再嫁。一直到南宋滅亡，寡婦或離婚婦女再嫁是社會上的普

　　介於宋明之間的元朝雖然較少被討論，事實上許多蒙古人的婚制強加在漢人社會上，對明清兩朝是有影響的。其中收繼婚的規定〔註4〕與漢人的倫常觀念有嚴重衝突，為了不被收繼，寡婦唯一的辦法便是為丈夫守節。同時，元成宗在大德八年頒佈了旌表守節寡婦的政令〔註5〕，這些政令都有意無意的提倡了寡婦守節的觀念。造成嚴格的守節觀念雖然有多種因素，但是，法律的規定是有著帶頭的作用的。明朝除了延續了元代旌表的律法，還更明確的規定守節與改嫁的差別待遇。律法作：「民間寡婦，三十以前夫亡守制，五十以後不改節者，旌表門閭，除免本家差役。」又「凡婦人夫亡無子守志者，合承夫分。須憑族長擇昭穆相當之人繼嗣。其改嫁者，夫家財產及原有粧奩並聽前夫之家為主。」〔註6〕，對守節者予以旌表、免差役的鼓勵，免差役在勞役繁重的年代是很具有誘惑力的，而改嫁者則完全喪失財產繼承權，甚至連從娘家帶去的粧奩也被剝奪，這些獎勵與剝奪的政令從正反兩面倡導守節。至於對命婦的規定則更為嚴格，律法作：「凡居父母及夫喪而自身嫁娶者，杖一百。……若命婦夫亡再嫁者，罪亦如之，追奪，並離異。」〔註7〕改嫁不僅是以財產剝奪為懲罰，要追回封誥，處以杖刑，最後再嫁的婚姻還是被判離異，也就是一旦成為命婦，不是白首到老，便只能是守節至死，社會上本就瀰漫著以守節與否為評斷婦女的標準，政府的推波助瀾，更加強了從一而終、守節不嫁的觀念。清代的法律基本上是延續了明代的規範，政府對於提倡貞節的態度與明代並無不同，然則公案小說所呈現出的是如何的現象？

一、嚴格的規範

　　從《禮記》起，在兩性的相處方面，便對女子有較多的行為要求，而賦與男子

遍作法，從皇室到士大夫以及一般平民都是如此。」《新史學》十卷二期，1999年6月，頁29、68，又陳俊杰〈明清士人階層女子守節現象〉：「在明清時代，守節已基本上成了士人階層女子所必須遵從的規範，這一規範還進而滲透到普通的百姓家庭，成為明清社會的普遍現象。」《二十一世紀》1995年2月，頁98，等均作此說。

〔註4〕　按：所謂收繼婚是指結婚婦女當丈夫身故時，要由夫家的家族成員接收作為妻子。

〔註5〕　按：《元典章》卷三十三：「今後舉節婦者，若三十以前夫亡守志，五十以後晚節不易，貞正著明者，聽各處鄰佑社長明具實跡，重甘保結……申呈省部，依例旌表。」又按：「歷朝的節婦旌表都只是臨時性的獎勵，對於節婦並沒有統一的定義，也沒有制訂固定的旌表程序。在中國歷史上，首先定義節婦的標準和制訂旌表的手續，把政府對節婦的獎勵常規化，是這個一三〇四年頒佈的政令。」，見張彬村〈明清時期寡婦守節的風氣——理性選擇的問題〉（台北：《新史學》十卷二期，1999年6月）頁54。

〔註6〕　《大明會典》〈旌表〉頁1254，又〈戶口一〉頁350。

〔註7〕　《大明會典》頁2285。

較多的自由〔註8〕，七出的原則確立，更加強了兩性間的不平等待遇，直至明清兩朝可謂是對婦女貞節觀最強化的時期，除了守制不改嫁外，因為對貞節的要求而演繹出的行為規範也是嚴苛至極，這些要求完全忽視女性的人權、人格，從大門不出、二門不邁起至殉夫守節，成了婦女必須嚴加遵守的規則，而所謂嚴格的規範，在公案小說呈現出的便是從深閨不出做起。

（一）深閨不出

深閨不出是指婦女只能守在家中，不能出閨門，其用意在使婦女與外界隔絕，不隨便的拋頭露面。不出閨門只是形式上的要求，真正嚴禁的是與外界的交流。而且不只針對未婚女子，即便是已婚婦女也同受這款規範，同時那還是掛在嘴邊要求的基本生活習慣。如《百家公案》〈東京判斬趙皇親〉一案，「婆婆道：『女子不出閨門，且元旦男女混雜，去則無益。』」〔註9〕，對於要出門看燈的媳婦，婆婆採用了言語的規勸，同書〈證盜而釋謝翁冤〉一案，因為小偷的謊言，可能需要婦人上公堂對質，包公說：「彼婦新歸，若使與盜證辨，辱莫大焉。」〔註10〕，婦人出門已是犯禁忌的事，更何況是上公堂，所以包公要說這是莫大的恥辱，最後，包公讓妓女假扮婦人，既拆穿小偷的謊言，也維護了婦人的尊嚴。

但是，隔絕與他人接觸可不僅止於此，《劉公案》中劉公私訪時被雨淋濕，年老的寡婦借火與劉公烘衣，寡婦的兒子知道此事，揪起劉公的衣領，舉起拳頭就要打人，還是婦人說著：「為娘今年六十三歲了，道爺也有五六十歲，皆因道爺被雨淋濕了道袍，求為娘一把乾柴烘衣，你來到家胡言亂語，你若嫌為娘累贅你，不如我一死。」〔註11〕寡母以死要脅，兒子才對此事釋懷，因為母親年老，同時是母子的關係，所以，事件還能就此平息。《百家公案》〈杖奸僧決配遠方〉一案中，婦人因為惻隱之心，取火與僧人烘衣，結果遭到休棄，有一段記載：

> 秦得入問妻：「僧人從何來之？」故宋氏不隱具知：「遭跌沼中，我憐
> 而取火與之烘焙衣服」，秦得聽罷，怒云：「婦人女子不出閨門，鄰里間有
> 許多人，若知爾取火與僧人，豈無議論？秦得是個明白丈夫，如何容得爾
> 不正之婦？」，即令速回母家，「不許再入吾門」！宋氏低頭無語，不能辯

〔註8〕 按：《禮記‧內則》：「男不言內，女不言外，……外內不共井，不共湢浴，不通寢席，不通乞假。男女不通衣裳。」又「女子出門，必擁蔽其面。」又「子甚宜其妻，父母不說，出。」又「凡婦，不命適私室，不敢退。婦將有事，大小必請於舅姑。子婦無私貨，無私畜，無私器，不敢私假，不敢私與。」等。

〔註9〕 《百家公案》頁130。

〔註10〕 《百家公案》頁184。

〔註11〕 《劉公案》二十回本，頁108。

論，……母氏得知棄女之由，埋怨女身不謹，惹出醜聲，甚輕賤之，雖是
鄰里親戚，亦疑其事，秀娘不能自明，悔之無及。〔註12〕

歸究宋氏的行為，只是出閨門取火與僧人烘衣，但這樣的行為因為惹人猜疑違反了
道德標準，所以丈夫可以怒而休妻，而宋氏只能無語承擔，母親還為此埋怨女兒惹
出醜聲而輕賤她，一次出自善心取火與人烘衣的舉動，竟遭到如此嚴厲的譴責，這
是為了阻隔女子與外界所有的接觸。

甚至，在形式上，女子追尋自身的完美人格，便真的嚴格到不跨出房門一步。《新
民公案》〈剖決寡婦生子〉一案，蘇氏夫死時，為了表示自己的貞節，她有一連串示
貞的舉動：

蘇氏年方十六，已有孕在身，遂繼天下制，乃自築一室，四圍風火磚
牆，密不通風，止留一竇進飲食，留一婢在內伏侍。迨至十月，乃生一子，
取名范兆程，在於室內鞠育。至六歲，兆程知識豹變，可以就學。乃呼婢
女，喚至公婆，開牆交與兒子，令公婆領去讀書。牆仍整過，子母不相見
者，已逾十年。〔註13〕

才十六歲的少婦，因為夫死守制，所以要另築一室，將自己禁錮在密不通風的屋裡，
連親生的兒子也不相見，一個少婦的如此作為、觀念，可以反應出當時整個大環境
對婦女的貞節標準。除了在行為上不能與外人有所接觸外，在婚姻制度上，反應出
的便是終身單一伴侶，一女不事二夫。

（二）一女不事二夫

一女不事二夫在一般的狀況下，便是為丈夫守節，當丈夫先婦人亡故，為妻的
必須守寡終生。《海公案》〈判給家財分庶子〉一案，老人為了保護幼子，將遺囑秘
密地藏在行樂圖中，交付行樂圖之前，老人還要問明年輕的妻子是否能夠守節，待
黃氏回答：「妾發誓之所不守節終身者，粉身碎骨不得善終。」〔註14〕，這才將行
樂圖交給她，黃氏不過二十三歲，這一生便只能將撫養兒子、為夫守節作為生存的
目標，如不是發誓不嫁，連行樂圖也拿不到手，守節不再嫁是婚姻制度中最基本的
要求。所以招贅進來的丈夫即使不養父母，多行不義，心性無常，妻子還是不願改
嫁，《詳情公案》〈斷妒殺親夫〉一案便有這種情形，瓊娘說：「古語『忠臣不事二君，
烈女豈事二夫？』仲雖不義，失之當時，既與之醮，終身豈改？」〔註15〕

〔註12〕 《百家公案》頁162。
〔註13〕 《新民公案》頁99。
〔註14〕 《海公案》頁258。
〔註15〕 《詳刑公案》頁83。

　　這種基本要求還擴張至未有婚姻事實的女子，婚約可能只是口頭的承諾，並未有迎娶過門的儀式，那是連對方面貌長相完全不知的情況，然而女子便要為著這種約定，束縛終生。將行聘視同婚姻關係成立，所以，當一方想要否決婚約時，女子便要為著節操，堅持到底。公案小說中後花園贈金一類的案件，全是因此而有，那是女方父親嫌貧愛富，而女子卻要堅守婚約而造成案件。雖然貧富不是衡量幸福的唯一標準，但父親的出發點是為了女兒的終生幸福，可是女兒毫不領情，即便對方是好賭敗光家產的浪蕩子弟〔註16〕，女子仍不願改聘他人，這種堅持為的不是愛情，《于公案》中知道父親想要毀婚，小姐的那一段心思正足以說明女子不肯改聘的原因。

> 　　小姐低頭不語，暗叫：「天倫敗壞綱常，改卻心田。荊釵為定，自古
> 有之。況且當年割下衫衿，既然許配呂門，我與他已定百年，天倫雖是如
> 此，我心卻似松柏。」……「自古烈女豈有再婚之理？」〔註17〕

割下衫衿便是已定百年，自古烈女豈有再婚之理，這種烈女不二夫的觀念，使得未嫁的女子也須為了一紙婚約，替一個未曾謀面的男子守節不改嫁。《廉明公案》〈曹察院蜘蛛食卷〉一案，杜季蘭先與鄭一桂私通，之後，鄭一桂被殺，杜氏遂為鄭一桂守制不嫁，杜氏守節雖有愛情為基礎，但案後作者補述：

> 　　杜季蘭始雖早早苟合，終能昭昭明節。晚受褒封，可為知過能改之勸。
> 使當時失節蕭聲，抑訟後改嫁，不過淫奔賤人耳，雖有貴子，安得享其榮
> 贈哉！〔註18〕

訟後改嫁，不過「淫奔賤人耳」，改嫁即是淫奔賤人，正是這種嚴厲批判的字眼，讓婦女們只能在社會的期許下，守節終生以求得美名留世。

　　由此，還衍生出更為嚴厲的標準，不是消極的不改嫁便可，為了表示貞節，更積極的則是以死明志，以死殉夫。《施公案》中黃天霸鏢殺武天虯，逼濮天雕自盡後，他對兩位新寡的嫂嫂說：

> 　　「二位嫂嫂相諒。小弟原本耿直，方才鏢傷武兄，濮兄自刎。可惜二
> 位兄長無後，嫂嫂倚靠何人？」二位夫人回言：「黃叔叔不必多言。我們
> 聞得你兄已死，我等坤道，冰霜節烈，何須多慮？我們惟尋死以報汝兄英
> 名，少時便見分明。」施忠聞言，自覺慚愧無顏，勉強答應：「二位嫂嫂，
> 你去升天，我卻放心。」劉、李二氏，拜辭便行。少時小卒來報，二位夫

〔註16〕　按：如《百家公案》〈兩家願指腹為婚〉一案，男子便是好賭敗光家產，遂無以自給，
　　　　　只能賣水度日的賭徒。
〔註17〕　《于公案》（于成龍）頁23。
〔註18〕　《廉明公案》頁24。

> 人自縊窗欞之上。施忠暗嘆一回,復又歸座。高叫:「眾家寨主,此事並
> 非天霸心毒,出乎自然,以盡他夫妻之情,倒也罷了!」〔註19〕

兩位夫人說明要殉節時,黃天霸不但不加勸慰,反而表明正當如此,還說此事出乎
自然,以盡夫妻之情。黃天霸是施公案中最重要的俠義人士,殺死義兄後,不但不
爲義兄照料遺孀,對於兩位嫂嫂自盡也未加阻攔,情理上似有不通,不是俠義人士
所當爲,然而從當時對婦女貞節的要求來看,這正是他能爲義兄做的事,也是對義
兄能有交代的事。兄長無後,嫂嫂留在人間已無意義,萬一改節他嫁,恐怕還令黃
泉之下的兄長蒙羞,所以,唯有請兩位嫂嫂以死明志才是正途,這就是社會上對婦
女貞節的嚴格要求。

已婚固是如此,視同婚姻關係的婚約,也同樣的約束著未婚女子,所以即使對
方已經毀婚,還是要以生命表示出自己的節烈。《詳刑公案》〈彭守道旌表黃烈女〉
一案,未婚夫因爲嫌棄黃家貧困,另娶富戶之女,黃氏遂自縊在父親靈柩之旁,雖
然夫家因此獲罪,黃氏也被旌表,但這是用人命換來的讚譽。婦人以死維護自我的
貞操,這樣的行爲可以得到旌表,正是政府用實質的方式鼓勵婦人殉節。《詳刑公案》
〈周推府申請旌表節婦〉一案,劉氏嫁入蔣家,未久夫死,公伯令其改嫁,劉氏不
從又不勝被虐,所以自縊而亡,於是劉氏得到:「該縣禮房,即造新匾,題以天與完
郎四字,官給衣衾棺槨,賫至本宅殯葬,旌表其墓,建立祠宇,春秋享祭,以大夫
之禮祭之。」〔註20〕如此尊榮,是許多寒窗苦讀的學子求不來的,家中只要出了一
名節婦,整個家族共享殊榮,所以《于公案》中,劉氏願守節不嫁,劉父反要逼女
兒改適時,于公要爲此憤恨不平的說:

> 世上竟有這人面獸心不見天的匹夫!這烈女節婦原是天地之正氣、國
> 家之禎祥,劉某不成全女兒的節志,反倒逼女改嫁,人之無良至于如此,
> 實爲千古痛恨!〔註21〕

烈女節婦是天地正氣、國家禎祥,要女兒改嫁的父親是人面獸心的無良匹夫,這種
論調正是當時社會上一般的認知。

消極的守寡、積極的殉節,除此之外,絕對的忠誠更是必然的要求,不論環境
如何惡劣,即便攸關生死也要爲丈夫堅守貞操,因爲貞操才是女人的第一生命。《廉
明公案》〈吳縣令辨因奸竊銀〉一案,丈夫外出三年積得些許銀兩,回家當日便被盜
走,縣官才問案便懷疑妻子有奸,理由無他,丈夫一去三年,婦人獨居難以度日,

〔註19〕 《施公案》頁75。
〔註20〕 《詳刑公案》頁230。
〔註21〕 《于公案》十回本,頁470。

這一段對話如下：

> 吳公曰：「你一日績得多少麻？攢得多少銀？」三娘曰：「多有七五厘，少亦有半分」，吳公曰：「漫説半分，就七八厘亦度不得日食，你不要瞞我，你定是有個幫夫了。」〔註22〕

官員以妻子微薄的收入不足以維生，斷定必有姦夫，也就是如此微薄的收入，妻子早該餓死了，能存活至今，就是因為有姦夫。官員不從丈夫令妻子無以維生的角度看待此事，明知妻子「度不得日食」，卻仍要求她不能失節求生。同樣的情形也出現在《百家公案》〈判奸夫誤殺其婦〉一案，丈夫放棄儒業出外經商，六年未歸，把一個無謀生能力的妻子放在家中，當丈夫外出數年未歸，妻子只能苦守在家，即便三餐不繼有衣食之憂，婦人也只能守身至死，因為任何情況下的出軌行為都是不被允許的，對女子而言，再也沒有比貞操更重要的事了。

所以，《百家公案》〈判貞婦被污之冤〉一案，貞娘發現前一晚同宿的不是自己的丈夫，沒有任何交待，立刻就自盡；《新民公案》〈和尚術姦烈婦〉一案，寡居的黃氏被和尚下藥迷姦，黃氏轉醒隨即咬舌自盡；《廉明公案》〈陳按院賣布賺贓〉一案，因為魯學曾爽約致阿秀失身於人，事後兩人相會，阿秀對著不知情的未婚夫交代：「你若早來三日，我是你妻，金銀亦有。今來遲矣，是你命也。」〔註23〕，隨即上吊自縊，不論成婚與否，當貞操有所玷污，便須以生命證明自己失貞的無奈，強調自己的清白。所以，貞操與生命有所牴觸時，唯一的選擇還是貞操，貞操可以凌駕一切之上，公案小說中與強姦相關的案件鮮少不出人命，正是這個原因使然。

失去貞操如果選擇不死，《龍圖公案》〈觀音菩薩托夢〉便有這樣的案例，於是鄧氏得到的是：「包公又責鄧氏道：『你當日被拐，便當一死，則身潔名榮，亦不累夫有鐘蓋之難。若非我感觀音托夢而來，汝夫卻不為你而餓死乎？』」及至鄧氏以頭擊柱自盡，其夫方曰：「吾向日正恨其不死，以圖後報之言為假；今見其撞死，則非偷生無恥可知。今幸而不死，吾其待之如初，只當來世重會也。」〔註24〕除了官員的責難外，丈夫也恨她不死，所以，最終還是須要一死才能明志。

就本案而言，鄧氏被污並非自願，被污已是身心受創，正待丈夫救出牢寵以伸張正義，包公救出其夫，竟責鄧氏當日不死，累夫受難。此次事件，鄧氏也是受害者，而且追究原因，正因丈夫往寺中讀書，引狼入室，不怪丈夫之害妻，反責為妻之不死，還說「汝夫卻不為你而餓死乎？」夫不可因妻餓死，然則妻可為夫自盡，

〔註22〕　《廉明公案》頁 54。
〔註23〕　《廉明公案》頁 46。
〔註24〕　《龍圖公案》頁 7。

妻子一死,案件何日可明?沈冤何日可雪?此處不旌表妻之忍辱偷生非常人能及,反以不死責難。丈夫也說「向日正恨其不死,以圖後報之言爲假」,如非鄧氏當堂演出一場自殺明心記,則鄧氏雖被救出牢籠,其下場不言可喻。

鄧氏先被丈夫拖累而遭僧人奸污,忍辱負重以求得正義,這些努力、冤屈都是微不足道的,即使本身是被害人,只要失去貞操,除了自盡無以洗淨罪惡。貞操是第一生命,失去第一生命,其他的也就沒有存活的價值了。所以,《詳刑公案》〈陳代巡斷強姦殺死〉一案,喻氏被奸不從而被殺,可以獲得旌表,《廉明公案》〈劉縣尹判誤妻強奸〉、《海公案》〈判誤妻強奸〉等案丈夫會出現試妻的情節,這些旌表活動、試妻舉止,爲的就是要獎勵維護貞操的女子,爲的就是要確保妻子的貞操無瑕。

甚至,貞操如果被質疑冤枉,還有以旌表補償的情形。《海公案》〈奸侄婦殺媳抵命〉一案中,王福爲了脫罪,將無辜的次媳殺害,然後誣侄與次媳二人通姦而殺〔註25〕,次媳是個無名角色,在案中是個無辜受害者,死得莫名其妙,恐怕至死她都還不明白自己爲何會遭受毒手吧!可是海公旌表她了,她不是爲了救公公於死罪才從容赴死的,她的死只是公公脫罪的手段,這種死法並沒有值得歌頌之處,只是無辜被殺,居然換得旌表立廟,雖然是很離譜的判決,但是我們看到了旌表與立廟致祭對女子的價值,它可以補償一切,因爲它代表一生的評價。所以,貞潔婦女要旌表,節烈婦女要旌表,那些無辜受害的婦女,也可以旌表立廟作爲補償。尤其是在無辜被殺後,還被誣爲通姦,這樣的罪名對女子而言是莫大的恥辱,所以,立廟致祭,將身後的榮耀當做補償。

不論政府的法令規定或是道德的自我要求,婦女的貞節被絕對的規範,被嚴格的限制,貞操幾乎成爲評斷女子一生榮辱的唯一標準,所以,婦女的行爲被禁錮在唯一的模式之中,但是,在這麼嚴格的規範下,公案小說中的案件卻也反映出另一種完全背離規範的現象。

二、相反的立場

公案小說中的案件除了呈現出對貞節的嚴格標準外,同時也呈現出規範外的情事。原本禁止婦人出閨門,禁止與外人有所接觸,可是《新民公案》〈斷妻給還原夫〉一案中,婦人外出乘船並未有特別的隔離措施,甚至,在嬰兒飢餓索食時,還能當眾取乳餵子,餵乳方式並未遮蔽,因爲婦人左乳下的一個黑痣還被他人瞧見,而引起對方佔妻的惡念。案中官員提到:「那黑痣在乳下,取乳出養兒,人皆

〔註25〕按:上一章已經說明,明律允許丈夫捉姦在床殺死無罪。

可見，何足爲憑？」〔註26〕取乳養兒，人皆可見，也可知婦人此舉不是特例，而是一種常態，或許取乳是爲了哺育幼兒，母親餵養子女是天經地義的事，所以，對於露胸的認知可以是另一種標準。但是，《諸司公案》〈梁縣尹判道認婦〉一案，婦人因天熱，竟裸裎在房前曬紗，即使是今日社會，婦女們衣著相較下明顯的暴露，但這種赤裸曬紗的行爲還是很特異的。規範中婦人不能出閨門，審案時不能令婦人到堂拋頭露面，但是，解衣餵乳、裸裎曬紗，及至爭婦案鬧上公堂後，縣官還可令婦人在堂上解衣看乳下之痣，或由佔妻者直接解開婦人衣帶，揭左乳與官員看，這些情形完全背離規範，恐怕也不是開放社會中的我們能接受的，但是在公堂上，官員、婦人及其丈夫沒有任何一人表示這種舉止是錯誤的，也沒有任何一人抗議這種行爲。

　　除了暴露身軀無妨外，連性關係都有開放的一面。《海公案》〈貪色喪命〉一案，陶厥因爲迷戀胡氏成疾，陶厥的母親怕兒子因此不起，所以向胡氏請求一夜恩情，胡氏已是人婦，可是她竟然同意了陶母的請求，趁丈夫外出約來陶厥；同書〈貪色破家〉一案，唐嬰愛上了梁金六的妻子，因爲梁家貧困，所以，梁金六便短期的出賣妻子與唐嬰，等經商回鄉再將妻子索回；《諸司公案》〈曾大巡判雪二冤〉一案，安其昌爲華成的妻子染上相思病，所以向華成求與其妻同宿一宵，華成答應了，華成的妻子也說：「安官人平日是個寬厚好人，⋯⋯今死生所繫，若救得他命，亦是陰騭。」〔註27〕，所以，她也同意了，這些不將婦人貞操當一回事的例子，與明清時期的貞節要求是完全牴觸的，雖然那可能是丈夫將妻子視同貨物而產生的交易行爲，但是妻子往往也能接受這種要求，甚至是主動同意。

　　而一女不事二夫的觀念也出現鬆動的情形，《百家公案》〈義婦爲前夫報仇〉一案，李氏夫死，黃貴買囑媒人前去說親事，媒人道：「娘子若此青年，張官人已自亡故，終朝淒淒冷冷守著空房，何如尋個佳偶再續良姻？」，李氏是案件最後被稱許的義婦，可是媒人來說媒時，李氏也說：「妾甚得黃叔叔週濟，無恩可報，若嫁他本好，爭奈往日與我夫相識，恐成親之後遭人議論。」〔註28〕改嫁是無妨的，唯一顧忌的是對象是丈夫的朋友，如果不是發現黃貴是謀害前夫的兇手，李氏改嫁後也過得十分和樂，並沒有任何改嫁失節的困擾。

　　而比起沒有婚姻關係的苟合情況，改嫁還是較能被接受的方式，所以，《諸司公案》〈王尹辨猴淫寡婦〉一案，寡婦柴氏與猴子成姦，官員查明後判詞作：「本以淫

〔註26〕《詳刑公案》頁226。
〔註27〕《諸司公案》頁166。
〔註28〕《百家公案》頁152。

蕩之性，不耐空房；何不明白以言，仍行改嫁。」〔註29〕，似乎，守寡也不是那麼
必要的事，守節者可以得到旌表，改嫁也是可以被接受的。

　　再者，作者的按語也不再是單一的約束女子遵守規範，與其通姦觸法，不如早
日改嫁，不必苛求守節。如《諸司公案》〈齊太尹判僧犯奸〉一案，寡婦與僧人有染，
被里人扭送官府。案後按語作：「寡婦風情重者，不必待三年服滿，即期年半載，皆
可即遣，勿致生非惹事，反玷家聲、敗風化也。」〔註30〕想要改嫁者，不必等三年
服滿，一年半載略盡心意後，隨時都可再嫁，免得紅杏出牆反而壞了家聲，這是為
了避免犯姦而轉向支持改嫁的聲音。甚至，作者也能從寡婦立場設想，寫下無須苦
節的想法，按語說：

> 予謂成名事多，何必苦節。如哀矜孤獨，即成仁名；慷慨無私，即成
> 義名；剛正不阿，即成直名；安分守法，即成善名。此則一日中行一事，
> 而名可立成者，奚必一生孤苦至死，乃搏一節名哉？……況孀婦者，違陰
> 陽之性，傷天地之和，豈有家有鬱氣而吉祥駢集者乎？故寡婦之門多世
> 寡，孀婦之子多夭折者，未必非戾氣致災也。人亦何必守難守之節，以成
> 難成之名哉！〔註31〕

作者不只是憐惜寡婦苦節，他還鼓勵寡婦再嫁，所以案後附上一椿見聞，講老寡婦
臨終交待遺言：「我願你諸人夫妻諧老，勿有曲折。若不幸曲折，定須要嫁，決不可
守節也。」〔註32〕，由一名終生守節受政府旌表的節婦說出定須要嫁的遺言，這是
很具震撼力的，節婦的原因無他，正因她深知守節的苦。沈起鳳《諧鐸》一書也有
類似的記載，其內容更較前者曲折，寡婦的遺言作：

> 我居寡時，年甫十八，因生在名門，嫁於宦族，而又一塊肉累腹中，
> 不敢復萌他想。然晨風夜雨，冷壁孤燈，頗難禁受。翁有表甥某，自姑蘇
> 來訪，下榻外館。於屏後覷其貌美，不覺心動，夜伺翁姑熟睡，欲往奔之，
> 移燈出戶，俯首自慚。迴身復入，而心猿難制，又移燈而出，終以此事可
> 恥，長嘆而回。如是者數次。後決然竟去，聞灶下婢喃喃私語，屏氣回房，
> 置燈桌上。倦而假寐，夢入外館，某正讀書燈下，相見各道衷曲。已而攜
> 手入幃，一人跌坐帳中，首蓬面血，拍枕大哭，視之，亡夫也，大喊而醒。
> 時桌上鐙熒熒作碧色，譙樓正交三鼓，兒索乳啼絮被中。始而駭，中而悲，

〔註29〕《諸司公案》頁 197。
〔註30〕《諸司公案》頁 188。
〔註31〕《諸司公案》頁 198。
〔註32〕同上註。

繼而大悔，一種兒女癡情，不知銷歸何處。自此洗心滌慮，始爲良家節婦。
向使灶下不遇人聲，帳中絕無靈夢，能保一生潔白，不貽地下人羞哉？因
此知守寡之難，勿勉強而行之也。〔註33〕

這兩位嫁入官宦之家的寡婦，依律是不能改嫁的，所以，雖然倍嘗艱辛也只能苦守至死，一般民家寡婦並未被限制，社會上鼓勵守節，但是，作者卻從守節的苦處爲寡婦設想，這與要求婦女絕對貞烈情況是完全相反的。

這些與嚴格規範相反的立場，除了可以從案中人物表現出的寬鬆態度及作者支持改嫁的聲音看出外，就案件性質及比例而言，公案小說中也出現不少私通、通姦甚至是亂倫的案例〔註34〕，雖然這些都是律法不能容許的犯罪行爲，但是，這種案例並不是零星少數，而是佔有一定比例的。當某類型的犯罪發生比例偏高時，可以看見的是律法規定與百姓需求的落差，同時，那也反應出整個社會環境的概況。如旌表節烈的案子少於寡婦私通的案件，而通姦、私通的案子卻多於強姦不從被殺案，另外還出現數則寡婦私通生子的案例等，可知社會上雖有守節殉節的聲浪，事實上，違背禮教的情形也不在少數。有意思的是，根據賴惠敏、徐思泠兩位研究員針對清前期犯奸案的統計，婦女順奸的情形是殉節案的兩倍〔註35〕，這種背離規範多於守節的情況，與公案小說中反應出來的情況是一樣的。同時研究中也指出「普通人家已婚婦女有串門子、行走街市、參加廟會等社會風氣。」〔註36〕同樣表現出深閨不出的未必然性。

以縱向的史觀來檢視明清時期的貞節觀，較諸其他朝代，這個時期的確瀰漫著貞女節婦的要求，根據董家遵的統計，明代至康熙末年，節婦高達三萬六千六百多人，佔歷代總數的百分之九十八，而烈女則有一萬一千五百多人，佔歷代總數的百

〔註33〕　清‧沈起鳳《諧鐸》（台北：新文豐出版公司，民國68年5月）卷三，〈節母死時箴〉，頁164。

〔註34〕　按：婚前私通的如《龍圖公案》〈阿彌陀佛講和〉中的蕭淑玉與許獻忠，《百家公案》〈潘用中奇遇成姻〉的潘用中與黃麗娘，《明鏡公案》〈王御史判姦成婚〉的徐守恂與高愉妹，《林公案》中的蕭翠和和閻大漢等；僕婢私通的如：《詳刑公案》〈趙代巡斷奸殺貞婦〉、《詳情公案》〈趙代巡斷奸殺貞婦〉、《龍圖公案》〈咬舌扣喉〉中的春香與茂七，《詳刑公案》〈劉縣尹斷明火劫掠〉的秋蘭與鄭陽；通姦的案例可見於女色糾紛中的姦殺案均是；亂倫的案例如：《詳刑公案》〈周縣尹斷翁奸媳死〉、《廉明公案》〈嚴縣令誅誤翁奸女〉中的公公與媳婦等。

〔註35〕　賴惠敏、徐思泠〈情慾與刑罰：清前期犯奸案件的歷史解讀（1644～1795）〉（台北：《近代中國婦女史研究》第六期，1998年8月），順奸與殉節在其研究中指的是婦女面對情奸誘惑時所採取的兩種態度。

〔註36〕　同上註，頁47。

分之九十四〔註37〕，這種不成比例的數據明顯呈現出明清兩朝強烈的貞節要求。何以明清時期婦女特別堅持守貞殉節？政府旌表制度的確立及對命婦的嚴格要求應該是起了效用的，《貞節史》便提到：

> 貞節牌坊的建立成爲定制最早見於明代的記載。明初朱元璋下詔旌表貞節後，「大者賜祠祀，次亦樹坊表，烏頭綽楔，照耀井閭。」建立貞節牌坊有了法律制度上的保證，因而逐漸興盛。清朝初年則明確規定，旌表貞節時，由官府撥銀三，專用於建立貞節牌坊。從此以後，貞節牌坊開始泛濫，甚至無處不在。〔註38〕

除此，張彬村從婚姻制度和人文環境的角度切入，他以爲「明清時期的貧困寡婦確實有比較好的守節條件，尤其從十六世紀開始，主要拜市場經濟的發展，包括寡婦在內的婦女得到比較多的獨立謀生的機會。」〔註39〕所以，他認爲明清時期寡婦守節是因爲婚姻制度和人文環境的變化，使得寡婦更容易守節而難以再嫁，因此，守節是一種理性的選擇。柳立言的看法與張彬村接近，同時他也認爲政府獎勵守節是有影響的，他說：

> 明代爲人樂道的資本主義萌芽和小家庭經濟結構的轉變，加上政府禁止攜奩改嫁，也許是守節增加的重要原因。至於士大夫階級，假如守節除了個人的道德意識外還關涉到近世家族制度的成熟和強化，那麼明清的守節超過宋元是自然之事，何況還有政府的獎勵！〔註40〕

另外杜芳琴則將明清的貞節觀區分爲：明代尚死烈，清代倡守節。他認爲節烈的要求「主要是出于齊家治國倫理需要，而不是由于對人欲特別是婦女欲望的控制。」〔註41〕，陳俊杰的看法相類於此，他將守節視爲與當時社會結構攸關的因素，他說：

> 家中寡婦再嫁，是一種違背儒家綱常大義的失節行爲，他自己會爲此蒙受恥辱，整個家族也會在士林中陷於孤立。因此，守節的意義，遠遠超出了其行爲本身，也不單單是爲了維護家族的聲譽，它更是在維護和強化著儒家的倫常——以女子的青春和個人幸福來殉儒家倫常所倡導的貞節

〔註37〕 董家遵〈歷代節烈婦女的統計〉（台北：《中國婦女史論集》，牧童出版社，民國 68 年 10 月），頁 112。

〔註38〕 章義和、陳春雷《貞節史》（上海：上海文藝出版社，1999 年 11 月）頁 171。

〔註39〕 張彬村〈明清時期寡婦守節的風氣〉（台北：《新史學》十卷二期，1999 年 6 月）頁 60。

〔註40〕 柳立言〈淺談宋代婦女的守節與再嫁〉（台北：《新史學》二卷四期，1991 年 12 月）頁 66。

〔註41〕 杜芳琴〈明清貞節的特點及其原因〉（太原：《山西師大學報》第二十四卷第四期，1997 年 10 月）頁 46。

操守，有一種淒然的悲壯。〔註42〕

他以為守節的意義已超越守節本身，是女子為了維護家族聲譽和儒家的倫常所付出的代價。顧眞提到清朝時期一些少女厭棄成親，以守貞、慕清或結盟、立教的方式爭取獨身生活，而要求獨身的原因「是家庭生活不如意的現實教育了她們，是婚姻制度的不合理迫使她們採取的抗爭手段。」〔註43〕，寡婦願守節不嫁，恐怕不平等的婚姻制度及男權的高張也是原因之一吧！不論何種因素造成，比起其他朝代，明清的確是較重視貞節的時代，但是單就明清時期而言，公案小說卻同時呈現出對貞節要求寬鬆的一面，良家婦女也能以金錢交易性的行為，甚至還有鼓勵改嫁的言論。此外，文人們也提出反對的意見，如歸有光便在〈貞女論〉提及：「女未嫁人而或為其夫死，又有終身不改適者，非禮也。」〔註44〕，呂坤則指責禮教「嚴于婦人之守貞，而疏於男子之縱慾，亦聖人之偏也。」〔註45〕這些與規範相反的聲音、態度，以及從案件比例來看，和奸的情形還是佔較高的比例，這說明明清社會雖然較諸前代重視貞節，但是，民間嚴守分際者還是少於通姦者，賴惠敏以為「管仲說的：『衣食足然後知榮辱』似乎比較接近清代庶民的思想，而宋儒程頤所謂『餓死事極小，失節事極大』的高道德標準，尚未成為民眾奉行的圭臬。」〔註46〕大概可以為此作結。

第二節　從案件看明、清經濟發展與犯案關係

公案小說中犯罪原因除了女色糾紛外，另一種高比例的犯因便是財務糾紛。財務官司一類有百來件案例，人命官司中因錢財而引發的案件也有百來件，在公案小說中佔有極大比例。因此，本節擬就案件所呈現出的經濟發展現象加以探討，並討論其與犯罪的關係。

一、棄本業從商的風潮

中國以農立國，早在戰國時期商鞅、荀況便曾提出重農抑商的思想〔註47〕，歷代

〔註42〕陳俊杰〈明清士人階曾女子守節現象〉（台北：《二十一世紀》總第二十七期，1995年2月）頁101。

〔註43〕顧眞〈清代節烈女子的精神世界〉（台北：《歷史月刊》1999年4月）頁50。

〔註44〕明・歸有光《歸震川集》（台北：世界書局，民國49年）〈貞女論〉頁31。

〔註45〕明・呂坤《呻吟語》（台北：志一出版社，民國83年7月），卷五，治道，頁285。

〔註46〕賴惠敏、徐思泠〈情慾與刑罰：清前期犯奸案件的歷史解讀（1644～1795）〉（台北：《近代中國婦女史研究》第六期，1998年8月）頁72。

〔註47〕按：戰國・商鞅《商君書・外內》有：「民之內事，莫苦於農，故輕治不可以使之。奚謂輕治？其農貧而商富，故其食賤者錢重。食賤則農貧，錢重則商富；末事不禁，

君王也都有不同程度的抑商政策，所以，中國商人的地位始終是被壓抑的。直到宋代，從商仍受到士人的輕蔑，陸游家訓中便提到：「仕而至公卿，命也，退而爲農，亦命也，若夫撓節以求貴，市道以營利，吾家之所深恥，子孫戒之。」又「仕宦不可常，不仕則農，無可憾也，但切不可迫於衣食爲市井小人事耳，戒之戒之！」〔註48〕，家訓以從商爲恥，重覆申明子孫不可經商。在所謂士農工商的四民階級中，商人的社會評價是最低的，到了明代，洪武十四年也還規定商人之家只能穿絹、布，農民之家則可穿綢、紗，同時農民之家只要有一人從商，其他成員也禁穿綢、紗〔註49〕。政令對於商人採取的仍是輕視的態度。然則在公案小說中卻出現了趨商的風潮，而且，這種趨商的情況並不限於某種階層，而是士、農、工兼備〔註50〕。

《詳情公案》〈證兒童捉賊〉一案，一對挑擔營生的兄弟起了轉業爲商的念頭：

> 我你終日做此生意，趁錢僅可度口，終非久計。當此壯年，此事尚可做得。倘或老弱，將如何終身？我心思想各項買賣，我你通知，奈無本錢，將何以處？〔註51〕

挑擔營生只能度日，年壯尙可，一旦年老恐怕無以維生，所以，想從事買賣工作。《海公案》〈通奸私逃謀殺婦〉一案，胡遠大原以屠宰爲業，父親認爲「爲屠夫之事艱苦，何如爲商之樂？」〔註52〕所以讓兒子轉業出外經商。這是工人轉業就商的理由。

棄農就商則有：《百家公案》〈孫寬謀殺董順婦〉一案，董家原以耕田爲業，每

則技巧之人利，而游食者眾之謂也。故農之用力最苦，不如商賈技巧之人。苟能令商賈技巧之人無繁，則欲國之無富，不可得也。」（台北：台灣商務印書館，民國45年4月），頁38；《荀子集解》〈君道〉則有：「省工賈，眾農夫」之說。（台北：世界書局，民國46年11月），頁156。

〔註48〕 明・葉盛《水東日記》（台北：新文豐出版公司，民國74年）卷十五，〈陸放翁家訓〉，《叢書集成新編》第八十五冊，頁133、135。

〔註49〕 《明史》（台北：鼎文書局，民國64年6月），卷六十七，輿服志，頁1649。

〔註50〕 按：除了公案小說中提及趨商風潮，一些明代商業相關研究作品也提出同樣的論點。如孟彭興在〈明代商品經濟的繁榮與市民社會生活的嬗變〉一文中便提到：「隨著時間的推移，明代人逐步改變了對商賈的傳統看法。他們不僅在實際生活中紛紛投身於商賈行列，而且還在思想意識上也懂得農商爲國根本，民之命脈的道理。」（上海：《上海社會科學院學術季刊》，1994年第二期）頁171，田冰〈試論明代商人社會地位的變化〉一文中說：「無商不富，各色人等沖破士、農、工、商的職業界限，趨向商業，上自皇帝、王公貴族、官僚，下至貧民百姓、士兵、書生等都被捲入到經商的浪潮中，出現了士與農商常相混的融合趨勢。棄儒從商與棄農從商人數的增多就是最好的例證。」（河南：《河南商業高等專科學校學報》2000年11月，第13卷第6期）頁2。

〔註51〕 《詳情公案》頁41。

〔註52〕 《海公案》頁212。

日辛勤耕作，朝夕無暇。但是務田辛苦，所以，父親對兒說道：「爲農之苦，何如爲商之樂？」〔註53〕便將錢交付與兒，令其出外經商。《詳刑公案》〈周縣尹斷翁奸媳死〉一案，男子初次出外買賣甚是獲利，「遂不農田，往販棺木發賣，亦頗獲利。」〔註54〕。爲農苦，爲商樂，而且爲商還甚是獲利，就是這種誘惑讓四民之首的讀書人也要轉業就商，《海公案》〈奸夫誤殺婦案〉一案，屢科不第的蘇策便對妻子說：「嘗憶古人有言：『若要身帶十萬貫，除非騎鶴上揚州』。意欲棄儒就商，遨游四海，以伸其志，乃其願矣！豈肯拙守田園，甘老丘林而已哉！」〔註55〕，原本居於四民之末的商人，此時竟成了士農工轉業的目標。

　　就案中人物的說法，之所以轉向商業是因爲做工、務農辛苦，爲商較輕鬆愉快，而更重要的是商人易富。《新民公案》〈吳旺磊算打死人命〉一案，羅子仁借銀九兩從商，有一段經商獲利的記載：

> 買米去銀七兩，載到福州去，適逢州中米缺，不消三日，變出價銀一
> 十六兩。就在州下買得魚貨，上到浦城去賣，又值貨貴，遂得兩倍利錢，
> 收銀三十六兩。除了費用，即在浦城又買米去福州賣，仍是前價，又得本
> 利五十七兩。復買魚貨到建寧府來，賣了十日，剛剛算得銀一百兩。〔註56〕

十日裡獲利十倍，這是其他行業無法比擬的，連賣棺木這等冷門的生意，居然也頗獲利。雖然經商有經商的風險，農工業又何嘗沒有風險，所以《諸司公案》〈崔知府判商遺金〉一案要說：「據眼前朝夕辛苦，不過度口而已，終不能發達興家，爲子孫創業垂統。且觀左鄰右里，所稱富豪者，雖不出自詩書，所以商賈中者來者，歷歷非一。」〔註57〕，這些說法都認爲目前的工作終日辛苦，卻僅止於溫飽，而經商少則足以瞻家，多則可稱富豪，而且因商而富者歷歷非一，有這麼多成功的例子，士農工自然要趨利向商。

　　獲利多自然是重要的因素，除此尙有何種因素驅使百姓轉業向商，使得公案小說呈現出一片就商氣象？首先應是政令的支持。明太祖在吳王之時（元至正二十四年）便下令：

> 命減收官店錢，先是設官店以征商，上以其稅太多，病民，故命減之。
> 命中書省，凡商稅三十稅一，過取者以違令論。〔註58〕

〔註53〕《百家公案》頁105。
〔註54〕《詳刑公案》頁158。
〔註55〕《海公案》頁191。
〔註56〕《新民公案》頁32。
〔註57〕《諸司公案》頁306。
〔註58〕《明太祖實錄》（台北：中央研究院歷史語言研究所，1964年）卷十四，頁176、193

一連串減稅、持平物價的措施，甚至連商人貯貨之處也設想周到〔註59〕，雖然明太祖採用的仍是重農輕商的政策，〔註60〕但是，明初所執行的政令，無疑的對商業是有鼓勵作用的。

其次便是民不安田。明初雖有一系列利商政策，但對於興農更是著力，太祖即位，即令覈實天下田土，計民授田，設司農司，驗丁力計畝給田以免兼并，不治之地則召民耕，免租三年，額外墾荒者永不起科等等。〔註61〕儼然一片欣欣氣象，但是，之後豪強兼并土地〔註62〕，皇莊侵奪民田〔註63〕，為害百姓甚烈，洪武期間天下土田有八百五十萬頃，至弘治期間則只剩四百二十二萬頃，天下田土減強半，霍韜修《會典》時便提出這些減少的土地「非撥給於王府，則欺隱於猾民」〔註64〕，土地被兼并侵奪外，賦稅日增，連商稅不足處，還須農民攤派〔註65〕，百姓自難安心務農。何良俊便說：

> 余謂正德以前，百姓十一在官，十九在田。蓋因四民各有定業，百姓安於農畝，無有他志，官府亦驅之就農，不加煩擾，故家家豐足，人樂於為農。自四五十年來，賦稅日增，傜役日重，民命不堪，遂皆遷業。……

又，卷三七，頁 744。

〔註59〕 按：洪武初年：「命在京兵馬指揮領市司，每三日一校勘街市度量權衡，稽考牙儈物價；在外，城門兵馬，亦令兼領市司」又「初，京師軍民居室皆官所給，比舍無隙地。商貨至，或止於舟，或貯城外，駔儈上下其價，商人病之。帝乃命於三山諸門外，瀕水為屋，名塌房，以貯商貨。」，見《明史・食貨志》卷八十一，頁 1975。

〔註60〕 按：如前述禁商人服綢、紗，又禁農民轉業就商，且商人不能入仕。

〔註61〕 按：《明史・食貨志》卷七十七作：「遣周鑄等百六十四人，覈浙西田畝，定其賦稅。復命戶部覈實天下土田。……又以中原田多蕪，命省臣議，計民授田。設司農司，開治河南，掌其事。臨濠之田，驗其丁力，計畝給之，毋許兼并。北方近城地多不治，召民耕，人給十五畝，蔬地二畝，免租三年。……官給牛及農具者，乃收其稅，額外墾荒者永不起科。……蓋駸駸無棄土矣」，頁 1881。

〔註62〕 按：《明史・食貨志》作：「其後屯田壞於豪強之兼并，……世宗以後，耗財之道廣，府庫匱竭。神宗乃加賦重征，……民多逐末，田卒汙萊。」頁 1877。

〔註63〕 按：《明史・食貨志》所載甚多，如「畿內皇莊有五，共地萬二千八百餘頃；勳戚、中官莊田三百三十有二，共地三萬三千餘頃。」又「武宗即位，踰月，即建皇莊七，其後增至三十餘處。諸王、外戚求請及奪民田者無算。」又「福王分封，括河南、山東、湖廣田為王莊，至四萬頃。」等。

〔註64〕 清・張廷玉等奉敕修《明史》（台北：鼎文書局，民國 64 年 6 月），卷七十七，食貨志，頁 1882。

〔註65〕 按：明・畢自嚴《石隱園藏稿》便作有：「榷稅一節，病民滋甚。山右僻在西隅，行商寥寥。所有額派稅銀四萬五千二百兩，鋪墊等銀五千七百餘兩，皆分派於各府州縣。於是斗粟半菽有稅，沽酒市脯有稅，尺布寸絲有稅，羸特寒衛有稅，既非天降而地出，真是頭會而箕歛。」卷五，〈嵩祝陛辭疏〉（台北：《景印文淵閣四庫全書》冊 1293），頁 499。

昔日逐末之人尚少，今去農而改業爲工商者，三倍於前矣……。大抵以十分百姓言之，已六七分去農。〔註66〕

可以知道，明正德之後百姓去田者日多，約十有六、七，民不安田，不爲流民自然轉向他業。

再者便是手工業的興起。朱元璋爲吳王時曾下令強迫農民種植桑、麻、棉等經濟作物：

凡農民田五畝至十畝者，栽桑、麻、木綿各半畝，十畝以上者倍之。……不如令者有罰，不種桑使出絹一疋。不種麻及木綿使出麻布、棉布各一疋〔註67〕

除此，明代中期以後，還允許貨幣及棉花等可做爲賦稅的課抵，於是桑、麻、棉等經濟作物被廣泛栽種，而以這些作物爲根本的紡織業自然也就因勢而起了。張瀚提及祖上發跡時說：

購機一張，織諸色紵幣，備極精工。每一下機，人爭鬻之，計獲利當五之一。積兩旬，復增一機，後增至二十餘。商賈所貨者，常滿戶外，尚不能應。〔註68〕

又：

余嘗總覽市利，大都東南之利，莫大於羅綺絹紵，而三吳爲最。即余先世，亦以機杼起，而今三吳之以機杼致富者尤眾。西北之利莫大於羢褐氈裘，而關中爲最。〔註69〕

講的便是紡織獲利的情況。而布商貨布常滿戶外，也說明紡織業與商業結合的情況。這種情形也同時可見於公案小說之中，公案小說寫及商人多寫其發賣布匹〔註70〕，同時布商收布動輒上百兩至千兩銀子〔註71〕，然則百兩至千兩銀大概是怎樣的價值？

〔註66〕 明・何良俊《四友齋叢說摘抄》（台北：新文豐出版公司，民國74年），《叢書集成新編》第八十五冊，卷三，頁354。

〔註67〕 《明太祖實錄》（台北：中央研究院歷史語言研究所，1964年）卷十七，頁231。

〔註68〕 明・張瀚《松窗夢語》（北京：中華書局，1997年11月）卷六，〈異聞紀〉，頁119。

〔註69〕 明・張瀚《松窗夢語》（北京：中華書局，1997年11月）卷四，〈商賈紀〉，頁85。

〔註70〕 按：如《詳刑公案》〈馮縣尹斷木碑追布〉一案提及往福建買機布到川發賣；《詳情公案》〈判路傍失布〉一案有販布營生的商人，因醉臥路旁，失布；《廉明公案》〈黃縣主義鴉訴冤〉山東商人帶銀百兩，往北京買緞匹；《詳刑公案》〈吳推府斷船戶謀客〉徽州商人帶僕到蘇買緞絹，千有餘金等等，案例甚多。

〔註71〕 按：如《詳刑公案》〈馮縣尹斷木碑追布〉一案，布商將本銀一百兩往福建收買機布，同書〈魏恤刑因鴉兒鳴冤〉布商兩人則是各帶紋銀二百餘兩去收布，又〈吳推府斷船戶謀客〉徽商帶僕到蘇買緞絹，千有餘金；《海公案》〈開饒春罪除奸黨〉也有負千金到杭州販賣紬緞的情形。

　　《新民公案》〈設計斷還二婦〉提到一分銀子可以買得四片燒餅；〈水蛙為人鳴冤〉中則說蛙價五分一百個，三千個該銀一兩五錢；《諸司公案》〈唐縣令判婦盜瓜〉說一個小瓜，未值銀一分；《廉明公案》〈孟主簿明斷爭鵝〉提到九斤鵝要銀一錢六分；〈金州同剖斷爭傘〉中新傘值五分銀，這些民生必需品單價大約都在一錢上下。

　　價格稍高一些的則有：《明鏡公案》〈梅同府判誣人命〉買棺木要銀五錢；《廉明公案》〈蘇按院詞判奸僧〉帶妓女出場同樣要銀五錢；《諸司公案》〈于縣丞判爭耕牛〉耕牛一頭價四兩；同書〈裴縣尹察盜獵犬〉用銀八兩，買到群頭獵犬一頭，而名貴的馬匹則是所見最為昂貴者，《新民公案》〈騙馬斷還馬主〉連錢驄時價四十兩，被偷轉賣時得銀五十兩，甚至以銀買官也未至百兩，《諸司公案》〈曾御史判人占妻〉便提到「照主考事例，用公價銀八十兩，納為布政司吏」〔註72〕。可以知道，百兩銀子是數目很大的一筆錢，而對布商批布而言，百兩還只是基本數字，《詳刑公案》〈吳推府斷船戶謀客〉一案，船戶謀殺布商得來的布匹，轉賣「得銀一千三百兩」，這種大筆金錢在布匹中進出，紡織業的興盛對於發達商業是顯然可見的。

　　從百姓趨商的風潮也可以看見社會觀念的改變，即使商人一直處於較卑微的地位，然則「夫利者，人情所同欲也。」〔註73〕，如《詳刑公案》〈陳府尹判惡僕謀主〉一案，講陝西巨商往潮州府發賣氆絨等貨，一趟便能得銀千有餘兩，雖然不是人人皆可如此，但是，正如前面提及，因商而富者歷歷非一，成功的商人改變世人對商業的輕視態度。宋俊華說：

> 　　明清時代，隨著商品經濟的蓬勃發展，商人的價值，愈來愈受到社會的重視。重農輕商的觀念受到了強烈的衝擊，告是啟蒙思想家的發難：張居正提出厚農資商、厚商利農雙軌政策，黃宗羲主張工商皆本，李贄肯定商人守勤可狀，王夫之認為大賈富民，國之司命。竭力為商人階層張目。〔註74〕

文人們幫著替商人提升地位外，商人們貨通有無，對於社會經濟確實是有貢獻的，同時洪武永樂年間商屯對於富足邊地，也有極大貢獻。所以畢自嚴也說：「今欲追復祖制，惟有優恤邊商及內商耳。」〔註75〕。此外，士人加入經商行業，也提高了商人的素質。歸有光為程翁壽序說：

〔註72〕《諸司公案》頁280。
〔註73〕同註67，頁80。
〔註74〕宋俊華〈論明清小說中商人的價值觀念〉（湛江：《湛江師範學院學報》，1996年3月），頁52。
〔註75〕明・畢自嚴《石隱園藏稿》（台北：商務印書館，72～75年）《景印文淵閣四庫全書》，冊1293，頁551。

今新安多大族，而其地在山谷之間，無平原曠野，可爲耕田，故雖士
大夫之家，皆以畜賈遊於四方，……君豈非所謂士而商者歟，然君爲人恂
恂，慕義無窮，所至樂與士大夫交，豈非所謂商而士者歟。〔註76〕

這些儒者的特質被帶入商業，對於商人整體形象的提昇是有影響的，所以，商人自
己也說：「夫商與士，異術而同心。故善商者，處財貨之場而修高明之行，是故雖利
而不汙善士者。」〔註77〕，袁宏道〈夢中題尊經閣醒後述之博笑〉一詩：

壯哉尊經閣，縹緲入煙霧。千山列魯儒，拱揖不知數。……海陽多賈
人，纖嗇饒積聚。握算不十年，豐於大盈庫。富也而可求，執鞭所忻慕。
金口親傳宣，語在述而處。師與商孰賢？賜與回孰富？多少窮烏紗，皆被
子曰誤！〔註78〕

「多少窮烏紗，皆被子曰誤」，雖然只是玩笑話，但是，士人逐漸慕商，商人地位的
轉變從中可以得知，也可知小說中出現趨商的現象並非空穴來風。

二、因商而起的犯行

明代起商業行爲興盛，商業活動的特殊性質，諸如財貨在外流轉，商人在外奔
波等，這與中國人講究財不露白，安土重遷的習慣是相異的，而因爲商業興盛而引
發的社會問題也一一浮現。首先便是商人遭盜劫的案件多了。

正如前面提及布商發賣布匹本錢甚豐，不論是帶銀批布或得銀歸鄉，貨物、錢
財、異鄉人，這些條件很容易挑起人性弱點的，尤其是這大筆的銀兩，那是很令人
眼紅的。於是在《廉明公案》〈楊評事片言折獄〉一案中，有太早上船的落單布商被
梢公推落水中；《詳情公案》〈斷搶劫緞客〉一案，有賊人假扮挑夫，中途謀殺布商；
《廉明公案》〈黃縣主義鴉訴冤〉一案有往北京買緞匹的客商，途中被馬夫謀財害命；
《詳刑公案》〈陳府尹判惡僕謀主〉一案有僕人與馬夫同謀殺害主人；《新民公案》
〈周氏爲夫伸冤告張二〉一案，有爲了謀財將同行的友人推落水中的情況，甚至《詳
刑公案》〈吳推府斷船戶謀客〉一案中還載有船戶、水手是專謀商客起家的情形。可
以看見從同行的夥伴、僕從而船家、馬伕都可能見錢眼開謀財害命，而因爲覬覦錢
財，所以這類的案件在公案小說中也佔有一定比例。

〔註76〕明・歸有光《歸震川集》（台北：世界書局，民國49年）〈白菴程翁八十壽序〉，頁
169。

〔註77〕明・李夢陽《空同集》（台北：世界書局，民國75～民國77年）《景印摛藻堂四庫
全書薈要》，冊417，頁427。

〔註78〕明・袁宏道《袁中郎全集》（台北：清流出版社，民國65年10月）上冊，五言古詩
〈夢中題尊經閣醒後述之博笑〉，頁12。

　　錢財誘人犯罪，但即便搶來的是貨物，在買賣興盛的年代，轉手換成現銀也是很容易的。所以，在《詳刑公案》〈董推府斷謀害舉人〉一案中，水手埋怨謀來的不是銀子時，船家便說：「有這樣好貨，愁無賣處？莫若載至蕪湖，沿途發賣，即是銀子。」〔註79〕，確實不用為銷贓發愁，從公案小說可以看見，明代牙行十分盛行，不少劫來的布匹在很短的時間內便全數賣入牙行了。牙行大約如同貿易商，是定點的商家，既銷售成品也收購貨物。如《明鏡公案》〈陳風憲判謀布客〉一案，找到被謀害布客的布匹時，「即照名喚人，究問來歷。布行說：『布從張成牙家轉販來賣。』又照名拘一布行來問，所對亦同。」〔註80〕，可以看見賊人將布賣入牙行，牙行又批發與幾家布行。同時它也扮演著買賣雙方的仲介者，如前〈董推府斷謀害舉人〉一案中，牙人與商家爭執時說：「是時你圖他貨賤，肯與他買，我不過為你解紛息爭，平其價耳。」〔註81〕，牙行的功能發達雖利於商業交易，但是，它同時也提供了便利的銷贓管道。所以，原本貨物還有脫手的困擾，因為牙行的興盛，銷贓有了管道，即使是貨物也可以是盜匪的目標了，因此，牙行興盛從另一種角度來看，它也促成劫貨的犯行。

　　再則便是借貸間的糾紛。經商首要有本錢，一般人家一時之間要湊得整筆銀兩並非易事，因此，借銀經商在公案小說中也經常出現。如《詳刑公案》〈岑縣尹證兒童捉賊〉一案，一對無本經商的兄弟便說：「他家盡有生放，我若求他揭借本錢做客，明日包些利錢還他，必然肯的。」〔註82〕，借錢還本利早是定律，《諸司公案》〈趙縣令籍田舍產〉中便曾提到：「債放加二，洪武准制如此。」〔註83〕，不必經商也會有借貸關係，但是因經商容易致富，當初借錢的財主，看著他人用自己的錢獲利，忍不住便要眼紅起來了。如《新民公案》〈吳旺磊算打死人命〉一案，羅子仁向吳旺借了十兩銀子經商，吳旺見羅子仁經商獲利，對於羅子仁的利加至五仍有不甘，說「爾當初手無分厘銀子，一貧如洗，縱有驚天本事，亦無施展。今得我銀做買賣，不消半年，身衣口食，一家件件充足。合該一本十利，歡喜還我。」〔註84〕，如果不是自己的本錢，對方怎能如此富足，就是這點不甘，使得借貸關係變得複雜起來，於是債放加五已是高利貸，債主子還是不能接受，獅子大開口要一本十利，舉債者自然不肯，於是糾紛便由此產生。同書〈磊騙書客傷命〉一案，書商向滕寵借銀周

〔註79〕《詳刑公案》頁115。
〔註80〕《明鏡公案》頁356。
〔註81〕《詳刑公案》頁118。
〔註82〕《詳刑公案》頁204。
〔註83〕《諸司公案》頁276。
〔註84〕《新民公案》頁33。

轉，日後書商已將本利還清，可是滕寵看著書商生意順遂，不但多獲財利還另開書舖，於是拿著舊日的券債要再取一次債，這種因為舉債而富的情形都讓債主人懊惱，彷彿自己吃了多大的虧，所以額外索債的情形便使得雙方起了紛爭，這種糾紛通常演變成鬥毆致死的案件，案件比例雖然不是太多，但是也是因商富有的後遺症。

　　另一種案件數也不算太多的案子，便是帶著銀兩回鄉的商人在半路遺失了銀子，或回家前先藏在某處，隔日銀子已然失竊的情形。商業與農業社會明顯不同的是一動一定，流動是商業行為必然也必要的特質，所以帶著大筆銀子上路是不可避免的，即使未遭劫掠也可能自己疏忽遺失，遺失銀子的案例在小說中雖然不是太多，事後銀子也都找回來了，但是，主張正義是公案小說必然的結局，所以沒找回來的案例便不會出現在小說中了，商業興盛，這種失銀的事件恐怕多少也增加了一些。另一種藏銀被竊的案件，引出的則是通姦案。

　　除了財貨的劫掠、侵佔及遺失等狀況，商業繁榮也間接造成通姦犯姦的社會問題。商人重利輕別離，出外經營常是經年累月不歸，守在家中的妻子一則無以度日，二則深閨寂寞，於是，商業發達也間接促成通姦案的滋生。如《詳刑公案》〈吳代巡斷母女爭鋒〉一案便提到丈夫出外謀生，母女在家日食難度，只得向鄰居借貸柴米，時日一久便兩下成姦。《廉明公案》〈吳縣令辦因奸竊銀〉一案，陳德外出工作，三年未歸，其妻遂與左鄰後生私通。就明清社會而言，女子多是無謀生能力的，所以，守在家中的妻女只能靠接濟渡日，儘管某些女子能有一技在身，但那仍不足以維持生計，就案中陳德之妻一日可績麻攢銀五至七厘來看，大約只能買得兩至三片燒餅，其他柴米油鹽醬醋茶等生活必需品也就無法添購了，這種情況下如不是有人接濟，恐怕只能等死。而借貸、被接濟的情形因為有虧欠感恩的心理，很容易產生感情，加上丈夫一去音訊全無，在外生死未卜，如前案陳德便一去不回，守在家中的婦女迫於情勢，通姦的情形也就順理產生了。

　　還有故意讓婦人的丈夫外出經商，再犯下通姦情事的案例。《詳刑公案》〈周縣尹斷翁奸媳死〉一案，父親強奸了兒媳，之後兩人成姦，為了不受妨礙，父親便讓兒子外出經商，經商的確是隔離夫妻的一種方式。這種因商而有的私通案、姦殺案與明清時期的貞節觀是相關的，僅管社會或女子本身對貞節要求有嚴格的一面，但是，當現實與理想發生衝突時，能有多少人為著理想不惜犧牲生命？故事中商人之妻便較少堅持，而據賴惠敏、徐思泠的實案統計，發生姦情的婦人也以商人之妻為多，這種夫妻分隔兩地的情況果然是滋生姦情的溫床。

　　《廉明公案》〈洪大巡究淹死侍婢〉一案，廣東珠客至山西賣珠，因愛上巡按夫人，便假扮奶婆而與夫人成奸，巡按單身赴任，將妻子獨留在家，這與商人離

家不歸的狀況是相同的。但是，除了商人之妻與人有姦，事實上單身在外的商人也有情欲，所以，此案也可看見久在外地的商人有了通姦的情事。除此，《海公案》〈貪色破家〉一案，徽州商人在外愛上有夫之婦，所以，以五十兩租來婦人，婦人的丈夫拿著這筆錢也還是去經商，將老婆出租以換得經商的本錢；《詳情公案》〈判雪二冤〉一案，富商看中裁縫店的女主人，還為此成疾，所以，以數兩銀子求與婦人同宿一宵。這些商人採用的方式都只是短暫的歡好，或是一夜或是對方丈夫經商來回的一段時間，所以，引發的案件多半不是通姦案，與婦人獨留在家而有的姦殺案略有不同。

犯罪不必因為什麼行業而有，人的利欲薰心，犯罪行為就可能產生，但是，公案小說中的案件性質呈現出的是，商業的確提供了犯罪的便利之路，這也是繁榮了經濟的附加產品。而就犯案原因可以看見，明清時期社會的轉變，商業的興盛一方面刺激了經濟的繁榮，一方面也帶來了社會問題，諸如搶劫財貨、謀財害命或婦人、商人的外遇問題等。明清時期雖然積極強化婦女貞節觀，但是這種外遇的社會問題並沒有在嚴格的貞節要求中消失，反而呈現出的是兩極的現象，可以看見這是道德觀與社會現實面過度距離所造成的現象。

第七章 結 論

探討公案小說的起源、形成、公案小說的案件性質、書寫技巧，及從公案小說的內容探究明清時期司法、官場、貞節觀及社會經濟等，至此大致可以總結如下。

一、公案小說的定義

公案兩字原指辦公用的桌子，詞義衍生後意義多與案件相關，公案小說與案件相關無須置疑，然而何為公案小說則眾說紛紜，雖然公案成為一種小說類別起於宋朝，但是就宋朝人所留下的解釋「皆是搏刀赶棒及發跡變泰之事」，依其前後文來看，只能說是小說的共同性質，並不是公案小說的特質，而且從宋人留下的十六則公案故事來看，其內容雜駁不一，「皆是搏刀赶棒及發跡變態之事」並不足以包括之，因此，關於公案小說的定義，宋朝人並沒有留下清楚的解釋。同時，在宋代的筆記、話本中也出現分類混淆的情形，如內容與題名應歸入公案類的篇章，他書卻收在煙粉歡合一類，或有將公案與傳奇原係兩類卻並列說明的情形，因此就宋朝留下的資料而言，宋代雖將公案視為小說的一個分類，但在分類上只是一個概要，並非絕對清楚的一種類別，亦即無法由此為公案小說下一清楚定義。

歸納前人為公案小說下的定義，可以說只要是廣義的散文形式，不論以何種文體呈現，寫一件人事糾紛而驚動官府審判，它是並列或側重描寫作案、斷案的，這便可以稱為公案小說。但除此之外，個人以為，作者的創作意圖、作品的主要內容才是分類的主要依據，因此，不論犯案斷案，所謂公案小說，案件都應該是主要內容，案件不是為了引起下文，也不是小說中的片斷，亦即圍繞此案人物或情節都是為了完成此案而有，這樣應該可以較完整的說明公案小說。

二、公案小說的起源與形成

公案小說的起源方面。先秦時期的神話與信史中的《尚書》、《左傳》等都已有犯案、斷案的片斷記錄，此期大概可以說已具有某些公案的元素，是案件形成的開始。兩漢、六朝時期，文學作品寫及案件或執法者的故事明顯增多，不論在質與量上都遠超過先秦時期，此期對於執法者的形象、辦案技巧的敘述都較前期豐富鮮明，故事內容中加入了鬼魂及大自然異象等，為正義及冤案的敘述加入強烈的警世效果，這些都被後世的公案小說所承襲。另外，此期的案件性質形成因素豐富且具多樣性，有不少是後來公案小說取材的對象，可以看見本期故事對公案小說的影響。而較諸先秦時期只是具有某種公案元素而言，兩漢、六朝的案件故事，已是頗具雛型的公案小說了。

唐、五代時期則在辦案、斷案的部份有了加強的描寫，諸如大篇幅的敘述推理過程，或運用口語對白的寫法使故事更加生動等，故事中也加入近於幻術的描寫。同時，本期明顯可以看到的是俠客的加入，這對清代公案小說與武俠合流有著範例作用。另外，此期的寫作者及作品量也多了起來，除了故事的描寫外，針對案件判決的判詞出現了專書，公案作品也有了專集，然而這些作品不是出於文學自覺的作品，只是從選官、法學的角度為提供參考而編纂的書籍，但是可以看見，本期對案件、案件記錄及作品是較前代關注的，而將案件當成小說中的主要題材則要等到宋朝了。

公案小說形成於宋朝，其形成與當時的社會背景有很大的關連，宋朝時城市發達，經濟繁榮，數百萬的人口集中在都市，於是市民娛樂、市民文學也就因應著時勢、順應著市民的要求而發展起來，當人口迅速集中在都市，人與人的交際變得頻繁與複雜，加上夜禁廢除，可以想見這種發展必然也帶來了社會治安的問題，同時從筆記雜著中可以看見宋代的瓦肆、勾欄興盛的樣貌，藝人們需要更多更豐富的題材、內容以取悅觀眾，於是生活中的真實事例、史書筆記所載，便一一搬上舞台，公案小說便在這樣的環境中，在說公案的說書人口中滋生形成。至於將公案小說編成專集流傳，則要等到明代了。

三、公案小說的案件類別

將明清公案小說專集的案件整理出來，可以發現人命官司是公案小說中最常出現的案子，大約佔所有案件比例的五成，事實上命案也是所有案件中最嚴重的一類，只要發生命案，案件被關注的程度通常也會升高。因此，人命官司是最受編寫者青睞的案件。而造成人命官司的幾項原因中，以女色糾紛致死佔的比例最高，其次則是搶劫謀財致命，女色糾紛致死的部份大約不能脫離和姦謀殺及強奸殺人兩大類，

而搶劫謀財致命的部份則明顯看出商人被害的情形。

　　財務官司與人事官司大約都佔了近兩成的比例，所謂財務官司是指以侵佔、搶奪、詐騙等不當手法謀得他人財產，而不涉及人命的案件。爭佔財產則是財務官司中比例較高的犯因，約有六成，其次則是偷竊，將近有三成比例。而人事官司大約都是人與人間的細故紛爭，所以類型較爲多樣，每類比例均不高，除了誣告、不認親屬、私通及拐騙四類外，其餘的紛爭都不及一成，而與人命、財務官司相較，本類案件顯然較爲平淡無奇。

　　公案小說還有一類作品專寫官員斬妖除魔、去除地方禍害，這類作品並不多，在所有案件比例中約佔百分之五，不及一成，但這卻是將官員神化、塑成完美形象最明顯的一類。另外，尚有一些如旌表節孝、藉案講理及未完成的作品等難以歸類的作品，雖佔了總數一成二的比例，但多數都是未完成的作品，所以，對於探討案件內容並沒有太多影響，只是這些都是明代的作品，可以看出公案小說專集發展初期的樣貌，而清代公案小說便不再有這種情形。此外清代公案小說專集篇幅雖然多於明代，但案件量卻明顯不及明代，這應是受了清代公案小說章回化及描寫偏重俠義部份的影響。

四、公案小說的趣味點

　　編寫受歡迎的案件外，公案小說的描寫手法應該也要有吸引人的部份，這部份本文便以故事高潮點稱之。公案小說的高潮點通常落在判案斷案處，而依其手法及內容可分有人情事理及神鬼靈怪兩大類。利用人情事理的手法以造成趣味點，大概是一種利用智慧及高明的技巧去斷案的方式，如：審判物品，這種利用審判物品的方法而得到案件的眞實情況，是很吸引人的寫法，因爲它不可思議，所以，不只吸引了讀者，也吸引了故事中好奇的人，於是利用審判物品的手法還延申有數種斷案方式。其他如：讓心虛的罪犯現出原形、在官員背後說的實話、重罪恫嚇及拆穿謊言、特別的提示等數種方法，這些高明的技巧多半都先令人置疑，等事件慢慢進行，審查出結果時，才讓人恍然大悟，之前的困惑在此才得到解釋，令人不得不佩服官員的智慧，也對這些手法發出讚嘆的聲音。這些高明的技巧有不少是見於民間故事的，這應該是受了民間故事的影響所致。另外，犯案過程中也出現一些值得討論的情節，如利用違反常情去犯罪的故事，像是「我知道了什麼，物主反而不知」的情形，或特殊的犯罪手法等，但只屬於點綴式的幾則作品。因此，可以看見作者寫案件時，是將用力點集中在破案處的，事實上，讀者閱讀公案小說，最終便是要看見破案，所以，這種寫法既是必然也是必要的。

　　神鬼靈怪的部份是指以神仙、鬼魂、動物或大自然異象等的加入，使得案件中能營造出一種特殊的趣味點而言。比如：風的暗示、鬼魂投訴、動物鳴冤、神明的靈應及夢裡的暗示等。神鬼靈怪的手法不若人情事理篇集中在破案，從案發至審判結束都可能出現這類情形，而且還常是各種異象並存於一個案件故事中，一般非議公案小說的論點中，有一點便是認爲公案小說的鬼怪太多，人判太少。事實上，經過整理後可以發現，大部份的案件還是官員發揮個人機智、利用人性弱點、詳實偵察案情或嚴刑逼供而破案的，官員斷案還是故事中最重要的部份。

　　明清兩代的公案小說在描寫案件的著力點有很明顯的不同，明代較偏重在案件的發生、處理及斷案過程，清代則對於發生過程、告狀、審問、判決等描寫都是三言兩語帶過，而用力寫緝捕人犯的過程，大篇幅的文字敘述追捕過程，捉到犯人後，不是輕易招供，便是用刑逼供，往往三言兩語就結束審判，案件在清代公案小說中幾乎已經成爲表現綠林人士俠義精神的修飾了。

五、明清時期的司法

　　探討公案小說的內容，可以看見明清時期的律法精神是階級分明而又側重情理的。階級分明包含了父兄之於子弟、夫之於妻、主之於僕及官之於民等，因爲將人的身份安排當成是天道的一部份，所以，法律製定之初便先有了階級差異的不平等。除了劃分階級外，明清法律格外重視情理，諸如考慮罪犯的身體狀況施刑，依罪犯背景差異，加入道德考量的懲罰方式，考慮人情而減刑寬宥，甚至對於情急之下的殺姦在床或救親傷人等，都予以免罪或減刑的判處，雖然對於階級差異及私刑是不能接受的，但是立法之時將犯罪者的心態納入考量，對於被害者能就精神層面及人情事理的部份將心比心的設想，這種立法精神還是值得讚許的。另外從案件中也看見官員的無上裁量權，不必負責的刑罰及超越律法的判決。雖然案件判決的部份，法律條文都有明文規定，但是律法有漏洞，更重要的是百姓也認同用刑及變通從宜的判決。所以，官員的裁量權能無限擴張，這是官民一致的認知。

　　辦案過程中還可以看見官員有掩飾身份的特殊習性，及衙役有趁火打劫的惡習。爲了避免目標顯著而遭遇劫難，官員會微服上任，這是官員個人自保的行爲。然爲了查案或查訪民情的微服私訪，這便與百姓有了關連，小說中雖屢次寫其功效，但是從筆記雜著中可以看見，事實上，微服私訪不但不能查明案情，反而還會落入犯罪者的操縱手段中。因此，公案小說中的寫法恐怕期待附會是比實際情況多的。而衙役趁拘捕之便勒索嫌疑犯或是被害者，這些惡習是連清官都難以杜絕的。立法的不公、官員浮濫用刑、自以爲是的私訪及衙役索賄情況，這些都呈現出司法的黑

暗面。公案小說要寫的是清官能吏，是善惡有報的公理正義，但是，從案件中卻呈現了光明面後的陰影，也許陰影是爲了襯托而寫，但是，從被歌頌的清官能吏只是鳳毛麟角的少數幾人看來，整個司法環境其實還是黑暗面居多的，這大概也是中國人向來畏上公堂的原因吧！

六、明清時期的貞節觀與趨商風潮

　　公案小說的案件中，犯因比例最高的兩類爲女色及錢財兩項，以此探究明清社會，首先可以探討關於婦女貞節觀的問題。以歷史的發展而言，明清的確是中國婦女貞節觀最被強化的一個時期，公案小說中也出現了一批對貞節極度要求的案例，從嚴禁出閨門起至爲丈夫守節不嫁，甚至是以死殉夫的嚴格要求。此期貞節觀被強化，政府的政令是起著帶頭作用的，除了旌表制度外，對於守節者與以免差役的鼓勵，改嫁者剝奪財產權等實質的獎懲，甚至是明令命婦不能再嫁，這些律令都帶動了社會觀念的改變。此外，爲了維護家族名聲及不平等的婚姻制度，恐怕也是婦女不願再度步入婚姻的原因。但是除了貞節的規範外，單就明清時期而言，就守節守貞與違反規範的比例來看，民間嚴守規範者還是少於和姦私通的情形，案件中也同時呈現出無視貞節、鼓勵改嫁的聲音，婦女犯姦的案例也多過被旌表的情況，這種矛盾的現象是並存在明清社會的。也許「餓死事小、失節事大」的高道德標準，還只能是士大夫的自我要求，而「衣食足，然後知榮辱」才是較貼近百姓的思想的。

　　其次便是明清的社會經濟出現一股趨商的風潮。政令大環境的影響外，經商容易致富是令百姓棄本業就商的最重要原因。同時，因爲商人的成功也改變了社會對商人的態度，原本一直被輕視的商業，在此時不但吸引了許多百姓，商人的地位、整體形象在此時也都得到提升，不但可與士人相提並論，甚至還有取笑士人不及商的情況，這種情況在明代之前是不可能出現的。而商業行爲的發達也帶動了某些類型的犯罪，諸如搶劫、謀財害命、借貸糾紛等因富而興盛的犯罪行爲。而商人長年在外的特質也導致了通姦、犯姦等社會問題，這類問題不只出於商人之妻，商人本身的情欲也會產生買賣性行爲的情況，對於社會風氣也有負面影響。事實上，犯罪不必因行業而異，人心不足時，犯罪行爲就可能產生，只是，商業的特質確實提供了犯罪的便利之路，這也是社會經濟繁榮後的後遺症吧！

　　公案小說雖然時有文學價值不高的批評，事實上，較諸其他小說情節細膩的描寫、人物的刻畫等等而言，公案小說的確是較爲遜色的。但是在情節上，就案件曲折離奇的發展、官員巧妙的斷案手法等而言，這些都可以看出公案小說作家的用心，也是其他小說不能比擬的。而通俗小說講究教忠、教孝的教化功能，公案小說可以

直接獎善懲惡，每一案後可以立即看見現世報，其教化功能比起其他小說並無不及之處，同時它還集中的保留了大量與司法、政經相關的社會史料，對法制文學還有著某些程度的貢獻，這些都是公案小說的成就，也是一般通俗小說無法相較的。因此，對於公案小說缺乏文學價值的批評，個人以為有欠公道，也許可以持平的說，公案小說雖然不是最優質的文學作品，但在通俗小說中，它仍當佔有一席之地！

附 錄 一

　　本附錄爲第三章案件性質分類情形，標題下爲案件數量，各書皆以簡稱代替，省去公案兩字，而于公案因爲有四本，劉公案有兩本，因此，列出官員姓名後再加注二十回本或六回本、十回本。

一、人命官司　348

（一）搶劫、謀財　124

1. 異地劫殺　76

　　客　商　47

　　（1）行程途中　40

　　《詳刑》〈吳推府斷船戶謀客〉、《律條》〈吳推府斷船戶謀客〉、《龍圖》〈夾底船〉、《新民》〈雙頭魚殺命〉、《龍圖》〈接跡渡〉、《廉明》〈楊評事片言折獄〉、《龍圖》〈三娘子〉、《詳刑》〈徐代巡斷搶劫緞客〉、《詳情》〈斷搶劫緞客〉、《律條》〈徐代巡斷搶劫緞客〉、《詳刑》〈吳推府斷僻山搶殺〉、《詳情》〈斷僻山搶殺〉、《律條》〈吳推府斷僻山搶殺〉、《龍圖》〈鹿隨獐〉、《百家》〈滅苦株賊伸客冤〉、《龍圖》〈鳥喚孤客〉、《海公》〈決東明鄉劉松冤事〉、《百家》〈瓦盆叫屈之異〉、《龍圖》〈烏盆子〉、《百家》〈失銀子論五里牌〉、《龍圖》〈牌下土地〉、《百家》〈斷謀劫布商之冤〉、《龍圖》〈木印〉、《明鏡》〈陳風憲判謀布客〉、《海公》〈假給弟兄謀命奪財本〉、《百家》〈王万謀併客人財〉、《百家》〈斷江僧而釋鮑僕〉、《龍圖》〈紅衣婦〉、《海公》〈周氏爲夫伸冤告張二〉、《百家》〈究巨龜井得死屍〉、《龍圖》〈龜入廢井〉、《諸司》〈熊主簿捉謀人賊〉、《海公》〈黃鶯訴冤報恩〉、《廉明》〈黃縣主義鴉訴冤〉、《詳刑》〈陳府尹判惡僕謀主〉、《律條》〈陳府尹判惡僕謀主〉、《于成龍》卷五 1～6 回裝鬼劫殺、《于成龍六》1～4

回假虎嚇人搶殺、《狄公》1！3回、10！19回同伴見財謀殺、《林公》29回江上浮屍、

（2）投宿過夜　7

《新民》〈木匠謀害人命〉、《詳刑》〈魏恤刑因鴉兒鳴冤〉、《律條》〈魏恤刑因鴉咒鳴冤〉、《龍圖》〈兔戴帽〉、《廉明》〈樂知府買大西瓜〉、《海公》〈大士庵僧〉、《海公》〈以煙殺人〉

上任官員　12

《諸司》〈許太府計獲全盜〉、《新民》〈江頭擒拿盜僧〉、《海公》〈斷奸僧〉、《廉明》〈黃通府夢西瓜開花〉、《龍圖》〈西瓜開花〉、《于成龍》卷一1～10回搶殺知縣冒充案、《于成龍》卷七2～4回、7～9、11～12回船戶謀殺官員、《律條》〈丁太府斷舟人劫財殺命〉、《施公》106～110回劫殺官員假扮欽差、（《詳刑》〈董推府斷謀害舉人〉、《律條》〈董推官斷問謀害舉人〉、《龍圖》〈葛葉飄來〉、）

其　他　17

《新民》〈斷拿烏七償命〉、《海公》〈烏鴉鳴冤〉、《廉明》〈蔡知縣風吹紗帽〉、《海公》〈風掀轎頂〉、《百家》〈琴童代主人伸冤〉、《龍圖》〈港口漁翁〉、《新民》〈鱷渚究陳起謀命〉、《于成龍》卷四7回～16回殺婿奪銀、《于成龍十》3～9回謀殺妹婿奪銀、《于成龍六》4～6回花驟為主告狀、《新民》〈捉會東風伸冤〉、《李公》二十七回殺僧奪銀、《百家》〈判僧行明前世冤〉、《龍圖》〈江岸黑龍〉、《海公》〈斷問冤兒報仇〉、《林公》27～29回王富貴搶殺客旅、《施公》17、18、23回黑狗告狀、

2. 盜劫傷命　36

（1）後花園贈金　11

《廉明》〈林按院賺贓獲賊〉、《龍圖》〈包袱〉、《百家》〈兩家願指腹為婚〉、《百家》〈獲學吏開國材獄〉、《龍圖》〈龍騎龍背試梅花〉、《海公》〈判奸友劫財誤董賢置獄〉、《詳刑》〈戴府尹斷姻親誤賊〉、《龍圖》〈鎖匙〉、《律條》〈戴府尹斷姻親誤賊〉、《于成龍》卷五16回～卷六4回因贈金丫頭被殺、《于成龍》卷一7回～卷二3回贈金致禍、

（2）偷竊失風　10

《于成龍》卷三16回～卷四2回豬熊告狀、《于成龍》卷五4～6回獵戶偷竊殺人、《百家》〈證盜而釋謝翁冤〉、《龍圖》〈妓飾無異〉、《于成龍》卷一11回、卷二4、5、8、9回胡寅因竊殺人、《諸司》〈趙知府夢猿洗冤〉、《龍圖》〈窗外黑猿〉、《百家》〈決袁僕而釋楊氏〉、《海公》〈開許氏罪將貓德抵命〉、《林公》14～15回緝真兇

釋高尤氏、

（3）錢財露白　10

《新民》〈水蛙爲人鳴冤〉、《新民》〈金簪究出劫財〉、《廉明》〈郭推官判猴報主〉、《新民》〈猿猴代主伸冤〉、《海公》〈判風吹厫葉〉、《于成龍》卷七4～7回、9～11回中山狼賴能、《新民》〈賭博謀殺童生〉、《龍圖》〈瓷器燈盞〉、《諸司》〈馮大巡判路傍墳〉、《施公》73～77回拾得元寶害命、

（4）打家劫舍　5

《詳刑》〈劉縣尹斷明火劫掠〉、《詳情》〈斷明火劫掠〉、《詳刑》〈阮縣尹斷強盜擄劫〉、《詳情》〈斷強盜擄劫〉、《諸司》〈周縣尹捕誅群奸〉、

3. 圖謀家產　12

《新民》〈分柴混打害叔〉、《新民》〈游旂謀毒三命〉、《詳情》〈孫知州判兄殺弟〉、《諸司》〈孫知州判兄殺弟〉、《毛公》1～6回、《詳刑》〈韓代巡斷嫡謀妾產〉、《詳情》〈斷嫡謀妾產〉、《律條》〈韓代巡斷嫡謀妾產〉、《百家》〈判妒婦殺妾子之冤〉、《龍圖》〈手牽二子〉、《神明》〈郜理刑斷謀侄命〉、《律條》〈謝府尹斷弟謀兄產〉

（二）女色糾紛致死　148

1. 和姦謀殺　51

（1）通姦謀夫　29

《詳情》〈聽婦人哀懼聲〉、《諸司》〈韓廉使聽婦哀懼〉、《海公》〈奸夫淫婦共謀親夫之命〉、《詳刑》〈劉縣尹訪出謀殺夫〉、《龍圖》〈壁隙窺光〉、《百家》〈決淫婦謀害親夫〉、《龍圖》〈龍窟〉、《百家》〈宴寔與許氏謀殺其夫〉、《施公》61回、《于成龍》卷六16回～20回白鵠子救恩告狀、《海公》〈爲友伸冤以除奸淫〉、《百家》〈重義氣代友伸冤〉、《龍圖》〈臨江亭〉、《海公》〈通奸謀殺親夫〉、《諸司》〈張縣令辨燒故夫〉、《神明》〈施太尹斷火燒故夫〉《新民》〈前子代父報仇〉、《百家》〈伸黃仁冤斬白犬〉、《百家》〈阿吳夫死不分明〉、《龍圖》〈白塔巷〉、《海公》〈奸侄婦殺媳抵命〉、《明鏡》〈陸知縣判謀懦夫〉、《狄公》4～12回、22～30回地道通姦殺夫、《劉公二十》6～9回旋風引出謀夫案、《施公》45、47回口內無灰、《劉公》二十八～三十五回毒蛇謀夫、《于成龍》卷二16回～卷三1回竹籠聽出姦情、《施公》61回通姦殺夫、《施公》143～147回木匠姦殺王成衣夫婦

（2）姦夫殺婦　13

《百家》〈判奸夫誤殺其婦〉、《龍圖》〈斗粟三升米〉、《海公》〈奸夫誤殺婦〉、《諸司》〈左按院肆赦誤殺〉、《詳刑》〈彭縣尹斷姦夫忿殺〉、《詳情》〈寬宥卜者陶訓〉、《諸

司》〈胡憲司寬宥義卜〉、《百家》〈孫寬謀殺董順婦〉、《龍圖》〈殺假僧〉、《海公》〈通姦私逃謀殺婦〉、《詳刑》〈吳代巡斷娘女爭鋒〉、《詳情》〈吳代巡斷娘女爭鋒〉、《律條》〈吳代巡斷娘女爭鋒〉、

（3）謀殺通姦者　6

《諸司》〈陳巡按准殺奸夫〉、《諸司》〈黃令判鑿死佣工〉、《廉明》〈曹察院蜘蛛食卷〉、《廉明》〈洪大巡究淹死侍婢〉、《龍圖》〈死酒實死色〉、《林公》1、2回怒殺姦夫爛煮餵豬、

（4）其　他　3

《荊公》全本因姦狠殺親生子、《海公》〈奸夫殺客爲女有他奸〉、《海公》〈楊繼儒釋冤〉、

2.　強奸殺人　38

（1）僧人　14

《諸司》〈韓大巡判白紙狀〉、《明鏡》〈周按院判僧殺婦〉、《詳情》〈判僧殺婦〉、《明鏡》〈張主簿判謀孀婦〉、《詳情》〈判謀孀婦〉、《廉明》〈項理刑辨鳥叫好〉、《海公》〈僧徒奸婦〉、《龍圖》〈阿彌陀佛講和〉、《廉明》〈張縣尹計嚇凶僧〉、《海公》〈貪色破家〉、《海公》〈判奸僧殺妓開釋詹際舉〉、《廉明》〈蘇按院詞判奸僧〉、《廉明》〈曾巡按表揚貞孝〉、《龍圖》〈三寶殿〉、

（2）熟人　19

《明鏡》〈陳大巡斷強姦殺命〉、《詳刑》〈陳代巡斷強姦殺死〉、《詳刑》〈趙代巡斷奸殺貞婦〉、《龍圖》〈咬舌扣喉〉、《詳情》〈趙代巡斷奸殺貞婦〉、《新民》〈井中究出兩命〉、《詳情》〈判雪二冤〉、《諸司》〈曾大巡判雪二冤〉、《諸司》〈孟院判因奸殺命〉、《海公》〈開江成之罪而誅吳八〉、《百家》〈鍾馗證元弼絞罪〉、《神明》〈沙兵憲斷問兩凶〉、《于成龍》卷二11回～16回鄰人因奸殺人、《于成龍》卷二3回～8回花驢救主申冤、《百家》〈決李賓而開念六〉、《龍圖》〈繡履埋泥〉、《林公》25、26回因奸殺命、《律條》〈馬代巡斷問一婦人死五命〉、《劉公》四十八～五十七回

（3）宵小、淫賊　5

《劉公二十》17～20回一盞燈、《施公》111～116回一枝桃、《施公》186～193回一枝蘭、《彭公》66～74回白如意、《彭公》84～93回採花蜂、

3.　佔妻殺夫　29

熟　視　8

《百家》〈判李中立謀夫占妻〉、《龍圖》〈地窖〉、《海公》〈謀夫命占妻〉、《百家》

〈義婦爲前夫報讎〉、《龍圖》〈岳州屠〉、《百家》〈配姚弘禹決王婆死〉、《龍圖》〈裁縫選官〉、《施公》3～5回薑酒爛肺、

權貴土豪　12

《百家》〈答孫仰雪張虛冤〉、《龍圖》〈廚子做酒〉、《百家》〈當場判放曹國舅〉、《龍圖》〈獅兒巷〉、《諸司》〈許大巡問得眞屍〉、《神明》〈嘗御史斷謀命沒屍〉、《百家》〈東京判斬趙皇親〉、《龍圖》〈黃菜葉〉、《于成龍》卷五7回～16回孟度搶婦謀夫、《律條》〈傳代巡斷問謀娶殺命〉、《施公》117～123回地主佔妻殺夫案、《劉公》1～11回白翠蓮爲夫刃兇、

僧　人　9

《新民》〈淨寺救秀才〉、《龍圖》〈觀音菩薩托夢〉、《廉明》〈邵參政夢鐘蓋黑龍〉、《詳刑》〈晏代巡夢黃龍盤柱〉、《詳情》〈夢黃龍盤柱〉、《律條》〈晏代巡夢黃龍盤柱〉、《龍圖》〈三官經〉、《于謙》第十傳、十一傳多青葉示兇案、《劉公二十》13、14回白馬爲主申冤、

4. 妒　殺　12

《海公》〈妻妾相妒〉、《于成龍》卷六2回～4回妒妾毒殺、《海公》〈妒妾成獄〉、《百家》〈白禽飛來報冤枉〉、《百家》〈柳芳冤魂抱虎頭〉、《百家》〈貴善冤魂明出現〉、《詳刑》〈許兵巡斷妒殺親夫〉、《律條》〈許兵巡斷妒殺親夫〉、《詳情》〈斷妒殺親夫〉、《林公》15回屈大娘妒殺情人妻、《百家》〈阿柳打死前妻之女〉、《龍圖》〈耳畔有聲〉、

5. 其　他　18

《廉明》〈譚知縣捕以疑殺妻〉、《海公》〈判狐疑殺妻〉、《百家》九十三～九十四回、《龍圖》〈紅牙球〉、《廉明》〈康總兵救出威逼〉、《龍圖》〈桶上得穴〉、《百家》〈決客商而開張獄〉、《龍圖》〈聿姓走東邊〉、《海公案》〈貪色喪命〉、《海公》〈擊僧除奸〉、《廉明》〈戴典史夢和尚皺眉〉、《龍圖》〈和尚皺眉〉、《詳刑》〈張判府除遊僧拐婦〉、《詳情》〈除游僧拐婦〉、《律條》〈張判府除遊僧拐婦〉、《林公》30回救人婦女反遭禍害、《劉公二十》9～10回蝦蟆擋道告狀、《林公》8～12回假屍引出眞屍案、

（三）自　盡　40

1. 保全名節　36

《詳刑》〈彭守道旌表黃烈女〉、《律條》〈彭守道旌表黃烈女〉、《詳情》〈旌表黃烈女〉、《詳刑》〈周推府申請旌表節婦〉、《律條》〈周推府申請旌表節婦〉、《詳情》

〈申請旌表節婦〉、《廉明》〈陳按院賣布賺贓〉、《龍圖》〈借衣〉、《于成龍》卷三 11
回至 15 回誤認自盡明節、《新民》〈和尚術姦烈婦〉、《龍圖》〈嚼舌吐血〉、《新民》
〈斷問驛卒抵命〉、《海公》〈許巡檢女鳴冤〉、《百家》〈釋蘭嬰冤捉和尚〉、《龍圖》
〈偷鞋〉、《海公》〈捉圓通伸蘭姬之冤〉、《百家》〈判貞婦被污之冤〉、《龍圖》〈移椅
倚桐同玩月〉、《諸司》〈顏尹判謀陷寡婦〉、《詳刑》〈周縣尹斷翁奸媳死〉、《詳情》
〈周尹斷翁奸媳死〉、《律條》〈周縣尹斷翁奸媳死〉、《廉明》〈嚴縣令誅誤翁奸女〉、
《龍圖》〈房門推開〉、《海公》〈奸婦失節明節〉、《海公》〈斷問誣林奸拐〉、《海公》
〈姑疑媳與翁有奸〉、《海公》〈判誤妻強奸〉、《廉明》〈劉縣尹判誤妻強奸〉、《龍圖》
〈試假反試真〉、《廉明》〈姚大巡辨掃地賴奸〉、《龍圖》〈箕帚帶入〉、《海公》〈判賴
奸誤侄婦縊死〉、《百家》〈除惡僧理索氏冤〉、《龍圖》〈賣皂靴〉、《劉公》6 回乾隆
旌表焦素英、

2. 追求愛情　4

《百家》〈續姻緣而盟舊約〉、《百家》〈辨心如金石之冤〉、《百家》〈汴京判就臙
脂記〉

其他：《諸司》〈楊驛宰稟釋貧儒〉

（四）其　他　39

《林公》4 回縱馬踏死、《百家》〈陳長者誤失銀盆〉、《廉明》〈雷守道辨僧燒人〉、
《神明》〈黃侯斷伸姊冤〉、《神明》〈鄧太府判累死兄弟〉、

1. 爭吵、鬥毆　16

《新民》〈吳旺磊債打死人命〉、《律條》〈蘇侯斷問打死人命〉、《新民》〈磊騙書
客傷命〉、《海公》〈拾坏塊助擊〉、《廉明》〈舒推府判風吹休字〉、《新民》〈強僧殺人
偷屍〉、《新民》〈爭水打傷父命〉、《詳情》〈鄭刑部判殺繼母〉、《律條》〈武主政斷為
父殺繼母〉、《諸司》〈劉刑部判殺繼母〉、《百家》〈勘判李吉之死罪〉、《明鏡》〈梅同
府判誣人命〉、《詳情》〈判誣人命〉、《神明》〈紀三府斷人命偷屍〉、《神明》〈高侯斷
打死弟命〉、《神明》〈鄔侯斷打死妻命〉、

2. 猛獸、毒蟲　7

《百家》〈劉婆子訴論猛虎〉、《詳刑》〈鍾府尹斷猛虎傷人〉、《律條》〈鍾府尹斷
猛虎傷人〉、《明鏡》〈陳縣丞判錄大蛇〉、

《詳情》〈錄大蛇〉、《海公》〈勘饒通夏浴訟〉、《狄公》19～23 回蛇涎毒死、

3. 仇　殺　11

《海公》〈決何進貴開趙壽〉、《詳刑》〈岑縣尹證兒童捉賊〉、《詳情》〈證兒童捉賊〉、《律條》〈岑縣尹證兒童捉賊〉、《百家》〈證兒童捉謀人賊〉、《龍圖》〈乳臭不離〉、《海公》〈奸罵求耀不與〉、《李公》2～18回水盜被剿仇殺官員子、《明鏡》〈朱太尊察非火死〉、《詳情》〈察非火死〉、《諸司》〈朱知府察非火死〉、

二、財務官司　116

（一）爭　佔　66

1. 爭佔家產、金銀　41

　　家　產　25

《新民》〈女婿欺騙妻舅家財〉、《海公》〈判家業還支應元〉、《海公》〈判給家財分庶子〉、《廉明》〈韓推府判家歸男〉、《龍圖》〈昧遺囑〉、《廉明》〈滕同知斷庶子金〉、《龍圖》〈扯畫軸〉、《于謙》第十一傳巧斷遺囑、《彭公》170回、《諸司》〈齊大巡判易財產〉、《新民》〈兄弟爭產訐告〉、《百家》〈斷啞子獻棒分財〉、《龍圖》〈啞子棒〉、《于成龍六》第2回侵占家產不認啞弟、《李公》第20～26回、33回誣姦謀家產、《海公》〈決咸匿兄產〉、《新民》〈追究惡弟田產〉、《諸司》〈彭知府判還兄產〉、《新民》〈豪奴侵占主墳〉、《新民》〈改契霸佔田產〉、《諸司》〈江縣令辨故契紙〉、《新民》〈羅端欺死霸占〉、《律條》〈夏太尹斷謀占田產〉、《諸司》〈彭御史判還民田〉、《施公》111回牛黃佔地、

　　金　銀　16

《諸司》〈趙縣令籍田舍產〉、《新民》〈富戶重騙私債〉、《于謙》第六傳王江重騙債務、《施公》44回偷弟銀、《詳情》〈判商遺金〉、《諸司》〈崔知府判商遺金〉、《廉明》〈李府尹判給拾銀〉、《百家》〈辯樹葉判還銀兩〉、《龍圖》〈蟲蛀葉〉、《新民》〈斷客人失銀〉、《于謙》第十一傳飯籃遺金、《施公》46、47回瞎子昧銀、《海公》〈斷贗金〉、《李公》第二十回昧銀不成反吃虧、《施公》3回換銀昧銀、《施公》39～41、44、47回換金瞞金、

2. 爭佔牲畜、物品　25

《廉明》〈孟主簿明斷爭鵝〉、《詳刑》〈項縣尹斷二僕爭鵝〉、《詳情》〈斷二僕爭鵝〉、《律條》〈項縣尹斷二僕爭鵝〉、《龍圖》〈青糞〉、《新民》〈取鵝判還鄉人〉、《新民》〈鄰舍爭占小馬〉、《新民》〈騙馬斷還馬主〉、《諸司》〈于縣丞判爭耕牛〉、《諸司》〈袁大尹判爭子牛〉、《新民》〈佃戶爭占耕牛〉、《諸司》〈顧縣令判盜牛賊〉、《海公》〈夫撻婦爲有奸〉、《百家》〈出興福罪捉黃洪〉、《龍圖》〈騙馬〉、《廉明》〈秦巡捕明

辨攘雞〉、《廉明》〈衛縣丞打櫪辨爭〉、《廉明》〈武署印判瞞柴刀〉、《龍圖》〈瞞刀還刀〉、《廉明》〈孫縣尹判土地盆〉、《于成龍》卷三 2、3 回判爭傘、《廉明》〈金州同剖斷爭傘〉、《龍圖》〈奪傘破傘〉、《于成龍》卷三 2、3 回斷爭篩子、《新民》〈判人爭盜茄子〉、

（二）偷　竊　32

《海公》〈乘鬧竊盜〉、《諸司》〈聞縣尹妓屈盜辯〉、《諸司》〈唐尹判盜台盤盞〉、《詳刑》〈鄧縣尹判路傍失布〉、《詳情》〈判路傍失布〉、《海公》〈奸夫盜銀〉、《廉明》〈吳縣令辨因奸竊銀〉、《百家》〈判姦夫竊盜銀兩〉、《龍圖》〈陰溝賊〉、《廉明》〈蔣兵馬捉盜騾賊〉、《明鏡》〈蔣兵馬捉盜騾賊〉、《諸司》〈韓主簿計吐櫻桃〉、《詳刑》〈許典史斷婦人盜雞〉、《詳情》〈斷婦人盜雞〉、《律條》〈許典史斷婦人盜雞〉、《諸司》〈夏太尹判盜雞婦〉、《諸司》〈路縣尹判盜鏟瓜〉、《諸司》〈唐縣令判婦盜瓜〉、《施公》29 回偷茄子、《明鏡》〈陳縣尹判盜官帑〉、《詳刑》〈馮縣尹斷木碑追布〉、《詳情》〈斷木碑追布〉、《律條》〈馮縣尹斷木碑追布〉、《諸司》〈舒檢事計捉鼠賊〉、《海公》〈判燭台以追客布〉、《百家》〈判石碑以追客布〉、《龍圖》〈石碑〉、《海公》〈緝捕剪繚賊〉、《廉明》〈汪太府捕剪繚賊〉、《龍圖》〈賊總甲〉、《明鏡》〈汪太守捕捉剪繚賊〉、《林公》2、3 回官員為盜、

（三）搶　劫　13

《廉明》〈董巡城捉盜御寶〉、《明鏡》〈董巡城捉盜御寶者〉、《新民》〈問石拿取劫賊〉、《海公》〈開饒春罪除奸黨〉、《百家》〈密捉孫道趙放龔勝〉、《龍圖》〈氈套客〉、《海公》〈匠人謀陳婦之首飾〉、《諸司》〈呂分守知賊詐喪〉、《百家》〈屠夫謀黃婦首飾〉、《龍圖》〈血衫叫街〉、《龍圖》〈銅錢插壁〉、《諸司》〈柳太尹設榜捕盜〉、《于成龍》卷四 11～13 回、16 回～卷五 1 回裝鬼搶劫、

勒索、詐欺　5

《百家》〈除黃郎兄弟刁惡〉、《諸司》〈張主簿察石佛語〉、《百家》〈還蔣欽谷捉王虛〉、《龍圖》〈青靛記穀〉、《施公》107～108 五林阿假扮欽差、

三、人事官司　134

（一）不認親屬　16

《詳情》〈斷細叩狂嫗〉、《諸司》〈王司理細叩狂嫗〉、《百家》〈拯判明合同文字〉、《海公》〈判明合同文約〉、《百家》〈判停妻再娶充軍〉、《百家》〈秦氏還魂配世美〉、《詳刑》〈章縣尹斷殘疾爭親〉、《律條》〈章縣尹斷殘疾爭親〉、《詳刑》〈蘇縣尹斷指

腹負盟〉、《律條》〈蘇縣尹斷指腹負盟〉、《海公》〈謝德悔親〉、《于成龍》卷三 16
回、卷四 2〜7 回方從益毀婚、《李公》二十八〜三十三回烏鴉引出毀婚案、《百家》
〈東京決判劉駙馬〉、《龍圖》〈石獅子〉、《施公》8、9、15、16 回不認啞夫、

（二）誣　告　29

1. 就已發生事誣賴　14

《海公》〈仇囑誣盜〉、《百家》〈枷判官監令證冤〉、《海公》〈判賴人代賠賊贓〉、
《諸司》〈鄒推府藏吏聽言〉、《百家》〈決狐精而開何達〉、《龍圖》〈廢花園〉、《于成
龍六》3 回誣弒父、《百家》〈判趙省滄州之軍〉、《海公》〈七月生子為先孕〉、《海公》
〈玉蟾救主〉、《海公》〈謁城隍遇豬跪吼〉、《諸司》〈邴廷尉辨老翁子〉、《律條》〈吳
按院斷產還孤弟〉、《施公》24〜29 回辨老翁遺子、

2. 刻意製造事端誣陷　14

《諸司》〈杜太府察誣母毒〉、《詳刑》〈呂縣尹斷誣姦賴騙〉、《龍圖》〈栽贓〉、《諸
司》〈武太府判僧藏鹽〉、《于成龍》卷七 12 回〜卷八 14 回因美色誣告、《于成龍六》
3 回誣謀夫、《詳情》〈判釋冤誣〉、《諸司》〈楊御史判釋冤誣〉、《龍圖》〈遼東軍〉、
《百家》〈卜安割牛舌之異〉、《龍圖》〈割牛舌〉、《百家》〈旋風鬼來證冤枉〉、《明鏡》
〈陸尚書判釋大逆〉、《于成龍》卷六 4 回〜16 回、20 回〜卷七 2 回借銀不成誣告、

3. 憑空誣陷　1

《諸司》〈王縣尹判誣謀逆〉、

（三）私　通　19

《百家》〈神判八旬通姦事〉、《龍圖》〈牙簪插地〉、《百家》〈潘用中奇遇成姻〉、
《明鏡》〈王御史判姦成婚〉、《龍圖》〈扮戲〉、《律條》〈曹推府斷拐帶女子〉、《諸司》
〈裴縣尹察盜獵犬〉、《海公》〈斷問通奸〉、《諸司》〈齊太尹判僧犯奸〉、《于成龍》
卷二 17〜19 回打姦夫辨淫婦、《諸司》〈商太府辨詐父喪〉、《廉明》〈余經歷辨僧藏
婦人〉、《百家》〈判革停猴節婦坊牌〉、《諸司》〈王尹辨猴淫寡婦〉、《詳情》〈判獲逃
婦〉、《律條》〈王減刑斷拐帶人妾〉、《諸司》〈邊郎中判獲逃婦〉、《龍圖》〈招帖收去〉、
《明鏡》〈李府尹遣覘姦婦〉、

（四）拐　騙　14

《廉明》〈汪縣令燒毀淫寺〉、《詳刑》〈蔡府尹斷和尚奸婦〉、《詳情》〈斷和尚奸
婦〉、《律條》〈蔡府尹斷和尚奸婦〉、《詳刑》〈曾主事斷和尚奸拐〉、《詳情》〈斷和尚
奸拐〉、《律條》〈曾主事斷淫僧拐婦〉、《百家》〈杖奸僧決配遠方〉、《龍圖》〈烘衣〉、

《新民》〈設計斷還二婦〉、《明鏡》〈林侯求觀音祈雨〉、《于成龍》卷三 3～11 回紅門寺拐騙婦女、《施公》50～54 回桃花寺僧拐婦、《劉公》70～77

（五）其　他　56

1. 爭佔他人妻、兒　9

《諸司》〈曾御史判人占妻〉、《詳刑》〈蘇縣尹斷光棍爭婦〉、《詳情》〈斷光棍爭婦〉、《律條》〈蘇縣尹斷光棍爭婦〉、《新民》〈斷妻給還原夫〉、《龍圖》〈黑痣〉、《諸司》〈梁縣尹判道認婦〉、《新民》〈爭子辨其眞僞〉、《諸司》〈李太守判爭兒子〉、

2. 強　奸　7

《詳刑》〈曾縣尹斷四人強奸〉、《龍圖》〈遺帕〉、《海公》〈白晝強奸〉、《廉明》〈鄒給事辨詐稱奸〉、《龍圖》〈床被什物〉、《海公》〈斷問強奸〉、《諸司》〈胡縣令判釋強奸〉、

3. 犯禁律、違律、謀逆、官員貪污、室女生子、人告物、動物爲己申冤

犯禁律、違律　5

《詳刑》〈趙縣尹斷兩姨訟婚〉、《律條》〈趙縣尹斷兩姨訟婚〉、《詳刑》〈秦推府斷良賤爲婚〉、《林公》7、8 回販私鹽、《百家》〈判張皇妃國法失儀〉、

謀逆　6

《劉公二十》1～5、14～16、20 回唐國謀反、《海公》〈謀舉大事〉、《新民》〈判問妖僧誑俗〉、《彭公》59～65 回宋仕奎、《彭公》93～101 回傅國恩、《彭公》190～214 回天地會八卦教謀反、

官員貪污　5

《明鏡》〈顧察院判黜贓官〉、《林公》33～34 回私收土費、《百家》〈劾己子爲官之虐〉、《百家》〈斷瀛州鹽酒之贓〉、《百家》〈包文拯斷斬趙皇親〉、

室女生子　4

《新民》〈剖決寡婦生子〉、《新民》〈究辦女子之孕〉、《明鏡》〈龐通府判氣生子〉、《明鏡》〈范侯判室女生男〉、

人告物　3

《于成龍》卷二 4、9～10 回告石、《施公》8、9、16 回告土地神、《施公》16、17 回告石獅、

動物爲己申冤　2

《百家》〈雪廨後池蛙之冤〉、《百家》〈鵲鳥亦知訴其冤〉、

搶　人　4

　　《百家》〈決秦衙內之斬罪〉、《劉公二十》16～17回三郎庄仗勢強奪民女、《于成龍十》1～10回紅門寺、《李公》第20、23、26～28、33～34回沙氏兄弟搶人案、
　　其　他　11

　　《海公》〈一子兩繼〉、《明鏡》〈崔按院搜僧積財〉、《詳情》〈搜僧積財〉、《諸司》〈李太尹辨假傷痕〉、《林公》19～20回因仇縱火、《林公》2回誤會成誣告、《諸司》〈彭理刑判刺二形〉、《詳情》〈辨非易金〉、《諸司》〈袁主事辨非易金〉、《施公》48、49回說親成親不同人、《施公》137～145回失金釵家奴被誣、

四、斬妖除魔、去除地方禍害　38

（一）禍害百姓　16

　　《百家》〈斷魯千郎勢焰之害〉、《狄公》30～64回除武后寵臣、《林公》12～13回葛大力禍害百姓、《劉公二十》11～13回除佟林、《百家》〈妖僧感攝善王錢〉、《諸司》〈王尙書判斬妖人〉、《施公》20～23回除關升、《施公》23、30、31回除水寇、《施公》82～89回除黃隆基、《施公》90～回除羅似虎、《劉公》11～16除徐五、《劉公》61～67、《施公》1～15回除九黃七珠、《施公》148～162回破玄壇廟匪徒、《施公》163～182回破薛家窩、《施公》183回剿臥牛山、

（二）、精怪幻化成人　22

　　《百家》〈爲眾伸冤刺狐狸〉、《百家》〈判焚永州之野廟〉、《詳刑》〈鄭知府告神除蛇精〉、《龍圖》〈玉樞經〉、《律條》〈鄭知府用神除蛇精〉、《百家》〈獲妖蛇除百谷災〉、《百家》〈包公智捉白猴精〉、《百家》〈枷城隍拿捉妖精〉、《詳刑》〈曾縣尹判除木虱精〉、《律條》〈曾縣尹判除木虱精〉、《百家》〈鎖大王小兒還魂〉、《百家》〈判劉花園除三怪〉、《百家》〈金鯉魚迷人之異〉、《龍圖》〈金鯉〉、《百家》〈訪察除妖狐之怪〉、《百家》〈止狄青家之花妖〉、《百家》〈行香請天誅妖婦〉、《百家》〈斬石鬼盜金瓶之怪〉、《百家》〈決戮五鼠鬧東京〉、《龍圖》〈玉面貓〉、《海公》〈斷問猴精〉、《百家》〈老犬變夫主之怪〉、

五、其　他　85

（一）旌表節孝　8

　　《詳刑》〈湯縣尹申獎張孝子〉、《律條》〈湯縣尹申獎張孝子〉、《詳情》〈申獎張孝子〉、《詳刑》〈王縣尹申請表孝婦〉、《律條》〈王縣尹申請旌表孝婦〉、《詳情》〈申

附　錄　二

附錄二圖表為案件分類比例表。

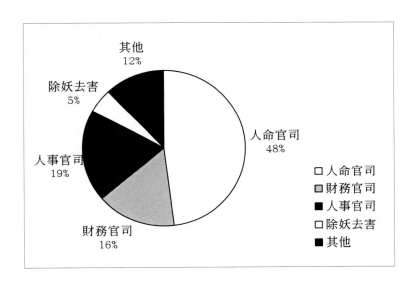

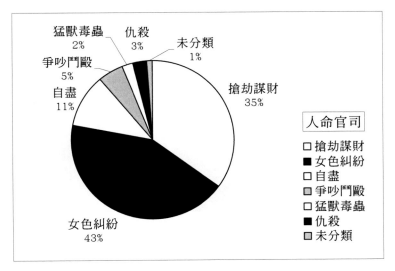

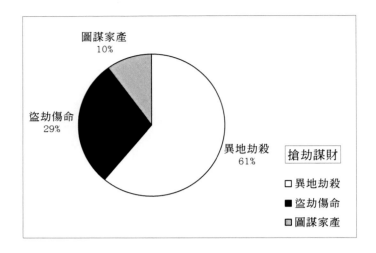

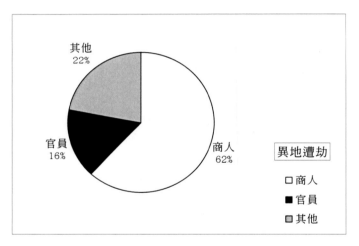

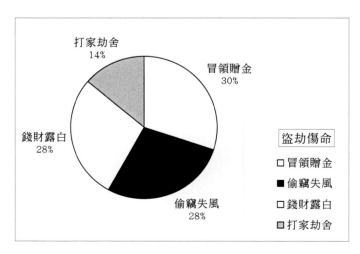

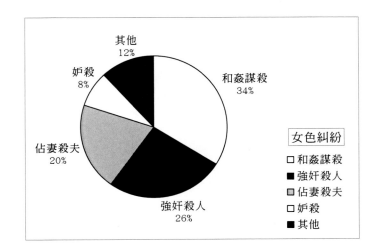

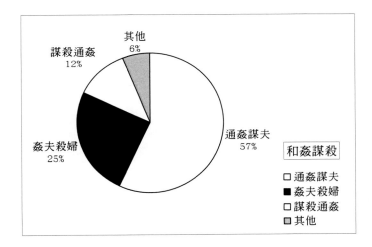

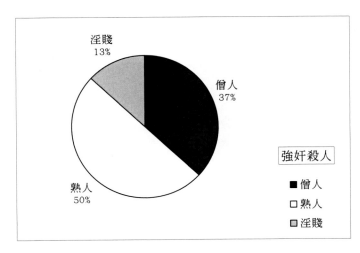

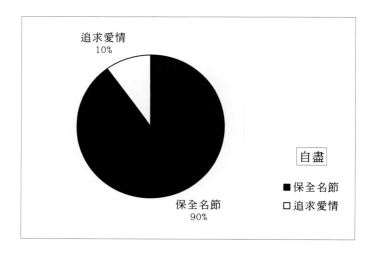

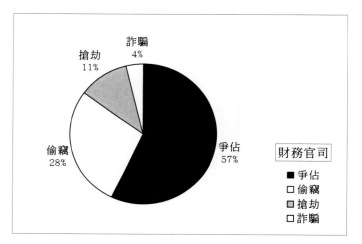

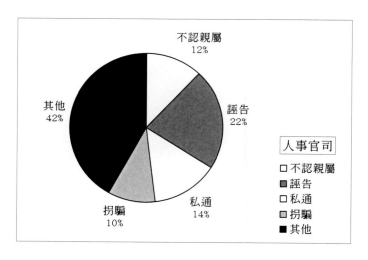

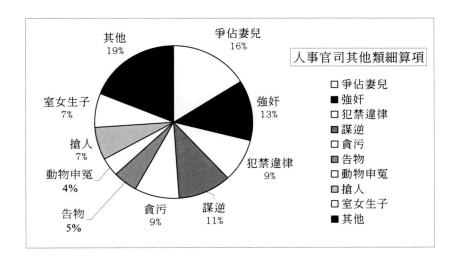

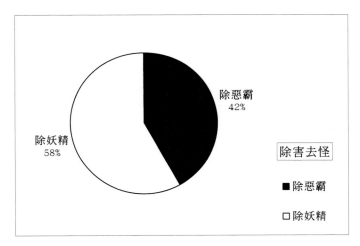

參考文獻

凡例：作者姓名之上標明朝代，如未標示者則爲今人

一、書籍部份

（一）文　本

1. 明・安遇編集，朴在淵校注，《百家公案》，江原大學校出版部，1994 年 2 月，韓國江原道。
2. 明・余象斗集，李永祜、李文苓、魏水東校點，《廉明公案》群眾出版社，1999 年 7 月，北京。
3. 明・余象斗編述，李永祜、李文苓、魏水東校點，《諸司公案》群眾出版社，1999 年 7 月，北京。
4. 明・李春芳編次，劉漱石校點，《海剛峰公案》，群眾出版社，1999 年 7 月，北京。
5. 明・陳玉秀選校，劉國輝校點，《律條公案》，群眾出版社，1999 年 7 月，北京。
6. 明・寧靜子輯，劉漱石校點，《詳刑公案》，群眾出版社，1999 年 7 月，北京。
7. 明・佚名編撰，李永祜校點，《神明公案》，群眾出版社，1999 年 7 月，北京。
8. 明・佚名編撰，馬玉梅校點，《新民公案》，群眾出版社，1999 年 7 月，北京。
9. 明・佚名編撰，馬玉梅校點，《詳情公案》，群眾出版社，1999 年 7 月，北京。
10. 明・佚名編撰，李永祜、李文苓、魏水東校點，《龍圖公案》，群眾出版社，1999 年 7 月，北京。
11. 清・貪夢道人著，《彭公案》上、下，北京十月文藝出版社，1995 年 5 月，北京。
12. 清・無名氏著，孫以年編，《于公案》，大眾文藝出版社，2000 年 5 月，北京。
13. 清・無名氏著，孫以年編，《施公案》上、下，大眾文藝出版社，2000 年 5 月，北京。
14. 清・無名氏著，孫以年編，《荊公案》，大眾文藝出版社，2000 年 5 月，北京。

15. 清・無名氏著，孫以年編，《劉公案》，大眾文藝出版社，2000 年 5 月，北京。

16. 清・無名氏著，陳洪海、冉萬里校點，《于公案》，三秦出版社，1998 年 5 月，西安。

17. 清・無名氏著，陳洪海、冉萬里校點，《李公案》，三秦出版社，1998 年 5 月，西安。

18. 清・佚名，陳可主編，《狄公案》，《中國公案小說大系》冊 4，黑龍江人民出版社，1995 年 11 月，哈爾濱。

19. 清・佚名，陳作儀校點，《于公案》十回，《中國古代珍稀本小說續》冊 19，春風文藝出版社，1997 年 3 月，瀋陽。

20. 清・佚名，陳作儀校點，《于公案》六回，《中國古代珍稀本小說續》冊 20，春風文藝出版社，1997 年 3 月，瀋陽。

21. 清・佚名，陳作儀校點，《毛公案》六回，《中國古代珍稀本小說續》冊 19，春風文藝出版社，1997 年 3 月，瀋陽。

22. 清・佚名，陳作儀校點，《劉公案》二十回，《中國古代珍稀本小說續》冊 20，春風文藝出版社，1997 年 3 月，瀋陽。

23. 清・佚名，楊居讓、張琦校點，《林公案》，三秦出版社，1998 年 7 月，西安。

（二）專　書

1. 周・商鞅，《商君書》，台灣商務印書館，民國 45 年 4 月，台北。

2. 周・荀況著，唐・楊倞注，《荀子集解》，世界書局，民國 46 年 11 月二版，台北。

3. 周・韓非著，張覺譯注，《韓非子》，台灣古籍出版社，民國 85 年 6 月初版，台北。

4. 漢・應邵，《風俗通義》，世界書局，民國 52 年 4 月，初版，台北。

5. 晉・干寶著，黃滌明譯注，《搜神記》，台灣古籍出版社，民國 86 年 9 月初版，台北。

6. 晉・劉昫，《舊唐書》，鼎文書局，民國 65 年 10 月，台北。

7. 北齊・顏之推，《還冤志》，影印百部叢書集成，藝文印書館，台北。

8. 北齊・魏收撰，《魏書》，鼎文書局，民國 65 年 10 月，台北。

9. 唐・牛肅，《紀聞》，筆記小說大觀三十九編第一冊，新興書局，民國 74 年，台北。

10. 唐・李延壽等撰，《北史》，鼎文書局，民國 65 年 10 月，台北。

11. 唐・李復言，《續幽怪錄》，叢書集成新編八十二冊，新文豐出版公司，民國 74 年，台北。

12. 唐・段成式，《酉陽雜俎・續集》，叢書集成新編十一冊，新文豐出版公司，民國 74 年，台北。

13. 唐・康駢,《劇談錄》,叢書集成新編八十六冊,新文豐出版公司,民國 74 年,台北。

14. 唐・張彥遠,《法書要錄》,叢書集成新編五十二冊,新文豐出版公司,民國 74 年,台北。

15. 唐・張鷟,《朝野僉載》,叢書集成新編八十六冊,新文豐出版公司,民國 74 年,台北。

16. 唐・張鷟,《龍筋鳳髓判》,叢書集成新編二十七冊,新文豐出版公司,民國 74 年,台北。

17. 唐・馮翊,《桂苑叢談》,叢書集成新編八十六冊,新文豐出版公司,民國 74 年,台北。

18. 唐・劉肅,《大唐新語》,叢書集成新編八十三冊,新文豐出版公司,民國 74 年,台北。

19. 五代・高彥休,《唐闕史》,叢書集成新編八十六冊,新文豐出版公司,民國 74 年,台北。

20. 宋・司馬光,《涑水記聞》,中華書局,1997 年 12 月二刷,北京。

21. 宋・朱熹編,《河南程氏遺書》上、下,台灣商務印書館,民國 67 年 11 月,台北。

22. 宋・吳自牧,《夢梁錄》,影印百部叢書集成,藝文印書館,。

23. 宋・周密,《齊東野語校注》,朱菊如等校注,華東師範大學出版社,1987 年 5 月初版,上海。

24. 宋・孟元老,《東京夢華錄》,叢書集成新編九十六冊,新文豐出版公司,民國 74 年,台北。

25. 宋・洪邁,《夷堅志》,明文書局,民國 83 年 9 月再版,台北。

26. 宋・洪邁,《容齋隨筆》,大力出版社,民國 70 年 7 月,台北。

27. 宋・耐得翁,《古杭夢遊錄》,《說郛》卷三,民國十六年上海商務印書館排印本。

28. 宋・耐得翁,《都城紀勝》,棟亭十二種,民國十年上海古書流通處影印本。

29. 宋・風月主人編,《綠窗新話》,世界書局,民國 47 年 4 月初版,台北。

30. 宋・桂萬榮輯,明・吳訥刪正,《棠陰比事原編》,叢書集成初編,商務印書館,民國 48 年 10 月,上海。

31. 宋・鄭克編撰,劉俊文譯註,《折獄龜鑑譯註》,上海古籍出版社,1988 年 3 月,上海。

32. 宋・羅燁,《醉翁談錄》,世界書局,民國 47 年 5 月,台北。

33. 宋・蘇軾,《蘇東坡全集》,世界書局,民國 85 年 2 月,台北。

34. 宋代官箴研讀會,《名公書判清明集》,叢書集成續編五十三冊,新文豐出版社,民國 80 年,台北。

35. 佚名,《京本通俗小說》,世界書局,民國 69 年 5 月,台北。

36. 元·脫脫,《宋史》,鼎文書局,民國 67 年,台北。

37. 明·王玉峰,《六十種曲·焚香記》,開明書店,民國 25 年,台北。

38. 明·王燧,《青城山人集》,台灣商務印書館,景印文淵閣四庫全書,冊 1237,民國 72～75 年,台北,。

39. 明·何良俊,《四友齋叢說摘抄》,叢書集成新編八十五冊,新文豐出版公司,民國 74,台北。

40. 明·吳訥輯,《棠陰比事續編》,叢書集成初編,商務印書館,民國 48 年 10 月,上海。

41. 明·呂坤,《呻吟語》,志一出版社,民國 83 年 7 月初版,台北。

42. 明·李東陽奉敕撰,《大明會典》,東南書報社,民國 52 年 9 月,台北。

43. 明·李夢陽,《空同集》,世界書局,景印摛藻堂四庫全書薈要,冊 417,民國 75～77 年,台北。

44. 明·郎瑛,《七修類稿》,筆記小說大觀第三十三編第一冊,新興書局,民國 74,台北。

45. 明·凌濛初,《二刻拍案驚奇》,三民書局,民國 80 年 4 月,台北。

46. 明·神宗敕撰,《大明律集解附例》,台灣學生書局,民國 59 年 12 月,台北。

47. 明·袁宏道,《袁中郎全集》,清流出版社,民國 65 年 10 月,台北。

48. 明·張瀚,《松窗夢語》,中華書局,1997 年 11 月,北京。

49. 明·畢自嚴,《石隱園藏稿》,商務印書館,景印文淵閣四庫全書,冊 1293,民國 72～75 年,台北。

50. 明·馮夢龍,《醒世恒言》,文化圖書公司,民國 83 年 1 月,台北。

51. 明·黃宗羲著,李廣柏注譯,《新譯明夷待訪錄》,三民書局,民國 84 年 7 月,台北。

52. 明·葉盛,《水東日記》,叢書集成新編八十五冊,新文豐出版公司,民國 74 年,台北。

53. 明·臧晉叔,《元曲選》,正文書局,民國 88 年 9 月,台北。

54. 明·歸有光,《歸震川集》,世界書局,民國 49 年,台北。

55. 清·尹會一撰,鄭端輯,《政學錄》,叢書集成新編三十冊,新文豐出版公司,民國 74 年,台北。

56. 清·沈起鳳著,羅寶珩註,《諧鐸》,新文豐出版公司,民國 68 年 5 月,台北。

57. 清·汪輝祖,《佐治藥言》,叢書集成新編三十冊,新文豐出版公司,民國 74 年,台北。

58. 清·阮元校勘,《左傳》,《十三經注疏》冊 6,藝文印書館,民國 44 年,台北。

59. 清·阮元校勘,《禮記》,《十三經注疏》冊 5,藝文印書館,民國 44 年,台北。

60. 清·紀昀,《閱微草堂筆記》,文化圖書公司,民國 82 年 1 月,台北。

61. 清‧張廷玉等奉敕修，《明史》，鼎文書局，民國 64 年 6 月，台北。

62. 清‧曹寅主編，《全唐詩》，文史哲出版社，民國 67 年 12 月，台北。

63. 清‧顧公燮，《消夏閑記摘鈔》，《涵芬樓秘笈》第二集，上海商務印書館排印本，民國 6 年，台北。

64. 丁乃通，《中國民間故事類型索引》，中國民間文藝出版社出版，1986 年 7 月，北京。

65. 王水照主編，《宋代文學通論》，高雄復文圖書出版社，民國 89 年 6 月初版，高雄。

66. 田濤、鄭秦點校，《大清律例》，法律出版社，1999 年 9 月，北京。

67. 任澤鋒釋譯，《碧巖錄》，佛光山宗務委員會印行，民國 86 年 6 月初版二刷，高雄。

68. 孟犁野，《中國公案小說藝術發展史》，警官教育出版社，1996 年 9 月，北京。

69. 金榮華，《中國民間故事集成類型索引》一、二，中國口傳文學學會，民國八十九年一月、九十一年三月，台北。

70. 姚瀛艇等，《宋代文化史》，昭明出版社，民國 88 年 9 月一版一刷，台北。

71. 洪永木編，《六法全書》，雷鼓出版社，民國 83 年 2 月，台北。

72. 島田正郎，《中國法制史料導言》，（楊家駱主編《中國法制史料》），鼎文書局，民國 68 年 6 月，台北。

73. 張國風，《公案小說漫話》，江蘇古籍出版社，1995 年 1 月，上海。

74. 曹亦冰，《俠義公案小說史》，浙江古籍出版社，1998 年 12 月初版，杭州。

75. 陳平原，《小說史：理論與實踐》，北京大學出版社，1993 年 3 月，北京。

76. 陳汝衡，《說書史話》，作家出版社，1958 年 2 月初版，北京。

77. 章義和、陳春雷，《貞節史》，上海文藝出版社，1999 年 11 月，上海。

78. 程民生，《宋代地域文化》，河南大學出版社，1997 年 8 月一刷，開封。

79. 黃岩柏，《中國公案小說史》，遼寧人民出版社，1991 年 1 月，瀋陽。

80. 楊奉琨校釋，《疑獄集‧折獄龜鑑校釋》，復旦大學出版社，1988 年 11 月，上海。

81. 聖嚴法師，《公案‧話頭》，法鼓文化事業股份有限公司，民國 87 年 11 月，台北。

82. 趙爾巽等纂，《清史稿校註》，台灣商務印書館，民國 88 年，台北。

83. 樂蘅軍，《宋代話本研究》，國立台灣大學文史叢刊之二十九，國立台灣大學文學院印行，民國 58 年 12 月，台北。

84. 錢宗武、江灝譯注，《尚書》，台灣古籍出版社，民國 85 年 11 月初版，台北。

85. 薛梅卿點校，《宋刑統》，法律出版社，1999 年 9 月，北京。

86. 懷效鋒、李鳴點校，《唐明律合編》法律出版社，1999 年 1 月，北京。

二、學位論文

1. 安碧蓮,《明代婦女貞節觀的強化與實踐》,中國文化大學史學研究所博士論文,民國 84 年 6 月。
2. 江婉華,《明中葉至清中葉商人與戲曲之關係研究》,逢甲大學中文研究所碩士論文,民國 88 年 6 月。
3. 邵曼珣,《明代中期蘇州文人生活研究》,東吳大學中文研究所博士論文,民國 90 年 6 月。
4. 張慧貞,《施公案研究》,中國文化大學中文研究所碩士論文,民國 83 年 6 月。
5. 陳智聰,《從公案到偵探——晚清公案小說敘事模式的轉變》,淡江大學中文研究所碩士論文,民國 85 年 6 月。
6. 陳華,《施公案與清代法制》,台灣大學法學研究所碩士論文,民國 77 年。
7. 游秀雲,《宋代傳奇小說研究》,東海大學中文研究所碩士論文,民國 82 年 6 月。
8. 費絲言,《由典範到規範——從明代貞節烈女的辨識與流傳看貞節觀念的嚴格化》,台灣大學歷史研究所碩士論文,民國 86 年 6 月。
9. 楊淑媚,《施公案研究》,中興大學中文研究所碩士論文,民國 85 年 6 月。
10. 廖鴻裕,《海公案研究》,中國文化大學中文研究所碩士論文,民國 84 年 6 月。
11. 劉素里,《三言二拍一型的貞節觀研究》,中國文化大學中文研究所碩士論文,民國 84 年 12 月。
12. 鄭安宜,《龍圖公案之公道文化研究》,暨南國際大學中文研究所碩士論文,民國 89 年 7 月。
13. 鄭春子,《明代公案小說研究》,中國文化大學中文研究所碩士論文,民國 86 年 6 月。

三、單篇論文

1. 卜安淳,〈什麼是公案小說〉,《古典文學知識》,1990 年 1 月,頁 74～78。
2. 卜安淳,〈公案小說的創作藝術〉,《古典文學知識》,1992 年 6 月,頁 71～76。
3. 卜安淳,〈公案小說與古代司法〉,《古典文學知識》,1992 年 5 月,頁 98～103。
4. 卜安淳,〈文言公案小說源流初探〉,《中國古代、近代文學研究》,1989 年 7 月。
5. 方志遠,〈明清小說與明清社會〉,《文史知識》,1988 年 12 月。
6. 牛寶彤,〈古代公案小說精選釋文·序〉,《古代公案小說精選釋文》,青島出版社,1995 年 8 月,。
7. 王立,〈俠盜慕清官的文學言說——中國古代俠文學主題片論〉,《丹東師專學報》,1998 年第 3 期,1998 年 9 月。
8. 王,立,〈論從己出,詳明深細——評《俠義公案小說史》〉,《中國圖書評論》,2002 年 4 月。

9. 王毅，〈明代通俗小說中清官故事的興盛及其文化意義〉，《中國古代、近代文學研究》，2001 年第四期。

10. 王三慶，〈天理圖書館藏本龍圖公案跋〉，《木鐸》，第 12 輯，民國 77 年 3 月，頁 104～110。

11. 王小俠，〈包公形象的戲劇演化〉，《當代戲劇》，1999 年第 4 期，頁 48～49。

12. 王永洪，〈清官原型批判〉，《文藝評論》，1998 年 5 月，頁 68～77。

13. 王坤、郭文，〈也談清官——對我國歷史上包拯海瑞兩位清官的執法思想的認識〉，《遼寧公安司法管理幹部學院學報》，1999 年 1 月。

14. 王俊年，〈俠義公案小說的演化及其在晚清繁盛的原因〉，《文學評論》，1992 年第 4 期，頁 120～130。

15. 王爾敏，〈清代公案小說之撰著風格〉，《中國文哲研究集刊》，第四期，1994 年 3 月，頁 121～160。

16. 王鋒、林燕飛，〈傳統貞節觀的經濟分析〉，《中州學刊》，總第一二五期，2001 年 9 月。

17. 王學春，〈近百年包公研究述評〉，《開封大學學報》，第 15 卷第 1 期，2001 年 3 月，頁 29～34。

18. 司馬從，〈為什麼說施公案是一部壞書〉，《中國青年》，1964 年第 7 期，頁 30～31。

19. 田冰，〈試論明代商人社會地位的變化〉，《河南商業高等專科學校學報》，第十三卷第六期，2000 年 11 月。

20. 任世雍，〈明代短篇小說中巧的表現〉，《小說理論及技巧》，書林出版有限公司，民國 70 年 10 月。

21. 任曉燕，〈清官乎？贓官乎？——析〈滕大尹鬼斷家私〉中滕大尹形象〉，《黑龍江農墾師專學報》，2000 年第 3 期，頁 26～27。

22. 朱全福，〈從神判走向人判——淺議三言公案小說中的判案官形象〉，《蘇州鐵道師範學院學報》，第 17 卷第 4 期，2000 年 12 期，頁 56～60。

23. 朱全福，〈論三言二拍中的商賈之道〉，《明清小說研究》，1996 年第 4 期，總 42 期，頁 119～128。

24. 朱萬曙，〈《百家公案》《龍圖公案》合論〉，《中國古代、近代文學研究》，1993 年 11 月。

25. 朱萬曙，〈包公故事在明代的發展和演變〉，《江淮論壇》，1994 年第二期。

26. 何冠驥，〈從張鼎智勘魔合羅看平反公案劇的結構公式〉，《東方文化》，22 卷 2 期，1984 年，頁 75～86。

27. 何慧俐，〈龍圖公案試析——以金鯉魚、玉面貓、桑林鎮為討論範圍〉，《書評》，第 20 期，民國 85 年 2 月，頁 17～24。

28. 吳光正、賴瓊玉，〈歷史的盲點——三言二拍兩性公案題材小說文化論證之二〉，

《海南師院學報》，1998 年第 4 期，總第十一卷第 42 期，頁 42～46。

29. 呂明修，〈試析兩篇唐人公案小說——崔碣與蘇無名〉，《輔仁學誌》，23 期，民國 83 年 6 月，頁 117～125。

30. 宋俊華，〈論明清小說中商人的價值觀念〉，《湛江師範學院學報》，第十七卷第一期，1996 年 3 月。

31. 巫仁恕，〈明代的司法與社會——從明人文集中的判牘談起〉，《法制史研究》，第二期，2001 年 12 月。

32. 李延年，〈題材創新與題材融合的和諧統一——論歧路燈中的公案片斷與案情故事〉，《河北師範大學學報》，第 21 卷第 4 期，1998 年 10 月，，頁 34～69。

33. 杜芳琴，〈明清貞節的特點及其原因〉，《山西師大學報》，第二十四卷第四期，1997 年 10 月。

34. 周小毛，〈清官意識生成的深層動因及其危害〉，《湘潭大學學報》，第 21 卷，1997 年第 6 期，頁 49～51。

35. 孟彭興，〈明代商品經濟的繁榮與市民社會生活的嬗變〉，《上海社會科學院學術季刊》，1994 年第二期。

36. 尚麗，〈個人意識的覺醒，人道主義的張揚——從《三言》看明代商人的思想觀念〉，《新疆教育學院學報》，第十六卷第一期，2000 年 3 月。

37. 林岷，〈歷史上的包拯〉，《歷史月刊》，71 期，民國 82 年 12 月，頁 62～67。

38. 林保淳，〈中國古代公案小說概述〉，《中國古典小說賞析與研究》，民國 82 年 8 月，正中書局，台北。

39. 林美君，〈從太平廣記精察類看公案小說的雛形〉，《台北商專學報》，46 期，民國 85 年 6 月，頁 284～301。

40. 武潤婷，〈試論俠義公案小說的形成和演變〉，山東大學學報（哲學社會科學版），2000 年第 1 期，頁 6～12。

41. 竺洪波，〈公案小說與法制意識——對公案小說的文化思考〉，《明清小說研究》，1996 年第 3 期，總 41 期，頁 41～51。

42. 姜曉萍，〈明代商稅的徵收與管理〉，《西南師範大學學報》，1994 年第四期，。

43. 柳依，〈對公案文學研究的幾點看法〉，《中州學刊》，1992 年第 1 期，頁 82～86。

44. 柳立言，〈淺談宋代婦女的守節與再嫁〉，《新史學》，二卷四期，民國 80 年 12 月。

45. 胡士瑩，〈宋代的公案傳奇與元代的公案劇〉，《河北大學學報》，1982 年第 4 期，頁 94。

46. 苗懷明，〈中國古代公案小說的源流與藝術特色〉，《華夏文化》，2001 年 3 月，。

47. 苗懷明，〈明代短篇公案小說集的商業特性與文學品格〉，《社會科學》，2001 年第 3 期，頁 71～75。

48. 苗懷明，〈清代公案俠義小說的繁榮與清代北京曲藝業的發展〉，《北京社會科

學》，1998 年第 2 期，頁 109～113，。

49. 苗懷明，〈跨越話語類型的新建構──清代公案俠義小說的傳承與創新〉，《廣東社會科學》，1997 年第 1 期，。

50. 苗懷明，〈論中國古代公案小說與古代判詞的文體融合及其美學品格〉，《齊魯學刊》，2001 年第 1 期總第 160 期，。

51. 夏邦，〈略論包公的人治司法模式〉，《華南師範大學學報》，1999 年第 3 期，頁 119～121。

52. 徐忠明，〈中國傳統法律文化視野中的清官司法〉，《中山大學學報》，1998 年第 3 期，頁 108～116。

53. 徐忠明，〈從明清小說看中國人的訴訟觀念〉，《中山大學學報》，1996 年第四期。

54. 皋于厚，〈明代公案小說的發展演進〉，《江蘇公安專科學校學報》，1999 年第 6 期，頁 147～156。

55. 皋于厚，〈明清小說中的吏役形象〉，《山東工業大學學報社會科學版》，總 56 期，2000 年。

56. 皋于厚，〈聊齋公案小說探微〉，《江蘇公安專科學校學報》，1999 年第 3 期，頁 122～125。

57. 荊學義，〈晚清武俠公案小說與農耕文化〉，《中國古代、近代文學研究》，1991 年 7 月。

58. 高壽仙，〈顧炎武論明代官場病〉，《北京行政學院學報》，1999 年第二期。

59. 涂秀虹，〈包公戲與包公小說的關係，上、下〉，《福建師範大學學報》，1997 年第 2、3 期，頁 78～82。

60. 常寧文，〈略論中國公案小說及其價值〉，《江蘇公安專科學校學報》，1999 年第 5 期，頁 108～111。

61. 康清蓮，〈從三言、二拍看明代商人的心理〉，《廣西教育學院學報》，2000 年第二期。

62. 張羽，〈從擬話本看明代的社會歷史〉，《陽山學刊》，1995 年第二期。

63. 張勇，〈制謎與揭謎──宋元話本中公案小說的敘事特徵兼論其善惡觀〉，《蒙自師範高等專科學校學報》，第 2 卷第 5 期，2000 年 10 月，頁 25～29。

64. 張彬村，〈明清時期寡婦守節的風氣──理性選擇的問題〉，《新史學》，十卷二期，1999 年 6 月。

65. 張晶晶、王秦偉，〈論明代的商業文化及其作用〉，《中州學刊》，2002 年第二期，2002 年 3 月。

66. 張路黎，〈歷史使命與文化心態的錯位──對明代市民小說中商賈形象的一種解讀〉，《武漢教育學院學報》，第十九卷第二期，2000 年 4 月。

67. 陳俊杰，〈明清士人階層女子守節現象〉，《二十一世紀》，總第二十七期，1995 年 2 月。

68. 陳錦釗，〈談石玉崑與龍圖公案以及三俠五義的來源〉，《中國書目季刊》，第二十七卷第四期，民國 83 年 3 月，頁 107～119。

69. 寒操，〈施公案的刊行年代〉，《古典文學知識》，1993 年 1 月，頁 98～99。

70. 程毅中，〈《包龍圖判百家公案》與明代公案小說〉，《文學遺產》，2001 年第一期。

71. 馮保善，〈明清小說與明清江蘇經濟〉，《江蘇社會科學》，1999 年第三期。

72. 黃立新，〈簡論古典小說中的清官形象〉，《上海大學學報》，1996 年第 2 期，頁 51～56。

73. 黃岩柏，〈龍圖公案新論〉，《明清小說論叢》，春風文藝出版社，1984 年，瀋陽，頁 115～133。

74. 董家遵，〈歷代節烈婦女的統計〉，《中國婦女史論集》，牧童出版社，民國 68 年 10 月。

75. 路云亭，〈忠俠、花俠、匪俠──清代武俠小說人物墮落性類型〉，《古典文學知識》，1992 年 5 月，頁 71～76。

76. 鄔昆如，〈清代社會哲學之研究〉，《文史哲學報》，民國 82 年 6 月，頁 97～137。

77. 趙文靜，〈漫談包青天與清官〉，《華夏文化》，1995 年 3 月，。

78. 趙永年，〈明清小說的特點〉，《中國古代、近代文學研究》，1991 年 11 月。

79. 齊裕焜，〈公案俠義小說簡論〉，《明清小說研究》，1991 年 1 月。

80. 劉世德、鄧紹基，〈清代公案小說的思想傾向──以施公案、彭公案和三俠五義為例兼論清官和俠義的實質〉，《文學評論》，1964 年第 2 期，頁 41～60。

81. 劉長江，〈明清時期婦女貞節觀的嬗變〉，《達縣師範高等專科學校學報》，第十卷第三期，2000 年 9 月。

82. 劉思，〈試論包公的缺點〉，《公安月刊》，1995 年 10 月，頁 29。

83. 劉重一，〈論晚明白話公案小說〉，《中州學刊》，1997 年增刊，頁 91～93。

84. 歐陽建鐸，〈包公巧破連環案〉，《法學雜誌》，1996 年 5 月，頁 29～34。

85. 潘仁山，〈為清官昭雪〉，《社會科學戰線》，1978 年第 3 期，頁 132～142。

86. 蔣星煜、杜輝，〈古代清官對加強現代廉政建設的啟示〉，《福州師專學報》，第 20 卷第 4 期，2000 年 8 月，頁 1～4。

87. 魯理文，〈駁清官論〉，《文史哲》，1966 年 2 月，頁 32～39。

88. 蕭，鴻，〈包拯不會走下神壇〉，《歷史月刊》，68 期，民國 82 年 9 月，頁 18～21。

89. 賴惠敏、徐思泠，〈情慾與刑罰：清前期犯奸案件的歷史解讀（1644～1795）〉，《近代中國婦女史研究》，第六期，民國 87 年 8 月。

90. 謝明勳，〈六朝志怪與公案小說──黃岩柏公案幼芽偏多萌生於魏晉志怪說述評〉，《國立編譯館館刊》，第二十四卷第二期，民國 84 年 12 月，頁 75～85。

91. 鍾年、楊海，〈中國歷史上女性的反禮教行為〉，《歷史月刊》，民國 88 年 4 月號。

92. 魏泉，〈中外狄公案比較〉，《許昌師專學報》，第 18 卷第 4 期，1999 年第 4 期，頁 46～49。

93. 羅嘉慧，〈俠義的蛻變及歷史定位──談清代公案俠義小說〉，《中山大學學報》，1999 年第 6 期，第 39 卷，總 162 期，頁 23～28。

94. 顧真，〈清代節烈女子的精神世界〉，《歷史月刊》，民國 88 年 4 月號。